W0207798

rororo

Maria Rossbauer, geboren 1981, hat eine Ausbildung zur Hotelfachfrau gemacht, Neurobiologie studiert und anschließend die Deutsche Journalistenschule in München absolviert. Heute ist sie dpa-Redakteurin und freie Wissenschaftsjournalistin, Texte von ihr erschienen vor allem in der taz, GEOlino, mare und der ZEIT. Im Jahr 2013 kam ihr Buch «Drei Bier auf die Vier» bei Blanvalet heraus.

Johannes Gernert, geboren 1980, ist an der Deutschen Journalistenschule in München zum Redakteur ausgebildet worden und hat danach für stern, Neon, Berliner Zeitung und Spiegel Online geschrieben. Fünf Jahre war er Redakteur der taz.am wochenende, bevor er 2015 zur ZEIT wechselte. 2010 erschien sein Buch «Generation Porno», 2013 wurde er mit dem Arthur F. Burns-Award ausgezeichnet.

Maria Rossbauer und Johannes Gernert leben in Berlin und Hamburg und sind seit November 2012 (miteinander) verheiratet.

Maria Rossbauer
& Johannes Gernert

Wo die **Liebe** hinfährt

Roman

Rowohlt Taschenbuch Verlag

Originalausgabe
Veröffentlicht im Rowohlt Taschenbuch Verlag,
Reinbek bei Hamburg, Februar 2016
Copyright © 2016 by Rowohlt Verlag GmbH,
Reinbek bei Hamburg
Umschlag- und Innenillustration Arezu Weitholz
Satz aus der Dolly PostScript, InDesign,
bei Pinkuin Satz und Datentechnik, Berlin
Druck und Bindung CPI books GmbH, Leck, Germany
ISBN 978 3 499 27057 4

Für uns.

Die Mücke

Und dann standen sie irgendwann mitten in der Wüste von Nevada, ein Vorderreifen zerplatzt, keine Ahnung, ob es im Mietwagen einen Ersatzreifen gab. Die Plastikflaschen schmolzen langsam, und das Wasser darin würde warm sein wie Earl Grey am Ende des Frühstücks. Natürlich kein Handyempfang, das war ja die Wüste. Kein Auto nirgends. Wenn doch eines kam, hielt es nicht an, sondern hinterließ eine Staubwolke, und sie konnten zusehen, wie es langsam auf Matchboxgröße schrumpfte, bis es über den Horizont kippte. Sie starrten auf die schwarzen Streifen, die der Gummi ihrer Reifen bei seiner Vollbremsung auf die Fahrbahn gerieben hatte. Sie schwiegen. Marie ein bisschen vorwurfsvoller als er. Beide wussten sie, dass ihm das Schlagloch hätte auffallen müssen. Aber nur er wusste, dass es ihm auch aufgefallen wäre, hätte er die Augen offen gehabt.

Hätte ihn diese Mücke nicht die ganze Nacht davon abgehalten, zu schlafen.

So würde es kommen, wenn er nicht endlich einschlief.

Anton zog die Bettdecke bis zur Unterlippe hoch. Seine ausgestreckten Arme pressten die äußeren Enden des Bezuges rechts und links auf die Matratze. Mit den Zehen drückte er die Knopfleiste gegen die untere Bettkante. Nur noch sein Gesicht war jetzt frei, genauer gesagt die oberen zwei Drittel davon, von der Lippe bis hoch zu den Ansätzen seiner Geheimratsecken. Neben ihm atmete Marie leise und regelmäßig. Er hörte es kaum, weil die Klimaanlage so schepperte.

Wenn die Mücke jetzt wieder angriff, konnte sie auf seiner Nase landen, auf der Stirn oder vielleicht auf dem oberen Ohrläppchen. Sie konnte auch versuchen, durch die Bettdecke zu stechen, aber wahrscheinlich würde sie das nicht schaffen. Es sei denn, in der Decke war irgendwo ein Loch.

Daran hatte er noch gar nicht gedacht. Er senkte sein Kinn, konnte im Dunkel des Motelzimmers aber nur die Schemen seiner bedeckten Brust erahnen. Er hatte die mehrfach befleckte Decke, die einmal weiß gewesen sein musste, im Hellen nicht allzu genau untersucht. Sonst hätte er sich mit der Frage beschäftigen müssen, was genau das für Flecken waren. Es war besser, auch jetzt nicht weiter darüber nachzudenken. Marie hätte ihm sicher einiges zu den Keimen darin sagen können, aber Marie schlief. Er dagegen versuchte einzuschlafen. Er lag starr da wie eine Leiche unterm Tuch.

Morgen war der Tag, an dem sie von Los Angeles nach Las Vegas fuhren. Er würde fahren. Aber wenn er nicht bald einschlief, würde er vor lauter Müdigkeit nicht fahren können. Er würde unkonzentriert sein und Fehler machen. Ein geplatzter Reifen war da noch die glimpflichste Variante. Er kannte die Sekundenschlafstorys der Trucker. Eingenickt. Bamm. Schon war man nur noch ein verkohlter Skeletthaufen unter Löschschaum, von kreisendem Blaulicht beschienen.

Eine Weile versuchte er, mit Marie zu atmen. Kurz ein,

lang aus. Ein. Aus. Wie sie die Luft durch die Nase gleiten ließ, hatte etwas Zufriedenes, Wohliges. Er kannte niemanden, der anmutiger schlief. Für einen Augenblick hoffte er, er könnte ihre Ruhe auf sich übertragen. Ein. Aus. Er könnte seine Anspannung hinausströmen lassen. Ein. Aus. Damit er die Jagd nicht beginnen musste. Damit sie weiterschlafen konnte.

Es war ein kurzer Augenblick.

Die Klimaanlage machte eine Pause, sodass er die Mücke jetzt eigentlich sofort hören musste, wenn sie näher kam. Draußen rauschten Autos vorbei. Ab und zu war eine Sirene zu hören. Amerika klang, wie er es aus den Fernsehserien von HBO kannte. Unwirklich und vertraut.

Auf dem Parkplatz im Hof des Motels schlug jemand eine Kofferraumklappe zu. Es konnte nicht ihre sein. Der Ford Escape stand direkt vor ihrem Zimmer. Es hätte lauter geknallt. Ihre Wertsachen waren sowieso nicht im Auto. Seinen Rechner hatte er in eine Wolldecke eingewickelt und in den Schrank geschoben. Sein Bauchgurt mit den Kreditkarten und dem Geld lag unter dem Kopfkissen. Er bildete sich ein, die Plastikkarten durch das Kissen hindurch an seinem Hinterkopf zu spüren.

Wie immer war das Sirren zuerst nur eine Ahnung gewesen, die auch ein Irrtum sein konnte, ein Fehlalarm. Er war im Lauf der Jahre stetig besser darin geworden, Mücken schon auszumachen, wenn sie von einer Zimmerwand abhoben. Das war, musste er sich eingestehen, keine besonders hilfreiche Fähigkeit.

Ihr Sirren war jetzt ganz klar zu hören, keine Ahnung, kein Irrtum, kein Fehlalarm. Er konnte es im Raum aber nur schwer verorten. Vielleicht über seinen Beinen? Die

Empfindlichkeit seiner Ohren nannten Ärzte Hyperakusis, eine übertriebene Geräuschempfindlichkeit, die mit dem Pfeifen gekommen war, das Tinnitus hieß.

Das Sirren stoppte. Saß sie etwa schon auf ihm? Er ruckelte mit den Armen. Es fiepte wieder. Vermutlich war die Mücke auf der Decke gelandet und hatte festgestellt, dass sie ihren Rüssel nicht hindurchpressen konnte. Gut möglich, dass sie sich in diesem Moment seinem ungeschützten Kopf näherte. Tatsächlich schien das Sirren lauter zu werden, aber während er versuchte, sich darauf zu konzentrieren, um einen Abwehrschlag in Richtung Kopf vorzubereiten, schepperte die Klimaanlage los. Anton tastete nach der Fernbedienung auf dem Nachttisch. Er erwischte den runden Knopf.

Stille.

Anton hatte seine Mückenempfindlichkeit vor einigen Jahren aus Schweden importiert. Es war am Anfang seines Studiums, ein Urlaub mit Karla, seiner damaligen Freundin. Sie waren an einem Tümpel gewesen, um Wasserski zu fahren. Gefühlte Stunden hatte er im immer kälteren, trüben Wasser auf dem Rücken gelegen, in einer seltsamen Hocke, mit den Skiern an seinen Füßen, und jedes Mal, wenn das Motorboot losfuhr, mit dem irgendein schwedischer Bekannter Karlas ihm das Wasserskifahren beibringen wollte, hatte er versucht, sich aus der Hocke aufzurichten, während er sich mit beiden Händen an den mit der Schnur verbundenen Stab klammerte. Manchmal hatte er es sogar geschafft, sich aufzurichten und die Knie durchzudrücken, wie der Bekannte empfohlen hatte. Nach wenigen Sekunden war Anton aber jedes Mal ins Wasser geplatscht, hatte wieder auf dem Rücken gelegen, sich in die Unterwasserhocke schieben müssen, und alles war von vorne losgegangen. Es war demütigend gewesen.

Anschließend machten die schwedischen Jungs ihm vor, wie man mit den Skiern übers Wasser fahren konnte, wie man hüpfte und sprang. Er stand am Ufer, fühlte sich wie ein Nacktmull auf dem Catwalk, sah die vielen winzigen Insekten an seinen feuchten Beinen und hielt sie nicht für eine Gefahr. Nur ab und zu schlug er lustlos nach ihnen.

In der darauffolgenden Nacht hatte er ernsthaft über eine doppelte Beinamputation nachgedacht, so sehr brannten die Myriaden Stiche.

War das schon ein leichtes Piksen an seinem rechten Bein? Anton schnellte hoch, haute mit der flachen Hand zu und sah sich hektisch im Zimmer um. Die Laterne vor ihrem Fenster warf ein dunkeloranges Licht herein, von den Vorhängen unscharf zerschnitten. Unter den Schatten erkannte er Marie. Sie lag auf dem Bauch, ohne Decke. Mücken begannen sie frühestens am nächsten Morgen zu interessieren, wenn es irgendwo juckte. Es gab bestimmte Gefahren, die würde er ihr nie erklären können. Sie schnorchelte jetzt leise.

Anton erinnerte sich an die Nacht vor zwei Jahren, bevor sie sich zum ersten Mal geküsst hatten. Marie und er saßen an einem Stadtstrand an der Spree. Auf dem schwarzen Wasser kräuselten sich silberne Wellen. Es war warm. Irgendwo lief Reggae. Da waren überall Mücken.

Es war ihm selten so egal gewesen.

Der Abend kam ihm ziemlich lange her vor.

Anton stolperte zur Tür des Motelzimmers und machte das Licht an. Es war bestimmt schon um eins, vielleicht sogar um drei. Er musste diese Mücke jetzt erschlagen, sonst wäre er morgen so müde, dass er den Ford beim Ausparken gleich gegen ihre Zimmerwand knautschen würde.

Er blinzelte in den Raum. Die Leuchtstoffröhre machte ein Licht wie in diesen türkischen Männercafés in Neukölln, wo sie seit kurzem zusammenwohnten. Marie drehte sich um, murrte leise und zog sich die Decke übers Gesicht.

Anton scannte die Wände und die Decke. Über der Tür und beim Fernseher klebten Mückenleichen. An der Wand hinterm Bett war ein schwarzer Punkt. Er ging darauf zu. Nur ein Fleck. Anton schüttelte die Vorhänge. Er trat gegen die Tagesdecke, die vorm Bett lag, ein roter Haufen mit goldenen Punkten.

In diesem Zimmer gab es definitiv zu viele Verstecke für Kleintiere aller Art. Anton wuchtete den Rollkoffer ins Bad, dann die Reisetasche, dann die Tagesdecke. Er schloss die Badezimmertür von außen, stellte sich in die Mitte des Zimmers und ließ seine Blicke im Kreis patrouillieren. Wand, Decke, Wand, Decke. Da! Wieder nur ein Fleck, vielleicht eine tote Motte.

Es war ein Fehler gewesen zu lüften. Lüften war immer gefährlich. Aber Marie hatte darauf bestanden, die Tür eine Weile offen zu lassen. Die Luft stehe in dem Zimmer. Sie hatte mit ihrem Blick signalisiert, dass jedes Sträuben zu einem Abend mit Ich-ersticke-hier-gerade-Gesicht und entsprechender Schnappatmung führen würde. Er wollte das nicht riskieren. Sonst wären sie früher oder später sicher wieder bei der Frage gelandet, warum das mit ihnen manchmal so schwierig war, obwohl doch eigentlich alles so gut war.

Dann sah er die Mücke.

Sie lauerte im Schatten des Fernsehers, der an einem Metallarm von der Wand hing. Anton griff die Zeitschrift auf dem Nachttisch, rollte sie zusammen und schob den Stuhl mit der Ledersitzfläche unter den Fernseher. Langsam hob er die Rolle, bis sie nur zwei Handbreit über der Mücke schwebte. Er stellte sich vor, wie er zuschlug. Hart, ansatzlos. Es war gut, Dinge zu visualisieren, bevor man sie tat. Man war dann erfolgreicher, hatte er mal gelesen.

Wamm. Die Zeitschrift klatschte gegen die Wand. Er kippte nach vorne, wankte nach hinten, seine Zehen krallten sich in den Sitzbezug, gerade noch schaffte er es, sich mit der Hand abzustützen. Fast wäre er vom Stuhl gerutscht. Aus dem Augenwinkel sah er die Mücke davonfliegen. Richtung Badezimmer. Er sprang auf den Boden und folgte ihr, den Blick nach oben gerichtet, aber er sah sie längst nicht mehr.

Marie warf sich auf die andere Seite, das Bett quietschte, und sie stöhnte. Es war wirklich sehr hell. Aber darauf konnte er jetzt keine Rücksicht nehmen, sollte die Fahrt morgen nicht mit einem Unfall enden.

Er drehte sich Schritt für Schritt im Kreis und scannte Wand, Decke, Wand, Decke. Nichts. Ihm fiel die Badezimmertür auf. Oben und unten hatte sie iPad-große Schlitze. Was, wenn die Mücke ins Bad geflüchtet war?

Anton riss die Tür auf, warf sie hinter sich zu und rammte mit dem Zeh eine Rolle des Koffers. Er krümmte sich und stieß sich das Knie am Waschbecken. Es war einfach keine gute Idee gewesen, zu lüften. Morgen würden sie in der Wüste verdursten.

Die Tapete hatte raucherzahnfarbene Wasserränder mit schwarzen Schimmelflecken. Die rote Tagesdecke füllte die Badewanne. Koffer und Reisetasche blockierten das ganze Bad. Er packte den Koffer und die Tasche und rammte damit die Tür auf. Die Tagesdecke schleifte er über den Teppich und ließ sie fallen. Im Bad ratterte die Lüftung los.

Er musste das grelle Licht ausmachen, sonst würde es die Mücke aus dem Bad locken. Wenn sie überhaupt im Bad war. Während er zum Schalter hastete, sah er, dass Marie sich im Bett aufgerichtet hatte, ein Augenlid geöffnet. Sie wirkte nicht glücklich.

Dies wäre eigentlich ein guter Moment gewesen, um noch einmal auf die Sache mit dem Lüften zu sprechen zu kommen, in der sie sich vorhin durchgesetzt hatte. Anton war schon fast dabei zu überlegen, wie er es ohne eine klassische «Hatte ich nicht gesagt»-Eröffnung hinbekommen könnte, da entdeckte er die Mücke über der Toilette. Er ließ das Licht an und stürzte los.

Raus hier

Die Tür des Motelzimmers krachte ins Schloss, Marie rannte über den Hof, durch das düstere Licht der Straßenlaterne, vorbei an schlafenden Autos und grauen Zimmerhäuschen. Im Gehen zog sie die rote Adidas-Jacke über, die sie gerade noch vom Stuhl gefischt hatte. Sie fasste in die rechte Tasche, der Geldbeutel war da, zum Glück.

Auf dem Boden lag eine leere Coladose, Marie trat mit Wucht dagegen. Die Dose schepperte gegen die Hauswand.

Die Pförtnerin hinter den Glasscheiben schaute sie irritiert an, Marie sah nur kurz hin, lief die kleine Auffahrt hinunter, dann stand sie auf der Straße.

Autos rauschten auf zwei Spuren an ihr vorbei, links blinkte eine Ampel, ein McDonald's-M und ein undefinierbares rosa Schild, rechts sah sie einen grünen Schriftzug über einer gläsernen Tür, etwa zwei Häuserblocks entfernt. Vielleicht ein asiatisches Restaurant. Sie wandte sich nach rechts und lief los.

Ein Paar saß in dem schmalen Lokal an einem kleinen Holztisch, hinter der Bar wischte ein Mann die Scheiben der gläsernen Theke. Marie zog die Tür auf.

«Still open?», fragte sie. «Ist noch geöffnet?»

Der Mann nickte und deutete mit der flachen Hand auf einen der Tische direkt an der Bar.

«Haben Sie Bier?»

«Sicher», sagte er.

«Dann hätte ich gern ein Bier, bitte.»

«Okay», sagte der Restaurantmensch.

Marie setzte sich an einen Tisch in die hinterste Ecke des Ladens und lehnte den Rücken an die kühle Wand. Das tat gut in der schwülwarmen Herbstnacht.

Das Lokal war mintgrün gestrichen, an den Wänden Plakate mit kleinen, schmalen Langmaulfischen und großen mit Punkfrisur. Unter den Fischen leuchteten rote Schriftzeichen. Sieht japanisch aus, dachte Marie. Warum der wohl so spät noch aufhatte?

Der Mann stellte das Bier vor ihr auf den Tisch, er lächelte. Sie nahm das Glas und trank. Drei große Schlucke.

Marie spürte, wie das Bier ihren Magen kühlte und sie langsam wieder klar denken konnte.

Was war das schon wieder gewesen? Mitten in der Nacht machte Anton einen Aufriss, als wäre die mexikanische Drogenmafia hinter ihm her, und nur mit der *Men's Health* in der Hand konnte er sich vor ihren Maschinengewehrsalven retten.

Marie stellte das Bier ab und schloss die Augen.

Sie war so wütend.

Warum um alles in der Welt störte Anton so etwas Banales wie eine Mücke so sehr? In Los Angeles gab es keine Malaria, Mücken waren keine Gefahr. Im Zweifel juckte es am nächsten Tag ein wenig, meine Güte. Sie verstand das nicht. Sie verstand ihn nicht.

Vermutlich hatte Anton nicht einmal bemerkt, dass sie gegangen war, so sehr war er auf seinen Kampf konzentriert. Vielleicht störte sie das am meisten, dass sie wieder einmal das Gefühl hatte, Anton vergaß, dass sie überhaupt da war.

Sie trank noch einen Schluck und malte sich sein Gesicht aus, wenn sie vorhin die Tür offen gelassen hätte und Schwärme von Mücken zum Neonlicht in ihrem Zimmer geflogen wären. Anton in Boxershorts auf dem Bett, umzingelt von Mücken, wild mit einem Magazin um sich schlagend. Wie Rumpelstilzchen. Hehe. Aber ein schönes Rumpelstilzchen war er. Sie lächelte.

«Noch eins?»

Bevor Marie den letzten Schluck trinken konnte, stand der Restaurantmensch wieder am Holztisch.

Marie nickte.

«Wo kommst du denn her?», fragte der Mann.

«Aus Deutschland.»

«Ah, Deutschland. Ich war mal in Berlin. Tolle Stadt.»

«Ich wohne in Berlin. Also eigentlich komme ich aus einem kleinen Dorf im Süden. Aber jetzt bin ich in Berlin.»

«Machst du hier Urlaub?»

«Na ja», sagte Marie, «so in der Art.»

Natürlich war es Urlaub für sie und Anton, aber in diesem Land fühlte sie sich eigentlich wie zu Hause. Sie hatte schon als Kind immer wieder ihre Familie in den USA besucht, hatte in New York studiert, sie liebte die Sprache, schrieb wissenschaftliche Artikel auf Englisch.

Zumindest mit der Sprache ging es Anton ähnlich. Er war zwar mehr der britische Typ, war in Nordirland zur Uni gegangen und hätte lieber im verregneten London statt in Kalifornien recherchiert. Doch Marie hatte ihm die kalifornische Sonne so lange empfohlen, bis er sich für das Stipendium in den USA bewarb.

Ach, Anton.

Der Mann stand immer noch an Maries Tisch, zog nun sein Smartphone aus der Tasche und sah auf die Uhr.

«Hör mal, ich muss den Laden hier in zehn Minuten schließen. Aber du kannst das andere Bier in meiner Wohnung trinken, wenn du magst. Ich wohne mit vier Leuten in einer WG. Die machen Party. Ist direkt hier.» Er stach mit dem Finger in die Luft in Richtung Decke.

Marie musterte ihn. Er hatte kurze Haare, trug eine schwarze Hornbrille, ein giftgrünes T-Shirt mit schwarzen Computerspielfiguren darauf, weite Jeans und Nike-Turnschuhe. Sie schätzte ihn auf Mitte dreißig, also nur etwas älter als sie selbst. Sieht ganz sympathisch aus, dachte sie, ein wenig wie einer der Nerds aus «The Big Bang Theory». Marie mochte Nerds. Die Party war also vielleicht ganz lustig.

«Okay», sagte sie, lächelte und streckte ihm die Hand hin.

«Marie.»

Er schüttelte sie.

«John. Gib mir zehn Minuten, Marie. Ich werf die Leute da vorne raus, und dann können wir los.»

John verschwand, um den anderen beiden Gästen die Rechnung zu bringen, und Marie fuhr sich mit den Fingern durch die Haare. Sie versuchte, ihre langen, straßenköterblonden Locken ein wenig zu ordnen. Hätte sie gewusst, dass heute noch ein Fest anstand, hätte sie sich wenigstens die Wimpern getuscht und – oh –, Marie sah an sich herunter. Fast hätte sie vergessen, dass sie direkt aus dem Bett geflohen war. Sie saß in ihren Schlafsachen da, einer weiten grauen Jogginghose und einem lila Mickey-Mouse-Shirt, darüber trug sie die rote Trainingsjacke.

Na super.

Da saß sie nun, mitten in LA, der Stadt der knappen Glitzerkleidchen und roten Teppiche, war zu einem dieser berüchtigten wilden Feste eingeladen und sah aus, als hätte sie dort, wo die Teppiche sonst ausgerollt werden, gerade ein paar Nächte verbracht. Zusammen mit einigen leeren Bierdosen.

Woher kam eigentlich die Beule an ihrem Bein?

Sie griff in die Taschen ihrer Jogginghose und zog etwas blau-grün Kariertes heraus. Ha! Das war Antons Mückenhemd! Sie lachte. Das musste sie wohl in ihrer Wut mitgerissen haben.

Bestimmt würde er gerade, in einem nächsten Schritt der Selbstverteidigung, das Hemd suchen und auch seine beige Mückenhose. In diesem Outfit von klassischer Tchibo-Eleganz fühlte er sich sicher.

Die Verkäuferin hatte ihnen damals erklärt, dass auf dieser Hose und dem Hemd neunzig Prozent weniger Mücken landen als auf anderen Klamotten. Marie hatte sich vorgestellt, wie auf der Hose Mini-Fluglotsen mit ihren Mini-Schildchen den Mücken zuwinken: «Stopp! Landeverbot!», und dann die Verkäuferin mit Detailfragen zur Wirkungsweise des Materials in Erklärungsnot gebracht. Anton hatte dabei verschämt gelächelt und die Sachen schnell gekauft.

Vielleicht war genau dieses Hemd nun ihre stylemäßige Rettung.

Sie zog die Jacke aus, schlüpfte hinein und krempelte die Arme bis zu den Ellenbogen nach oben. Jogginghose plus Holzfällerhemd, dachte sie, hammerfettbombekrass.

«Wow», sagte John und nickte ihr schmunzelnd zu.

«Ey, das ist der neueste Shit in Berlin», sagte Marie. Sie breitete die Arme aus. «Wir nennen das Safarischick, noch nie gehört?»

John lachte. Er schloss die Tür ab, stellte die Stühle hoch und knipste das Licht aus. «Wir können gleich hier durchgehen», sagte er und deutete auf die schmale Tür hinter der Theke.

Marie nahm ihre rote Jacke, stand auf und folgte ihm in einen dunklen Raum. Es brannte kein Licht mehr, sie konnte nur die Umrisse von einem Herd, hängenden Pfannen und einem Waschbecken erkennen. Sie quetschte sich an etwas vorbei, was dem Geruch nach Mülleimer sein mussten, John schloss eine Tür auf, und sie standen in einem dunklen Treppenhaus. Es roch nach kaltem Zigarettenrauch und vergammelten Bananen.

Sie gingen ein paar Stufen hinauf, da hörte Marie schon den Bass. Klingt nach etwas Altem, vielleicht spielen die Funk, dachte sie und freute sich.

Im obersten Stock öffnete John eine schmale Wohnungstür, direkt hinter dem Eingang lehnten Leute an der Wand, in den Händen Dosenbier und Plastikbecher. John grüßte einige von ihnen mit Handschlag, dann winkte er Marie weiter. In der Küche waren noch mehr Menschen, sie stützten sich rechts und links an die Küchenzeile, lehnten am Kühlschrank oder standen mitten im Raum.

«Hey, Guys, das ist Marie aus Berlin», rief John.

«Hey, Marie.» Ein Mädchen mit schwarzem Pony und schwarz-weiß gestreiftem Trägershirt winkte ihr zu. Sie schob gerade einen Wasserkocher auf einen Hochschrank. Die wohnt wohl hier, dachte Marie.

John ging zum Kühlschrank, holte eine Dose Bier heraus und drückte sie Marie in die Hand. «Dein Bier.» Er lächelte, wanderte aus der Küche hinaus – und Marie war auf sich gestellt.

Sie sah sich um. Die Küche war ein länglicher Raum mit nur einem kleinen Fenster. Der Rauch stand im Raum, überall lagen leere Bierdosen und Chipstüten herum, der Boden klebte von Bier, die Party schien schon eine Weile zu gehen.

Am Ende des Raumes war ein winziger Küchentresen, hinter dem ein DJ gerade hochkonzentriert eine Platte auflegte. Wie war der wohl da hingekommen? Vielleicht hatten die WG-Bewohner zuerst den DJ in die Ecke gestellt, dann den Tresen aufgebaut, die Plattenspieler draufgestellt und ihm seine Platten zugeschoben. Und da würde er jetzt so lange auflegen müssen, bis ihn die WG wieder rausließ. Witzige Party. Was die wohl feierten? Vielleicht einen Geburtstag. Sie sah sich die Gesichter an. Vom Alter her könnte auch gerade jemand seinen Abschluss gemacht haben.

Marie mochte es hier. Die Leute wirkten offen und lustig, und es schien genug Bier zu geben.

Sie ging auf das Mädchen mit dem Wasserkocher zu.

«Hey! Sorry, dass ich einfach so auf eurer Party einfalle», sagte sie.

«Völlig okay. Ich kenne auch kaum jemanden, obwohl ich hier wohne.» Das Mädchen lächelte. «Was bringt dich her?»

«John, hauptsächlich. Aber ich musste mal kurz aus meinem Motelzimmer fliehen. Mein Freund treibt mich in den Wahnsinn.»

«Schnarcht er?»

«Er tötet eine Mücke.»

Das Mädchen lachte laut auf.

«Ah, ich weiß, was du meinst. Und was du jetzt brauchst.»

Sie ging zum Kühlschrank, kam mit einer Flasche und zwei kleinen Gläsern zurück und schenkte ein. Wodka oder so was. Marie nahm das Glas und kippte es hinunter. Uuh, das war Wodka. In Maries Speiseröhre brannte es. Aber ja, das war genau, was sie jetzt brauchte.

Sie unterhielten sich und lachten, und irgendwann wusste Marie, dass das Mädchen Cathy hieß, aus Atlanta kam und in Los Angeles Graphikdesign studierte. Immer wieder füllte Cathy die Gläser, und bald schon erzählte sie Marie von ihrer gescheiterten Affäre mit John und von ihrem auch sonst eher mäßig erfolgreichen Liebesleben.

Sie wippten zur Musik. Irgendwann spielte der DJ ein altes Raplied von Guru, und Marie stülpte den Kragen vom Mückenhemd hoch und dachte an Anton. Es war eines seiner Lieblingslieder, eines ihrer gemeinsamen Lieblingslieder. Sie hätte jetzt gerne gesehen, wie er dazu seinen Schultertanz aufführte: Schultern hochgezogen und die Arme abwechselnd nach vorn wegstrecken, wie ein verschlafener Thai-Boxer. Das sah so schön unbeholfen aus, Marie musste schon beim ersten Mal, als sie Anton so tanzen sah, schmunzeln. Das war an dem Abend, als sie sich kennengelernt hatten, auf diesem Konzert von Dead Prez.

Marie war gerade wegen einer Doktorandenstelle nach Berlin gezogen. In München hatte sie Neurobiologie studiert, nun sollte sie untersuchen, wie sich Stress- und Schlafhormone im Gehirn gegenseitig beeinflussen. Sie hatte zwar Freunde in Berlin, einige aus ihrer Unizeit waren hier, aus der Abiklasse, aus ihrer WG, bloß leider interessierte sich keiner so für Rap wie sie. Also ging sie allein zu dem Konzert. Und in der Kassenschlange stand Anton hinter ihr.

Er war auch alleine da, das hatte Marie sofort bemerkt. Er hielt ein Gerät in der Hand, einen E-Book-Reader, wie sie später erfahren sollte, und las die ganze Zeit. Es dauerte bestimmt zwanzig Minuten, bis sie ihre Karten bekamen. An der Kasse fragte sie, wann das Konzert beginnt. Nicht vor eins, sagte die Frau, und Marie spürte, wie Anton hinter ihr erschrak.

Sie drehte sich um und lächelte. Er lächelte zurück, ganz kurz nur, dann fixierte er wieder sein Gerät.

«Sollen wir uns vielleicht derweil an die Spree setzen?», fragte sie. Anton nickte.

Drei Stunden saßen sie mit Bier an der Spree. Marie erzählte von durchtrennten Nervenzellen, Anton von brillanten Einstiegssätzen, sie machten Witze über die Spreepaddler, und Marie erfuhr, dass Anton über den Abend einen Text schreiben sollte, den er bis 11 Uhr am nächsten Tag abgeben musste.

Später tanzte er seinen Schultertanz, und als die Band endlich anfing, berührte Marie ganz leicht seine Hand. Da zog er sie zu sich und küsste sie. Marie wusste sofort, dass das nicht einfach nur ein Kuss war.

«Cathy», sagte Marie. Es klang, als hätte der DJ ihre Stimme von 45 auf 33 ⅓ Umdrehungen pro Minute heruntergedreht: Kuäässi.

Cathy hielt dennoch ihr Ohr dicht an Maries Mund, wippte aber weiter zur Musik.

«Wann weiß man, ob es passt? Ich meine, mit einer Beziehung?»

«Beziehungen passen nie», sagte Cathy ebenso verschwommen und lachte.

«Willst du ihn jetzt wegen der Mücke verlassen oder was?»

Marie lachte. Der Gedanke kam ihr trotz aller Wut doch absurd vor.

«Nein. Er mag auch keine Wespen.»

«Was, Wespen auch nicht? Schmeiß ihn raus!»

Marie klapste Cathy mit dem Handrücken auf die Schulter, lachte, tanzte zum Kühlschrank und holte noch ein Bier heraus. Als sie zurückwankte, fragte Cathy: «Liebst du ihn denn?»

Marie neigte den Kopf und zögerte.

«Doch», murmelte sie. «Ja.»

Sie liebte ihn schon, sehr sogar. Sie wollte sich ihr Leben nicht ohne ihn vorstellen. Sie hatte sich sofort in ihn verliebt, damals an der Spree. In die kleinen Falten um seine Augen, wenn er lachte, seine schüchternen Witze.

Manchmal hatte sie trotzdem das Gefühl, Amor hatte sich bei ihnen verschossen.

Sie waren so unterschiedlich. Marie konnte sich oft überhaupt nicht erklären, was gerade in Anton vorging. Er war verschlossen und still. So viele Dinge schienen ihm Angst zu machen. Wie eine einfache Mücke. Oder er befürchtete, dass das Geschäft schon zuhätte oder der Bus schon weg wäre.

Wenn sie den Weg nicht wusste, lief sie in das nächste Geschäft und fragte nach. Wenn sie etwas lustig fand, lachte sie sich kaputt. Es kümmerte sie nicht, ob sich dann Leute nach ihr umdrehten. Marie war laut und offensiv. Alles, was sie störte, sagte sie sofort, manchmal in genau der Formulierung, die ihr in der Sekunde in die Rübe rumpelte.

Sie war ein Landkind, sie liebte Schlamm, grüne Wiesen und den Wald. Und die Freiheit. Wenn der Wind wehte, breitete sie die Arme aus und schloss die Augen.

Anton verkroch sich am liebsten in seinen Büchersessel und ließ das Leben draußen vorbeirauschen.

Sie liebte ihn dafür. Meistens. Manchmal aber hatte sie das Gefühl, es war zu viel, was sie sich mit dieser Beziehung vorgenommen hatten. Dass sie einmal an ihren Unterschieden zerschellen würde.

«Ich glaube, irgendwann weiß man einfach, ob es passt. Da gibt es einen Moment. Glaub mir, der kommt. Der kommt immer», sagte Cathy.

Marie wippte nach links und rechts.

Hm, ja. Vielleicht würde so ein Moment auf dieser Reise kommen. Schließlich würden sie und Anton die nächsten vier Wochen nebeneinander in einem Auto sitzen.

Die Reise war ihre Idee gewesen. Es kam ihr wie eine gute Gelegenheit vor, dass Anton im Silicon Valley recherchieren sollte. Sie hatte vorgeschlagen, seine Termine auf die zwei Wochen vor dem achtzigsten Geburtstag ihrer Tante Traudl zu legen. Dann könnten sie sich in Kalifornien ein Auto mieten, hatte sie zu Anton gesagt, zusammen zu Traudl nach Texas fahren, ein paar Tage bleiben und dann weiter nach New York, in die Stadt, die Marie so liebte, dort könnten sie bei ihrer Freundin wohnen. Vier Wochen Roadtrip durch Amerika, klingt doch toll, nicht?

Wir können ja mal drüber nachdenken, hatte Anton gesagt. Marie hatte das als Ja gedeutet, die Flüge gebucht, das Auto gemietet und die ersten Motels reserviert.

Mit dem Auto von Kalifornien nach New York – das war Maries Traum gewesen, seit sie als junges Mädchen anfing, sich für die USA zu begeistern, das Land von Otis Redding, Frank Sinatra und Jay-Z.

Vielleicht würde die Reise durch dieses Land ihr auch zeigen, ob das funktioniert mit ihr und Anton.

Marie spürte Johns Arm auf ihrer Schulter.

«Du kannst auch hier schlafen, wenn du willst», sagte er und lächelte sie an.

«Oh, danke.»

Marie sah sich um. In der Küche waren nur noch sie, John, Cathy und der DJ, der noch immer sehr konzentriert auflegte. Er kam ja auch nicht weg.

«Ich glaub, ich geh jetzt lieber heim», sagte sie und stellte ihre Bierdose neben ein paar leere Schnapsgläser auf den Herd. Sie drehte sich zu Cathy um.

«Wie heißt du denn mit Nachnamen?»

«Miller.»

Marie sagte: «Alles klar», was für beide so viel hieß wie: Ich befreunde mich mit dir auf Facebook. Sie umarmten sich, Marie winkte John und dem DJ zum Abschied zu, drehte sich um, knallte gegen den Türrahmen, rieb sich den Kopf und stolperte das Treppenhaus hinunter.

Draußen war es schon hell.

Ob Anton die Mücke wenigstens erwischt hatte? Sofort hatte sie wieder das Bild von ihm im Kopf, sein dünner Körper, bewaffnet mit einer *Men's Health*. Sie war gar nicht mehr so wütend.

Die anderen Motelzimmer waren dunkel, alle schmierigen, beigen Vorhänge vorgezogen.

Marie wankte auf ihr Zimmer zu. Kurz vor der Tür blieb sie stehen – es brannte noch Licht.

Jagt der etwa immer noch? O Gott. Sollte sie doch noch mal umdrehen? Dann sah sie am Rand des Vorhangs ein nacktes Bein, es lag ruhig auf dem Bett. Es war Antons Bein. Vielleicht las er ja. Oder er schlief doch. Marie atmete tief ein und öffnete die Tür.

Vegas, Baby!

Der Kaffee schmeckte bitter, aber nicht schlecht. Anton hielt das Lenkrad mit einer Hand. Über dem Teer des Wüstenhighways flimmerte es. Neben der Straße ein paar Kakteen, einige Büsche. Die Wüste war weniger sandig, als er sich Wüste vorgestellt hatte, eher felsig und buschig. Er hatte den Tempomat auf 67 Meilen in der Stunde gestellt, exakt zwei über der erlaubten Höchstgeschwindigkeit. Es ging eigentlich nur geradeaus. Hier einen Unfall zu bauen war eine echte Herausforderung, selbst im Schlaf. Er war auch gar nicht so müde.

Am Morgen hatte er sich an der Tankstelle einen Chiapas Coffee geholt, irgendeine mexikanische Bohne, der Becher groß wie ein Popcorneimer im Kino. Es war das erste Mal, dass die Übergröße der amerikanischen Behältnisse für ihn Sinn ergab. Mit einem Kaffeevorrat in die Wüste. Vier Sorten hatte es zur Auswahl gegeben. Guatemala, Columbia, Organic. An einer Tankstelle! Land der unbegrenzten Möglichkeiten. Er mochte das Aroma der Bohne, auch wenn sie an einen Darjeeling oder einen Earl Grey wirklich nicht heranreichte.

Tee war kein gutes Reisegetränk. Tee verursachte ihm nach einer guten Stunde heftigen Druck auf der Blase. In amerikanischen Wüsten gab es Toiletten meist nur an Tankstellen. Sie waren aber nicht selten abgeschlossen. Man musste an der Kasse nach dem Schlüssel fragen, der an einem Holzblock oder einem Styroportier hing, vermutlich voller Spuren von Trucker-Urin.

Das Problem war das Fragen. Nach einem Toilettenschlüssel zu fragen hieß einzuräumen, dass man vorhatte, eine Toilette zu benutzen. Man vertraute einem völlig fremden Menschen in aller Öffentlichkeit intimste Bedürfnisse an. Es war im Grunde, als würde man in diese Tankstelle hineinlaufen und laut in die Runde rufen: «Guten Tag, ich muss pinkeln.» Es war wie Kondome kaufen oder Klopapier oder ein Haus betreten, an dem ein großes Schild mit der Aufschrift «Praxis für Geschlechtskrankheiten» hing. Anton waren solche Sachen peinlich.

Schlimmer war nur noch, im Männerklo vor den Kabinen anzustehen.

Er mochte Toiletten, die man ohne fremde Hilfe problemlos erreichen und benutzen konnte. Toiletten in großen Raststätten mit der internationalen Mann-Frau-Symbolik. Er konnte dann hineinschlendern, als wäre er eigentlich auf dem Weg zu den Zeitschriften oder zur Eistruhe.

Marie könnte sicher einen schlüssigen Vortrag darüber halten, dass sich überhaupt gar niemand dafür interessierte, ob er in der Tankstelle die Toilette benutzen wollte oder auf dem Tresen strippen, aber über bestimmte Dinge redete er selbst mit Marie besser nicht.

Sie schlief auf dem Beifahrersitz. Er hatte nicht gehört, wann sie gekommen war. Er hatte nur irgendwann gemerkt, dass sie das Licht ausgemacht hatte, und gerochen, dass sie da war. Die Schärfe des Alkohols war in seine Nase gezogen und hatte ihn beruhigt.

Er hatte ihr am Morgen versprechen müssen, dass er

in Las Vegas keine Mücke jagen würde. Sie hatte seine Hand genommen und ihn angesehen wie einen Krebspatienten, bei dem nicht klar war, wie viel Hoffnung es noch gab. Für einen kurzen Moment war er sich wie einer vorgekommen.

Er hatte sich die Bemerkung verkniffen, dass sie das Fenster dann aber bitte diesmal zulassen würden. Und er hatte sich vorgenommen, sich in Las Vegas keine Sorgen zu machen. Oder wenigstens nur wirklich notwendige Sorgen.

Sie würden Las Vegas genießen. Das Disneyland für spielsüchtige Alkoholiker. Aber hey. Yeah! Hell, yeah! Der Kaffee war gut. 2:59 Uhr, zeigte das Navi. Im Radio rappten Kanye West und Jay-Z. Die Straße war immer noch zum Einschlafen gerade. Aber er war wach.

Las Vegas lag vor ihnen wie eine Oase aus Wolkenkratzern. Ihm fiel die Szene ein mit den Drogen, die zu wirken begannen. War das kurz vor oder kurz hinter Las Vegas? Oder ganz woanders? In der Wüste jedenfalls. Anton, vielleicht 17, hatte irgendwo mit grasmüden Augen vor einem Fernseher gelegen und weite Teile von «Fear and Loathing in Las Vegas» verpennt. Er hatte noch im Kopf, wie sich im LSD-Rausch der Teppichboden auf Hunter S. Thompson zudrehte.

Nach solchen Filmen hatte er immer für kurze Zeit das Gefühl gehabt, dass das Leben auch anders sein könnte, hell, yeah, dass er es zu einem anderen machen könnte. Hunter S. Thompson hatte sich in den Kopf geschossen, war auch schon wieder eine Weile her.

Maries Kopf ruhte am Fenster, die Locken schimmerten im Licht der Sonne, ihre Carrera-Sonnenbrille war verrutscht. Er versuchte sich zu erinnern, was diesen Ort, den sie immer nur Vegas nannte, für sie ausmachte, warum er so megageil war, dass sie ihn unbedingt vorführen musste. Megageil. Das Wort verwendete Anton nur in Ausnahmefällen in Gedanken und auch da höchstens in Anführungszeichen. Es war eines von Maries Überschwangswörtern, vor deren Enthusiasmus er immer ein bisschen erschrak.

Eiffelturm, Wasserspiele, davon hatte sie erzählt. Und von Frank Sinatra, von seinen Shows, seiner Mafia, seiner Stadt. Damit würde er sie wecken. Anton scrollte durch die Liste ihres iPods. Sinatra, Frank. Und jetzt ein Album, einen Song. Er hatte keine Ahnung. Sinatra erinnerte ihn an die Schwarz-Weiß-Filme, die sein Vater an den Weihnachtsfeiertagen schaute, wenn er sich einmal im Jahr erlaubte, schon vormittags fernzusehen. «Fly me to the Moon». «New York, New York». Die Stadt war Marie noch wichtiger als Vegas, unglaublich viel wichtiger. Aber in Vegas störte «New York» nur. Er klickte auf «Summerwind» und drehte so laut, dass er zusammenzuckte, weil der Bass gegen sein Trommelfell gongte.

«Welcome to Las Vegas, Baby», rief er der Hochhausoase entgegen und gab noch zwei Meilen mehr Gas. Marie lächelte und machte eines ihrer Augen auf, als würde sie prüfen, ob es sich lohnte, den Traum schon zu verlassen. Sie fuhren eine Weile still die Interstate entlang. Dann begann Marie leise mitzusingen.

The wind came blowin' in from across the sea.

Er lenkte den Ford über die mehrspurigen Straßen, an den Wolkenkratzern vorbei. Marie hatte sich aufgesetzt.

«Das hier ist der Boulevard», sagte sie. «Da hinten irgendwo ist das Hofbräuhaus. Da waren wir damals auch. Da vorne muss unser Hotel sein, eins von denen mit dem vielen Glas. Und da ist der Eiffelturm.» Sie nahm den iPod und drehte. «Fly me to the moon.» Eigentlich hätte Anton die Musik längst ausgestellt, um sich auf den Verkehr in dieser ihm völlig unbekannten Stadt zu konzentrieren, auf dieser vierspurigen Straße.

Es war kein schlechtes Lied. Er hielt das Lenkrad etwas fester.

«Du! Vorschlag!», rief Marie. Er konzentrierte sich auf die Autos vor sich, neben sich, hinter sich. Man durfte hier auch rechts überholen. Er würde also auf die Spuren links und rechts achten müssen. Anton korrigierte den Rückspiegel.

«Was denn?», fragte er. Er bemühte sich, es neutral klingen zu lassen. Nicht genervt, aber auch nicht zu offen. Keine Ahnung, was sie vorhatte.

«Wir könnten zuerst ins Hofbräuhaus fahren», sagte sie, ihre Augen hell und kein bisschen müde mehr.

«Ins Hofbräuhaus», wiederholte er.

«Ich hätt so gern mal wieder einen Schweinebraten.»

Jetzt bloß nicht geschockt wirken. Heute war sein lockerer Tag. Der Rückspiegel saß leicht schief. Er konnte darin nicht mehr die komplette Heckscheibe sehen. Anton ruckelte daran.

«Heit gibt's a Rehragout, Rehragout, Rehragout», sang Marie los.

Ins Hofbräuhaus. Sie wollten doch ins Hotel. Keine Ahnung, wann sie eingecheckt haben mussten und ob das Zimmer irgendwann weg war, wenn sie nicht rechtzeitig kamen. Links verschwand einer im toten Winkel. Anton sah es gerade noch. Vielleicht blieb er sowieso besser auf dieser Spur. Rechts cruiste ein Truck mit einem Plakat halbnackter Frauen vorbei.

«Ins Hofbräuhaus», wiederholte er noch einmal. Ihr komplettes Gepäck war im Auto. Alles, was sie besaßen. Inklusive seines Rechners. Irgendjemand müsste nur den Ford stehlen, und sie hätten gar nichts mehr. Es war seine Ur-Sorge dieser Reise. Das Beste aber, was man Maries Ansicht nach in einer fremden Stadt tun konnte, war, ein bayerisches Restaurant zu finden. Sosehr sie aus Bayern geflüchtet war, so sehr suchte sie es ständig.

«Genau», rief Marie. «Ich hätt auch so gern mal wieder eine richtige Breze.»

Er würde jetzt etwas sagen müssen. Der breite Kühler eines Pick-up-Trucks füllte den Rückspiegel aus. Jemand hupte. Anton gab Gas. Das hatte er ganz vergessen.

«Bis wann müssen wir denn im Hotel sein?», fragte er.

«Bestimmt nicht vor vier», sagte sie. «Ist außerdem schon bezahlt.» Marie hatte wie immer alles geregelt.

Ihm fiel kein Argument mehr ein. All ihre Sachen waren im Auto. Aber all ihre Sachen waren immer im Auto. Wenn sie auf diese Sorge Rücksicht nahmen, würden sie niemals anhalten können, nirgends, diese Diskussion hatten sie schon zu oft durch.

«Hofbräuhaus!», rief Marie und klatschte in die Hände. Er kniff die Augen zusammen. Es war, als würde sie ihm direkt auf den Hörnerv hämmern.

Er würde nicht leiden, nicht heute.

Rechts war frei. Er zog auf die rechte Spur. Rechts war meist sicherer.

Es sei denn, rechts war eine Zwangsabbiegerspur. Exit only. Gelb unterlegter Warnhinweis. Aber das hier war keine. Oder?

«Joah», sagte er, um noch einen kleinen Puffer zwischen sich und das Unausweichliche zu schieben.

Hofbräuhaus würde Weißbier heißen. Ein Nachmittags-Weißbier. Und dann weißbierduselig und müde zurück über diesen Höllenhighway von Vegas. Da könnten sie sich nachher gleich ins Bett legen und durchschlafen. Da wäre sein Plan, mal wirklich einen auf Vegas zu machen, sofort hinüber.

«Das Problem ist ...», sagte er.

Sie sah ihn interessiert an.

Ja, was war jetzt verdammt noch mal das Problem? Das Problem war, dass es kein Problem gab. Jedenfalls kein Problem, das vor Marie Bestand hätte.

«Das Problem ist», sagte er, «dass ich jetzt eigentlich etwas ganz anderes mit dir vorhatte.» O Gott, wie hörte sich das denn an? Hatte er gerade seine Stirn verführerisch hoch und runter zucken lassen wie ein Kleinstadt-Casanova? «Im Hotel», schob er schnell hinterher. «Jetzt dann, im Hotel.»

«Termingebunden?», fragte Marie. Und zuckte zweimal mit der Stirn.

Es hatte keinen Sinn.

«Wo ist denn dieses Hofbräuhaus?»

Er tippte die Adresse ein.

Der rote Pfeil auf dem Navi war verschwunden, etwas drehte sich. Replanning, meldete das Gerät. Neben ihm waren überall Autos, viel zu viele Spuren.

Plötzlich parkte da vor ihm ein Laster, der mit den halbnackten Frauen. Links schossen Autos vorbei, er würde nicht einfach rüberziehen können, der Laster kam immer näher, Anton blinkte, er trat auf die Bremse, er guckte. Links immer noch: ein Auto nach dem anderen. Keiner ließ ihn rein. Anton bremste scharf. Sie standen.

«Alles okay?», fragte Marie.

Links war jetzt frei. Er atmete aus und gab Gas.

«Stopp!», schrie sie. «Die Ampel!»

Das Erste, was sie von ihrem Hotel sahen, war ein riesiges Parkhaus. Der Verkehr kam Anton vor, als wäre gerade ein Football-Spiel zu Ende gegangen. Es stresste ihn weniger, als er befürchtet hatte, so ein Weißbier in einem Hofbräuhaus hatte doch auch etwas für sich. Schwarze Männer mit roten Schirmmützen und langen, goldknopfbestickten Mänteln, die ihn an die Kolonialzeit erinnerten, winkten in unterschiedlichste Richtungen. Ein Labyrinth aus Abertausenden Parkplätzen, in Ebenen von Beton übereinandergeschichtet. Auf den weiten Flächen glänzten im Dämmerlicht die Wagen.

Man musste sich gut merken, wo man seinen abgestellt hatte, sonst konnte man tagelang Autoreihe für Autoreihe absuchen nach einem Ford Escape, den es in Metallicgrau allein auf einer Ebene bestimmt 375-mal gab. Ganz zu schweigen von anderen SUVs, die so ähnlich aussahen. Anton erinnerte sich an Robert De Niro, schleppender Schritt, eine Knarre in der Hand, wie er in Quentin Tarantinos «Jackie Brown» auf einem Parkdeck diesen verdammten Wagen suchte. Die Blonde, die ihn beim Suchen nervte, knallte er irgendwann ab.

Er würde ein Foto vom Parkplatz machen.

Wo bekam er jetzt spontan die Überraschung her, die er ihr versprochen hatte, um das Hofbräuhaus zu vermeiden? Es gab zwei Möglichkeiten. Entweder ihm fiel etwas Plausibles ein, was er jetzt gleich mit ihr vorhaben würde. Etwas, das nicht Sex war. Oder sie würde denken, er hatte sich mit einer billigen Sexbemerkung ums Hofbräuhaus drücken wollen, was sie wahrscheinlich sowieso schon dachte. Er musste sich etwas Gesichtswahrendes ausdenken.

Anton zog den grauen Koffer durch die Einkaufsstraße, in der sich angeblich auch ihre Rezeption befand. Die Reisetasche hatte er sich über die Schulter gehängt und schleifte sie mehr hinter sich her, als dass er sie trug. Vor seinem Bauch hing die Laptoptasche.

«Soll ich dir vorne noch ein Fass Bier hinbinden? Da wär noch Platz.» Marie blinzelte ihn an. Er musste lachen.

«Schnaps, bitte.»

«Gib doch die Tasche», sagte sie.

«Geht schon.»

Er wuchtete das Gepäck etwas schneller vorwärts. An dieser Stelle der Mall waren sie vorhin schon einmal gewesen. Er war sich ziemlich sicher. Hier war die Rezeption nicht. Aber er schwieg und wuchtete weiter. Ein Hotel mit Mall. Oder war das ein Einkaufszentrum mit Schlafzimmern? Ein Spielsalon mit Shoppingtrakt und Liegebereich?

Anton überlegte, wie viele Bildschirme der Sicherheitsmann wohl vor sich hatte, der ihnen in irgendeiner Kammer gerade zusah, wie sie im Kreis irrten.

Der Gurt der Reisetasche schnitt in seinen Arm.

«Da vorne ist die Rezeption», sagte Marie. «Soll ich dir echt nichts abnehmen?»

«Du, ich komm gleich nach», sagte er.

Er schleifte sich mit dem Gepäck zu dem Tickethäuschen, das er gerade an der Ecke gesehen hatte. «Rat Pack» stand da auf einem Plakat, das war doch die Show mit Sinatra, «The Rat Pack Tribute Show». Auf dem Plakat hielten drei Männer in dunklen Anzügen Whiskygläser in den Händen und grinsten. Das wäre eine Überraschung. Aber nachmittags? Im Hotel? Konsistent lügen war wirklich nicht seine Stärke. «We're fully booked», flötete die ältere Frau hinter der Scheibe. Das Rouge auf ihren Wangen bildete clownsrote Kreise. «Really sorry.» Diese Amerikaner und ihr Höflichkeitsfetisch.

«Me, too», murmelte er und schleppte sich weiter. War das ein Elektroladen da drüben? Und wenn er einen Sinatra-Film besorgte? Nachdem er die Tasche wieder aus der Klappschrankenfalle am Eingang gerissen hatte, in die er sie hineingezerrt hatte, und nachdem er den Koffer im dritten Anlauf untendurch gefummelt hatte, während die Tasche immer wieder dumpf gegen den Schrankenständer wummste, hielt er vor einem pickeligen Verkäufer in der DVD-Abteilung. «Sinatra? Let me see.» Als er zurückkam, hatte er tatsächlich eine DVD in der Hand. «From Here to Eternity.» Anton bezahlte und holperte los.

Die Zimmerfenster ließen sich nicht öffnen. Anton merkte, wie er ruhiger wurde. Der Raum bestand vor allem aus einem mannshohen Spiegel, einem Fernsehbildschirm und einer Fensterfront, dazwischen ein Bett. Unten schimmerte der Pool in der Sonne.

Marie ging ins Bad. Er riss die DVD aus der Folie, knipste den Fernseher an, lief zum Fernseher, zum Nachttisch, zum Fernseher, zur Kommode. Wann hatte er zum letzten Mal einen DVD-Player in einem Hotelzimmer gesehen? «Depp», sagte er etwas zu laut.

Die Toilettenspülung rauschte. Er stopfte sich die Folie in die Hosentasche, da ging die Tür schon auf. Anton hielt ihr die DVD hin.

«Ich habe überraschungsmäßig einen kleinen Denkfehler gemacht», sagte er.

«Einen Denkfehler?»

«Kein DVD-Player», sagte er.

Sie betrachtete die Hülle. «Ein Kriegsfilm?»

Ein Kriegsfilm?

«Was willst du mir jetzt damit wieder sagen?»

«From Here to Eternity», las er. «Ich dachte ...» Auf dem DVD-Cover war ein Soldat mit Fliegermütze abgebildet. Er hatte es noch gar nicht genauer angesehen.

«Ach, mit Sinatra», sagte sie.

«Mit Sinatra», sagte er.

Sie küsste ihn. Er legte seine Hände um ihre Hüften. Marie summte «Summerwind».

Am Abend spürte er das Chlor in seinen Augen. Es brannte angenehm. Gut fünfzig Bahnen hatte er geschafft. Einen Kilometer etwa. Anton hatte seine dunkle Ausgehjeans und ein weißes Hemd angezogen. Auf «Dr. Herta Helmas Mückenmittel» hatte er verzichtet. Es roch so sehr nach Citronella, dass die Menschen in ihrer Umgebung an seinem Parfümgeschmack zweifeln würden.

Vor dem Bistro am Fuß des Eiffelturms war eine Schlange. Anton unterdrückte den Reflex, sofort woandershin abzubiegen. Er mochte Restaurants nicht, in denen man platziert wurde. Er hielt es auch für eine Unsitte, dass man in den USA auf einen Tisch im Restaurant warten musste wie ein Kassenpatient auf eine Sprechstunde beim Facharzt. Von draußen hatte er schon beobachtet, wie nah die Bistrotische beieinanderstanden. Jeder würde ihnen zuhören können. Immerhin sprachen die wenigsten Amerikaner deutsch.

Er erzählte Marie von der Seinfeld-Folge, die fast ausschließlich im Warteraum eines chinesischen Restaurants spielte. Zwanzig Minuten lang. Während er ansetzte, fiel ihm auf, dass es dazu viel mehr gar nicht zu sagen gab. Sie waren aber schon bei der Platziererin angekommen. Er hörte nur, wie sie «Fifty minutes» sagte, und wollte schon wieder abdrehen, als er sah, wie Marie sich von ihr ein blinkendes Plastikteil geben ließ, das aussah wie ein Aschenbecher mit integrierter Raumstation.

«Es vibriert, wenn wir dran sind», sagte Marie. «Total praktisch.»

«Dinner mit Vibrationsalarm», murmelte er.

«Was?»

«Dann können wir jetzt endlich einkaufen gehen. Wir sind schließlich in einer Mall», rief er, klatschte in die Hände und ließ sie wie zwei Becken in der Luft stehen. Der Pool war großartig gewesen. Er hatte fast ein bisschen zu gute Laune.

Anton stellte sich vor, wie ein Sicherheitsmann vor den Bildschirmen gucken würde, wenn sie diesmal im Kreis durch die Gänge der Mall tanzten.

«Warum lachst du?», fragte Marie.

«Ich?», fragte er.

Er nahm ihre Hand, die klein war und weich und jetzt wieder seine.

Von ihrem Tisch im Bistro aus hatte man den Boulevard im Blick und die Wasserfontänen gegenüber. Auf dem Gehweg hatte sich ein Zauberer aufgestellt, der jede Viertelstunde eine Show machte, die immer damit anfing, dass er eine Passantin bat, eine Münze in die Hand zu nehmen und den Arm zu heben, um dann zu fragen, ob sie aus Frankreich sei. Wegen der unrasierten Achseln.

«Und?», sagte Marie. «Wie findest du es?»

«Vegas?», sagte er. «Amazing.» Er ließ die Stimme in der Mitte hochschrillen.

Sein Lachs war gut. Der Wein war frisch. Er aß den Rest ihres Steaks.

Anton lehnte sich zurück, im Begriff, die Arme in den Abendhimmel zu strecken und nach Sternen Ausschau zu halten, als etwas gegen seinen Stuhl rumste. Am Nebentisch setzte sich jemand. «Hat sich dat Warten doch gelohnt», sagte hinter ihm eine tiefe Stimme, Ruhrgebiet, so was.

Sein Brustkorb wurde enger. Deutsche.

«Ist doch ganz nett, oder?», sagte Marie. «Und alles mit nur einer knappen Stunde Warten.»

Er spürte, wie sein Herz schlug.

«Und gerade mal viereinhalb Stunden Schlaf.»

Die hinter ihm schwiegen. Wahrscheinlich blätterten sie sich gerade durch die Karte und fragten sich, was das Problem dieses Typen war und was er mit seiner Therapeutin in Las Vegas machte.

«Hm», machte Anton. Er zog die rechte Augenbraue hoch und hob den Kopf mit einem leichten Ruck, um «Gefahr von hinten» zu signalisieren.

«Dazu ein Weißbier am helllichten Nachmittag. Wenn das der Papa wüsste.»

Anton ruckte seinen Kopf jetzt zweimal etwas heftiger nach hinten und riss beide Brauen hoch.

«Kriegsfilme am Hotelbett. Wo soll das denn alles noch enden heute?»

Er warf den Hinterkopf jetzt so schwungvoll in den Nacken, dass es fast wirken musste, als erstickte er gerade an einer Lachsgräte, und ließ seine Brauen dazu epileptisch zucken.

Sein Herz wummerte.

«Ger-man-s», Anton formte Silbe für Silbe mit seinen Lippen, stumm. Er riss seinen Kopf nach hinten, dass ihn sein starrer Nacken schmerzte.

«Was?» Marie hielt inne.

«Ger-man-s», zischte er und zeigte mit dem ausgestreckten Daumen durch sich hindurch.

«German?», rief Marie. «You? Yes, me too. Geh, Spatz, musst schon a bissl lauter sprechen, sonst versteht dich doch kein Mensch.»

Anton rutschte in seinen Stuhl hinein. Am liebsten wäre er durch einen Geheimgang unterm Tisch aus dem Bistro hinausgerobbt. Merkte sie das nicht?

Oder ignorierte sie es bewusst?

In seiner Brust verhärtete sich etwas. Er spürte, wie eine Wut sich andeutete, zunächst nur wie die Ahnung eines üblen Geruchs. Wenn sie wusste, was los war, dann ließ sie ihn gerade im Stich. Absichtlich.

Er hatte seine Ängste ihr gegenüber vorsichtig dosiert. Anfangs hatte er manche auch einfach ausgehalten. Die, die ihm am erklärbarsten vorkamen, hatte er zuerst thematisiert, was schon kompliziert genug war und zu vielen Nachfragen führte, von denen er nur wenige allgemeinmenschlich-logisch beantworten konnte.

Vielleicht ahnte sie wirklich nichts.

«Ei sink ei tejk se Stejk», sagte der Ruhrgebietsmann hinter ihm.

Das gereimte Hape-Kerkeling-Englisch löste für einen Moment Antons Atemnot.

«Ich erklär es dir später», sagte er. «Sollen wir zahlen?»

«Kein Dessert?»

«Einen Schnaps?»

Fünf Dollar pro Spiel!, empörte sich Anton still, als sie vor dem Rouletteholz standen, durch das gerade eine Kugel gurgelte. Für schlechte Luft und unfähige Innenarchitekten. Die Decken waren niedrig, die Teppiche schwer, das Licht zu dunkel und zu hell zugleich. Oben strahlten Kronleuchter im Kreis, die Bahnhofskneipendämmerung darunter erhellten sie kaum.

In der einen Ecke waren Automaten mit diesen Fruchtsymbolen aufgereiht, an denen Menschen mit Cola-Bechern voll Kleingeld saßen. Vor Marie und ihm die grün bespannten Roulettetische mit den schwarzen und roten Zahlen darauf. In einer anderen Ecke hielten die Leute Karten in den Händen. Black Jack, vielleicht auch Poker. Viele wirkten, als hätten sie sich zum Geldverlieren extra fein gemacht.

«Nur fünf Dollar», sagte Marie. Sie lief in Richtung der verglasten Schalter, um Chips einzutauschen.

Marie hatte ein System entwickelt. Er verstand es nicht. Sie gewann.

Nach einer Weile holte er sich auch ein paar Plastikchips und setzte sich neben sie. Er warf eher wahllos auf Rot, Schwarz, auf irgendwelche Zahlen. Der Einsatz hatte sich in der Zwischenzeit auf fünfzehn Dollar verdreifacht. Um den Tisch drängten sich Menschen. Frauen in knallroten Röcken brachten Drinks, die nichts kosteten.

Nach einer halben Stunde hatte er fünfzig Dollar verloren, nach einer Stunde hundert. Er war stolz, wie egal ihm das war. Niemand sprach deutsch. Seine Augen fühlten sich etwas dämmrig an, vielleicht war es das Chlor. Rien ne va plus. Sie schenkte ihm ein paar Chips von ihrem Haufen.

«Your Lady?», fragte der Texaner mit dem Cowboyhut, der neben ihm saß. Es war wirklich ein Texaner mit Hut. Anton nickte. Der Texaner auch. Sie nickten dem Gedanken eine Weile hinterher. Seine Lady.

Er sah sie an. Aus ihren Augen leuchtete etwas, das alle anderen an diesem Tisch, in diesem Kunstlicht-Losertempel genauso zu treffen schien wie ihn. Es machte ihn glücklich, und es machte ihm Angst. Er bestellte noch einen Gin Tonic.

Als sie auch keine Chips mehr hatte, liefen sie nach draußen. Der Zauberer ließ die Passantinnen immer noch im Halbstundentakt die Arme heben. Die Luft war warm, als könnte man sich hineinlegen.

«Na, Madame. Achselhaare?» Er kitzelte sie unter den Schultern. Sie kicherte.

Bei den Brunnen gegenüber setzte klassische Musik ein. Die Wasserfontänen tanzten dazu. Marie hüpfte. Er hielt sie fest.

Kuhschubsen und Brettlknien

«Also wenn man im Kopf Sex hat ... Muss man dann eigentlich verhüten?»

«Wenn man was?»

Anton sah zu Marie auf den Beifahrersitz. Neben den Fenstern flog New Mexico vorbei. Weite Landschaft, rote Erde, hier und da grüne Grasbüschel, in der Ferne verwandelte die Nachmittagssonne hohe Felsen in glühende Stücke Riesenkohle. Marie hatte den Sitz zurückgeschoben, ihre nackten Beine lagen ausgestreckt auf dem Armaturenbrett, die Zehen quetschten an der Windschutzscheibe.

«Wenn man sich Sex vorstellt», wiederholte Marie, «mit dem Briefträger oder mit George Clooney. Eigentlich müsste man da doch nicht verhüten, oder? Schließlich wird man von Kopfsex nicht schwanger, und man kriegt auch keine Chlamydien oder HP-Viren oder so was.»

«Und du verhütest trotzdem, wenn du Kopfsex hast?», fragte Anton.

«Ich bin mir nicht sicher. Manchmal schon, glaube ich. Aber das machen sicher viele, und ich hab mich gerade gefragt, warum.»

«Das hast du dich gerade gefragt? Interessant. Warum genau?»

«Ach, keine Ahnung, das war plötzlich in meinem Kopf. Also sag schon, warum sollte man da verhüten?»

Anton lachte. «Okay, also mal sehen ... Vielleicht weil der Kopfsexmacher antizipieren will, dass das wirklich passieren könnte. Darum stellt man sich das möglichst realistisch vor.»

«Warum muss das so realistisch sein? Im Kopf ist doch alles wurscht. Da kann ich es richtig krachen lassen. Ich könnte trinken bis zum Umfallen, ohne am nächsten Tag einen Kater zu haben, und mitten im Restaurant auf den Tisch springen, zu ‹Coco Jambo› tanzen, und alle fänden's ganz toll.»

«Schon, aber ... das funktioniert doch nicht wirklich. Wenn du dir vorstellst, du fällst vor einen Lastwagen, wirst zerquetscht und stehst danach wieder fröhlich auf, dann würdest du doch schnell daran erinnert werden, dass du nur in deinem Kopf überfahren worden bist. Und nicht in echt. Spätestens, wenn du deine Beine suchst. Wenn du in der Phantasie merkst, dass das gerade nur eine Phantasie sein kann, ist sie doch irgendwie ungeil.»

«Wenn ich also beim Sex mit George Clooney nicht nach dem Kondom in der Schublade fummle, kauf ich es mir selbst nicht ab, und es macht keinen Spaß mehr?»

«So ungefähr.»

«Hm.»

«Warum hast du überhaupt Sex mit George Clooney?»

«Wegen seinem Bart.»

«Das reicht?»

«Im Kopf schon.»

«In deiner Phantasie sinken deine Ansprüche?»

«Ich würde jetzt, bei aller Liebe, George Clooney nicht gerade als Niveauverlust werten.»

«Das beruhigt mich ja.»

«Bist du eifersüchtig auf mein Sexleben mit George?»

«Würde ich nicht sowieso viel besser aussehen, wäre das womöglich eine Option.»

«Klar.»

Marie lächelte ihn an. «In jedem Fall ist dein Bart viel weicher. Der von George pikst immer so.»

«Aha, ja vielen Dank auch.» Anton klappte den Spiegel herunter, sah hinein und strich über sein Kinn. «Ich müsste mir meinen mal wieder rasieren.»

«Nein, musst du nicht. Dein Bart ist toll.»

«Aber vielleicht, bevor wir bei deiner Tante sind.»

«Ach Quatsch, so festlich wird das da nicht.»

«Wie alt wird sie denn noch mal?»

«Traudl wird achtzig.»

«Wird das ein bayerisches oder eher ein amerikanisches Fest? Oder bayerisch-amerikanisch?»

«Was ist denn ein bayerisches Fest?»

«Viel Bier, viel Fleisch, viele Knödel, viel Schnaps. Nach der ersten halben Stunde kann kaum noch einer gerade stehen, und dann machen irgendwann alle seltsame Spiele.»

«Bier und Knödel – alles klar. Aber was denn für seltsame Spiele?»

«Na, ihr spielt doch immer so Spiele. Wie diese Maibaumklauerei. Das Kühe-Umschubsen.»

«Die reinste Legende! Ich hab noch nie eine Kuh umgeschubst.»

«Na, oder diese Leiteraktionen am Fenster. Oder wie auf den Hochzeiten. Braut-Entführen und Brettlknien und wie das alles heißt.»

«Wo hast du das denn schon wieder her?»

«Das hast du schon hundertmal erzählt. Ich kenn das ganze Programm der niederbayerischen Hochzeiten: Weißwurschtfrühstück, Kirche, die spalierstehenden Vereinskollegen, dann Kaffee und Kuchen mit peinlichen Einlagen und dann die Brautentführung mit Brettlknien. Wobei ich immer noch nicht genau weiß, was das ist.»

«Das weiß ich auch nicht genau, ehrlich gesagt. Es ist irgend so ein Trinkspiel, das sie beim Brautentführen spielen. Ich glaub, da muss sich der Ehemann auf ein Holzbrett knien und der Braut irgendwelche Dinge versprechen, während sich alle anderen Obstler reinpfeifen.»

«Was muss er denn versprechen?»

«Ich schätz mal so was wie, dass er jeden Sonntag Frühstück macht oder dass er nicht mehr besoffen nach Hause kommt, zumindest donnerstags nicht oder so.»

«Und muss er sich daran halten?»

«Was meinst du?»

«Na, kontrolliert das irgendwer, ob er das einhält?»

«Ich glaube, nicht.»

«Dann kann er ja alles versprechen, damit die Gäste zufrieden sind.»

«Wahrscheinlich schon. Aber ... also, na ja.»

«Was?»

«Na, so richtig bescheißen ist ja auch nicht cool auf der eigenen Hochzeit.»

«Warum nicht? Soll man da eine Diskussion anfangen und die Bedingungen festlegen? Nein, zum Bäcker fahr ich nicht jeden Sonntag, aber ja, den Tisch könnt ich schon decken?»

«Hm.»

«Ich würd da einfach ja sagen und dann machen, was man eben machen will.»

«Du würdest da ja sagen? Beim Brettlknien? Du würdest doch überhaupt nie in die Verlegenheit des Brettlkniens kommen. Du willst doch auf keinen Fall heiraten.»

«Bestimmt will ich nicht auf einem Brett knien und dir versprechen müssen, dass ich jeden Dienstagmorgen deine Schuhe binde. Willst du das denn?»

«Keine Sorge. Ich würde gerne in Vegas heiraten, in der Elvis-Kapelle, mit einer Flasche Schnaps in der Hand.»

Anton sah Marie an.

«In Vegas? Wir waren gerade in Vegas.»

«Na, siehst du», sagte Marie, «biste schon wieder aus dem Schneider.»

Anton ließ seine Hand über die Maserung des Lenkrads gleiten. «Du meinst schon diese Kapelle mit den weißen Limousinen vor der Tür, diesem muffigen Raum mit Teppichboden und Plastikblumendekor und den Preislisten auf dem gelben Papier, in der wir vorgestern standen?»

«Genau die.»

«Das wirkte auf mich mehr wie ein Bestattungsunternehmen.»

«Entschuldige bitte, da hat Michael Jordan geheiratet. Und Slash. Und Frank Sinatra. Dreimal, glaub ich.»

«Ja, wenn das so ist …»

«Hey, mach mir nicht meinen Traum hin.»

«Was ist das denn für ein Traum, in einer abgefuckten Bruchbude in Vegas zu heiraten?»

«In so eine Kapelle gehen zwei Menschen, die einfach nur heiraten wollen, sofort, ohne sauteures Kleid und 1000 Gäste und den ganzen Schnickschnack. Nur die beiden, weil sie das so wollen. Für mich ist das ‹Wir zwei gegen den Rest der Welt›, so ein ‹Wir ziehen das durch, egal, was die anderen sagen› – es ist der Inbegriff von Rock 'n' Roll, das Romantischste, was zwei Menschen machen können, wenn sie sich lieben.»

«Findest du?»

«Finde ich.»

Anton sah aus dem Fenster. «Warum hast du mir das nie erzählt?» Nach einer Weile fügte er etwas leiser hinzu: «Wir waren da doch gerade.»

«Entschuldige bitte? Mister *Heiraten-ist-doch-etwas-völlig-Unnötiges?* Mister *Posthochzeitsgeneration?* So etwas Banales wie Heiraten würde dir als ‹aufgeklärtem Post-68er› doch nie in den Sinn kommen, oder? Dafür genießt du viel zu sehr deine ‹Freiheiten der antibürgerlichen Revolution›! Heiraten ist bestenfalls noch etwas für Lesben und Schwule.»

«Für wen?»

«Sagst du doch immer. Höchstens da ist es noch sinnvoll, um zu dokumentieren, dass die Gesellschaft vorankommt.»

«Also ...»

«Was heißt denn hier ‹also›? Ich kenn sie doch alle, deine verschwurbelten Ausreden. Seit zweieinhalb Jahren referierst du das bei jeder Gelegenheit.»

«Aber das heißt doch nicht ...»

«Anton, ich hab's verstanden. Du willst auf KEINEN FALL heiraten.»

Die großen Felsklumpen waren jetzt verschwunden, doch die Landschaft sah noch genauso aus: rote Erde, Steine, Sträucher.

«Du hättest trotzdem mal was sagen können», sagte Anton, noch immer leise.

«Komm, lass gut sein jetzt. Ich hab doch gesehen, wie du die Nase gerümpft hast.»

«Aber, ich meine …»

Marie drehte die Musik lauter und lehnte sich zurück.

Draußen reichten steinige Hügel wieder bis zum Horizont, wo sie an die grauen Wolken stießen. Die Straße verlief gerade. Die weißen Fahrbahnmarkierungen wirkten frisch. Anton nahm einen Schluck aus seinem Starbucks-Becher und stellte ihn wieder in den Getränkehalter.

«Man kann doch auch einfach so für immer zusammen sein», sagte er dann.

«Die klassischste aller Ausreden», murmelte Marie.

«Nein, das ist … So eine Hochzeit schafft doch nur unnötigen Druck. Plötzlich steht da riesengroß FÜR IMMER in Steinlettern über deiner Beziehung. Da muss man aufpassen, dass einen das nicht erschlägt. Dass das nicht irgendwelche Prozesse auslöst, die ohne so ein FÜR IMMER gar nie eingesetzt hätten.»

«Prozesse?»

«Na ja», sagte Anton. «Das ist doch wie … Als wäre alles gut, und dann sagst du, lass uns mal beschließen, dass immer alles gut sein wird, weil du es so unbedingt willst. Und dann wird alles so gezwungen. und man fängt plötzlich an, sich anzuschnauzen und ständig zu streiten …»

«Wie fand das denn Karla?»

«Was?»

«Deine Exfreundin. Ihr wart immerhin fünf Jahre zusammen. Da werdet ihr doch auch mal über das Thema Heiraten gesprochen haben.»

«Ich hab ihr das auch zu erklären versucht, mehr so theoretisch.»

«Das denk ich mir. Und?»

«Na ja. Sie heiratet nächsten Sommer.»

«Ehrlich? Ach, cool! Lass mich raten: auf einem Gut in Brandenburg.»

«Tatsächlich irgendwo da draußen, ja. Da muss ich jetzt wieder sagen: Diese Feste sind manchmal gar nicht so verkehrt.»

«Geh schau her, das gefällt dir dann wieder. Bist du Trauzeuge?»

«Nein, das wäre doch ein bisschen absurd, oder?»

«Ein bisschen vielleicht. Aber sie ist immerhin so was wie deine beste Freundin jetzt, oder? Wir sollten sie mal wieder besuchen. Karla ist toll.»

Anton nickte.

«Hat sie dich deswegen verlassen?»

«Wegen dem Heiraten? Nein. Unsere Zeit war einfach irgendwann vorbei. Nach dem Studium ist sie in die Schweiz, und ich bin in Berlin geblieben. Und dann war es aus.»

«Hm.»

«Wie war das mit Chris?»

«Das ist noch nicht ganz durch.»

«Wie, noch nicht durch?»

«Na, die Scheidung. Wir haben damals ja in der Elvis-Kapelle geheiratet, hab ich das nicht erzählt? Na, und da muss man sich dann ja auch wieder in den USA scheiden lassen, und das war einfach immer so kompliziert. Also haben wir es hinausgeschoben, und irgendwann dachten wir, ach, was soll's, wär doch lustig, wenn wir das siebte

Jahr noch vollkriegen. Wir würden das also nächstes Jahr mal angehen mit der Scheidung, na ja. Aber dann sicher!»

«Das ist jetzt nicht dein Ernst, oder?!!»

«Ach komm. Wir sind doch alle aufgeklärt. Posthochzeitsgeneration, du weißt schon.»

«Aber das heißt doch nicht, dass ...»

Marie musste lachen.

Am Abgrund

Der Tag am Grand Canyon startete wie ein typischer Reisetag, fand Marie. Als sie auf den großen Campingplatz fuhren, kommentierte Anton jedes entgegenkommende Auto mit «Achtung, Achtung», etwas engere Kurven später mit einem lauten Einatemgeräusch, das klang, als hätte jemand kurz einen Handstaubsauger angestellt. Ansonsten drückte er sich wie der Zinnsoldat stocksteif in den Beifahrersitz.

Als dann eine Straße ihre kreuzte, drehte er sich mit seinem ganzen Körper nach rechts vor das Fenster, um ein eventuell herankriechendes Auto schon in zehn Kilometer Entfernung genau erkennen zu können, und Marie stellte den Motor ab.

«Willst nicht vielleicht doch du fahren?», fragte sie.

«Nein, nein. Jetzt fahr weiter.»

Anton drehte sich nervös um, ob schon ein Auto hinter ihnen stand und womöglich gleich hupen würde.

«Bist du sicher?»

«Jetzt fahr!»

«Gut, aber dann bindest du dir entweder die Augen zu oder übst dich in Yoga oder Qi Gong oder sonst irgendwas Entspannendes, du machst mich nämlich wahnsinnig.»

Anton nahm wieder seine Position ein, gab ein «Hm» von sich, und es ging weiter.

Diese kleine Erziehungsmaßnahme hatte Marie im

Laufe ihrer Reise bestimmt zwanzigmal gemacht. Es war fast schon zu einer langweiligen Gewohnheit geworden: dreimal «Achtung, Achtung», Motor aus. Zweimal Handstaubsauger plus einmal Seitenspiegel verdecken, Motor aus. Marie wunderte sich schon fast, wie gut das trotzdem jedes Mal wieder funktionierte.

Sie lenkte den Ford nun mit stillem Beifahrer über den Campingplatz, der mehr einem riesigen Waldstück glich. Überall standen hohe Pinien, Zapfen und Nadeln lagen am Boden, durch das geöffnete Fenster roch es nach dem grünen Badezusatz von zu Hause. Marie sog die Luft auf. Großartig.

Zwischen den Bäumen standen hier und da Zelte, davor saßen Menschen auf Klappstühlen. Manche hielten riesige bunte Becher in der Hand, vermutlich gefüllt mit Kaffee, andere kauten an einem Sandwich. Nach drei Runden im Campingwald entdeckte Anton endlich die Zahl 17 auf den kleinen Betonsteinchen am Boden, und Marie parkte den Ford. Sie inspizierten ihre Feuerstelle und die hölzerne Bank-Tisch-Kombination davor, und dann begann auch schon die Diskussion um den besten Platz für das Zelt.

Anton wollte es nicht direkt unter einen Baum stellen, weil da sonst Harz heruntertropfen und das schöne neue Zelt, das sie in Kalifornien erst gekauft hatten, schmutzig machen könnte. Marie aber wollte genau dorthin, weil die Wiese da am ebensten war, und sie glaubte, nur dort gut schlafen zu können.

Sie diskutierten hin und her, bis Anton die Arme verschränkte und stur in die Richtung des von ihm ausgewählten Zeltplatzes starrte. Marie schlug sich schließlich mit der flachen Hand auf die Stirn und sagte: «Mach doch, was du willst, aber dann baust du's alleine auf.»

Sie ging zum Kofferraum, holte ihre Badtasche aus dem Trolley und zog Richtung Waschraum ab.

Immer das Gleiche, ärgerte sie sich. Wenn es darum ging, wie man ein Zelt aufbaut oder Teller spült oder Kartoffeln in der Pfanne umdreht, dann wusste Anton plötzlich ganz genau, was zu tun war, was sie zu tun hatte. Am Anfang hatte sie noch versucht, mit ihm herumzudiskutieren, doch inzwischen hatte sie eine bessere Lösung für sich gefunden. Marie ließ einfach die Teller in die Spüle flutschen und den Kochlöffel fallen und sagte: Mach selber. Meistens ging das ganz gut, und außerdem sparte sie sich dann die Arbeit.

Als sie zurückkam, hatte Anton das Zelt fertig aufgebaut und war gerade dabei, Isomatten und Schlafsäcke darin zu entrollen. Marie ließ sich auf die Holzbank fallen, stützte den Ellenbogen auf den Tisch, den Kopf in die Hand und sah ihm dabei zu.

Das Zelt glich einer riesigen Schildkröte, die irgendwo mitten in der Landschaft eine kleine Pause machte. Immer wieder öffnete sich der Bauch der Schildkröte, und Antons Hände kamen zum Vorschein. Sie schüttelten ein Kissen aus oder strichen etwas Sand heraus. Marie schmunzelte: Anton putzte ihr Haus.

Er entdeckte Marie und begann sofort durch das Zelt hindurch über die Wichtigkeit dieser Maßnahmen zu referieren. Man müsse die Schmutzherde frühzeitig erkennen und ausmerzen. Dann öffnete sich der Bauch wieder, Anton kam schnell herausgekrochen und zog ruckartig das Mückengitter nach oben. Er nahm zwei Heringe in die Hand, schob sie in den Boden und verknotete die Zeltschnur daran. Dabei erzählte er, dass die Schnur nah am Zelt gespannt werden müsse, weil sonst nachts ein Elch darüber stolpern könnte, das habe er vorhin noch in der Broschüre gelesen, außerdem müsse man die Heringe – schau mal, genau so – vorsichtig in den Boden schieben, weil sie sich sonst verbiegen würden.

«Is scho recht, Spatzl», sagte Marie. «Am besten baust jetzt immer du des Zelt allein auf, damit da auch nichts schiefgeht.»

«Oder», sagte Anton, «du merkst dir jetzt alles, und das nächste Mal machen wir es dann wieder genauso.»

«Mensch, super Idee», rief Marie. «Am besten dokumentierst du jeden Arbeitsschritt schriftlich, mit dem entsprechenden Bild. Und wenn du schon dabei bist, kannst du gleich für alle anderen Dinge Gebrauchsanleitungen aufschreiben. Zum Beispiel, wie ich deines Erachtens nach über eine Kreuzung fahren soll und wie ich zu lüften habe und wann ich wo in welcher Lautstärke sprechen darf und in welcher Sprache. Oder noch besser: Kauf dir einen Hund, dem du all das beibringen kannst!»

«Ist ja gut», sagte Anton wieder leise.

«Ich fahr jetzt jedenfalls zum Grand Canyon, du kannst entweder mitkommen oder noch ein bisserl am Zelt rumputzen.»

Marie biepbiepte mit dem Schlüssel das Auto auf und setzte sich hinein. Anton schlich zur Beifahrertür, und sie fuhren schweigend los.

Nach einer halben Stunde kamen sie an der Aussichtsplattform des Grand Canyon an. Jeder machte verstohlen ein paar Bilder, dann suchten sie schweigend den Wanderweg nach unten. Irgendwann auf dem Weg griff Anton nach Maries Hand.

«Ich mag keine Hunde», sagte er leise.

Marie streckte ihm die Zunge raus. Dann küsste sie ihn.

«Hui», sagte Marie, als sie sich voneinander lösten. Sie standen vor dem Eingang des Weges. «Da willst du jetzt runter. Bist du sicher?»

Der Weg verlief in Schlangenlinien an den roten Felswänden des Grand Canyon hinab, er war gerade einmal so breit, dass zwei Wanderer dicht nebeneinander gehen konnten. Er wirkte staubig und steil, an den Felswänden entlang wuchsen kaum Bäume, die etwas Schatten versprachen, lediglich einige trockene, staubige Büsche hielten es in der Hitze aus. In der Mitte der Schlangenlinien musste wohl irgendwo weit, weit unten der Colorado River sein. Marie konnte ihn nicht sehen und auch kein Ende des Weges.

«Wir müssen ja nicht ganz nach unten», sagte Anton, «das schaffen wir heute eh nicht mehr. Aber ein wenig hinunterwandern könnten wir schon, oder?»

Marie sah neidisch auf die Menschen, die oben unter den Sonnenschirmen saßen und mit einem kühlen Getränk in der Hand die Schlucht bestaunten. Es sah sehr gemütlich aus. Am liebsten hätte sie sich dazugesetzt, die Schuhe ausgezogen, die Füße in die Sonne gestreckt und ein Weißbier bestellt.

Aber Anton wollte da runter.

Marie seufzte.

«Wenn's sein muss.»

Anton lief voran, genauer gesagt: Er rannte. Marie beobachtete, wie er Wanderer überholte. Er betrieb das ähnlich, wie er Autos auf der Autobahn überholte. Von hinten ganz dicht heranschleichen, bremsen, dann schnell, schnell vorbeiziehen und wieder geeigneten Abstand gewinnen.

Marie überholte notgedrungen auch, sagte dabei «Hello» und «Thank you» und nahm wieder ihre Position zwei Meter hinter Anton ein. Manchmal drehte sie sich noch um und lächelte freundlich zu den überholten Wanderern zurück.

Marie musste immer genug Abstand zu Anton halten. Würde sie direkt neben ihm laufen, könnte er denken, dass noch eine Temposteigerung möglich wäre. Das wollte sie nicht riskieren.

Sie würde, wenn überhaupt, auch lieber wie die anderen kriechen, vielleicht ab und zu an einer Wendung stehen bleiben, hinuntersehen, mit einem «Hach» den umwerfenden Ausblick würdigen, sich vielleicht wie ein paar der älteren Wanderer unter einen Busch in den Schatten setzen, sich den Staub von den verschwitzten Füßen wischen und einen Schluck Wasser trinken. Sie sollten hier sowieso viel mehr trinken, dachte sie. Mit jeder Kurve nach unten fühlte sich die Luft trockener und heißer an, ihr lief schon der Schweiß von der Stirn.

Wo der nur immer seine Energie hernimmt?, dachte Marie, als Anton wieder zum Überholen ansetzte. Joggt da runter, als gäbe es am Colorado River Freibier, aber nur noch die nächsten zehn Minuten. Dabei schaut er nicht einmal nach links und rechts. Wahrscheinlich bemerkte er diese schöne Landschaft gar nicht. Er rannte, um zu rennen.

Das war auch wieder so etwas, was Marie gar nicht verstand. Wenn sie Rad fuhr, brauchte sie einen Ort, an dem sie ankommen sollte, wenn sie lief, musste der Grund eine S-Bahn kurz vor dem Abfahren sein. Das war auch der Grund, warum sie das mit dem Joggen in ihrem Leben nur genau einmal versucht hatte. Anton hatte sie dazu überredet. Joggen tut so gut, hatte er gesagt, glaub mir. Da kannst du dich so richtig auspowern.

Marie hatte es wirklich versucht. Nach einer Runde im Park um die Ecke aber war sie wieder eingeschwenkt, zurück nach Hause. Sie kam sich komisch dabei vor, ohne Ziel im Kreis herumzulaufen.

Vielleicht, dachte Marie, wenn man Anton im Fitnessstudio das Laufband auf Talgang einstellt und ein wenig Staub darauflegt, vielleicht merkt er dann gar nicht, dass er nicht am Grand Canyon ist. Sie grinste.

«Anton», rief sie. Er blieb stehen, drehte sich um und lächelte. Er war selig. Marie zupfte einen Haargummi aus der Tasche ihrer kurzen Jeans, band ihre Locken zusammen und wischte sich den Schweiß von der Stirn. «Können wir vielleicht mal kurz hier Pause machen, ich hab ...»

«Pscht.» Anton sah erschrocken in Richtung eines Busches. «Hast du das gehört?»

Marie horchte. «Ich hör nichts. Was ...»

«Pscht, da war es wieder. So ein Kratzen im Busch.»

Anton ging vorsichtig einen Schritt nach vorne und lugte in die Richtung. Plötzlich bewegte sich der Busch, als würde er – durchgeschüttelt. Marie erschrak.

Anton flüsterte: «Das könnte ein Berglöwe sein.»

«Ein Berg... was?»

«Hast du die Schilder am Eingang nicht gesehen? Diese gelben?»

Marie hatte nichts gesehen, und bevor sie «Ja, ja, das wird schon nicht so dramatisch sein» sagen konnte, raschelte der Busch noch einmal, und Anton riss die Arme in die Höhe.

«Was machst du denn da?»

«Pscht jetzt», sagte Anton. «Nimm die Hände hoch, du musst größer wirken als der Löwe.»

«Ach komm jetzt, das kann doch auch ...»

Und dann hörte Marie ein Geräusch, das wie ein Löwenheulen klang, und ruckartig riss auch sie die Arme nach oben.

Sie starrten beide auf den Busch und sahen vermutlich aus wie zwei Verbrecher, auf die ein Polizist eine dicke Knarre gerichtet hatte. Marie atmete, so leise sie konnte, und bewegte sich keinen Millimeter, die Augen fest auf den Busch gerichtet. Nach ein paar Minuten im Verbrecherstand flüsterte sie: «Was sollen wir jetzt machen?»

«Nicht bewegen.»

«Wie lange?»

«Bis er weg ist.»

Also standen sie weiter da und starrten auf den Busch. Aus dem Augenwinkel beobachtete Marie, wie die Sonne langsam näher an die Erde herankroch, immer wieder heulte es aus dem Busch. Irgendwann hörten sie, wie sich Schritte näherten. Zwei Wanderer krochen langsam den Weg entlang in Richtung ihres Busches, ein Paar um die sechzig, in kompletter Wandermontur der gleichen Farbe, Beige-Mintgrün.

Als sie fast vor ihnen standen, drehte sich Anton um und sagte: «Vorsichtig, da ist ein Löwe.»

Die beiden sahen sich etwas skeptisch an.

«Das Heulen», flüsterte er.

Die beiden horchten, und wie bestellt jaulte es wieder aus dem Busch. Da rissen auch sie die Arme in die Höhe.

Krass, die wissen also auch Bescheid, dachte Marie. Sie kam sich ein wenig blöd vor, dass sie von der Löwengefahr hier scheinbar als Einzige so gar nichts mitbekommen hatte. Dabei war es doch sonst sie, die sich mit Gefahren in der Natur auskannte.

Sie wusste genau, wie sie die Lebensmittel im Yosemite Park vor den Bären verstecken mussten, wie sie ihre Schuhe vor der Besiedlung durch Spinnen schützten und, vor allem, wie sie sich gegen Salmonellen, Legionellen, Escherichia coli und all die anderen wirklich gefährlichen Lebewesen in der Küche zur Wehr setzen mussten. Nachdem man Eier geöffnet hat, sofort Hände mit Seife waschen, das Wasser im Boiler immer auf mindestens sechzig Grad erhitzen, niemals Wurst in der Sonne stehen lassen, solche Dinge.

Aber die Löwengefahr hatte sie scheinbar versäumt. Sie sah zu Anton hinüber und war froh. Er hatte aufgepasst.

«Sollen wir vielleicht nachsehen, ob das wirklich ein Löwe ist?», fragte die Wanderin.

«Auf keinen Fall», zischte Anton. «Das ist viel zu gefährlich. Wir warten, bis er weg ist.»

Sie schwiegen wieder, die Arme hoch erhoben.

Ein Windhauch kühlte Maries Stirn. Zum Glück hatte sich der Löwe wenigstens so hinter dem Busch verkrochen, dass die Sonne nun genau dahinter stand. So standen sie inzwischen immerhin im Halbschatten und mussten nicht auch noch den Hitzetod sterben.

Marie wagte es einmal, kurz nach rechts zu sehen. Vier Verbrecher in einer Reihe. Sie musste an die Daltons denken und verkniff sich ein Grinsen.

Da heulte es wieder im Busch, und sofort schoss ihr das Schild aus dem Zoo in den Kopf. Auf dem stand, dass ausgehungerte alte Löwen in Afrika auch mal Menschen angreifen. In Tansania nennen die Leute diese Löwen Man-Eater.

Ihr Magen verkrampfte sich. Hoffentlich kommt der Scheißlöwe raus, bevor es dunkel wird.

Vielleicht ist der Löwe auch eine Löwin und versteckt seine Jungen in dem Busch? Dann, das wusste Marie von den Wildschweinen bei sich zu Hause, konnten Tiere richtig gefährlich werden.

Sie dachte an diesen Tag mit ihrem Vater im Wald. Marie war vielleicht acht. Sie waren mit dem Traktor hinausgefahren, nur sie beide. Sie liebte solche Tage allein mit ihrem Vater. Bei drei Geschwistern war das etwas Besonderes. Er hatte wieder eine Tüte voll Haare von ihren Kämmen im Bad gesammelt und wollte sie um ein paar junge Bäume legen. Wenn Rehe die Haare rochen, trauten sie sich nicht heran, hatte er Marie erklärt. Die Rehe würden dann nämlich glauben, dass da Menschen waren, und so die zarten Triebe der Bäumchen nicht kaputt knabbern.

Marie war ein wenig im Wald herumgelaufen, hatte einen Stock gefunden und damit Stabhochsprung über abgeschnittene Baumstämme gespielt. Sie hatte gerade Anlauf genommen, da sah sie ein kleines Schweinchen mit braunen Streifen vor einem Busch stehen. Sie ging hin und wollte es streicheln. Auf einmal stand da eine riesige Sau vor ihr und schnaubte so laut und wütend wie ein Stier in der Arena. Marie blieb starr vor Schreck stehen. Sie wusste nicht, was sie tun sollte.

Sie erinnerte sich genau an die Angst und die Hilflosigkeit. Dann spürte sie den Arm ihres Vaters um ihren Bauch. Er hob sie hoch und trug sie langsam Schritt für Schritt nach hinten, zurück zum Traktor.

Wenn nur mein Vater jetzt hier wäre, dachte Marie. Er wüsste genau, wie mit diesem Löwen verfahren werden müsste.

Aber, Marie sah zur Seite, Anton schien auch Ahnung zu haben. Er würde sie bestimmt genauso beschützen.

Wieder näherten sich Schritte, diesmal kamen sie von oben. Marie drehte sich vorsichtig nach links und erkannte zwei Männer in beigen, kurzen Hemden.

«Ich glaub, hier kommen Parkwächter», sagte sie auf Englisch in die Runde. Die beiden kamen näher, Anton rief ihnen zu: «Da ist ein Löwe.»

«Ein Löwe?», sagte einer der beiden.

Er ging langsam auf das Gebüsch zu, blieb kurz davor stehen und bückte sich. Dann lächelte er und sagte: «Na dann holen wir ihn mal heraus.»

Der Mann klatschte laut in die Hände – und sofort flogen zwei dicke, schwarze Vögel aus dem Busch. Sie heulten noch einmal kräftig, flatterten im Kreis über ihre Köpfe hinweg und verschwanden dann hinter dem nächsten Felsen.

«Sie können Ihre Hände wieder herunternehmen», sagte der Retter.

Erst da fiel Marie auf, dass sie alle mit erhobenen Armen den Vögeln hinterhersahen.

Verdutzt schaute sie erst die Parkwächter an, dann Anton, und dann lachte sie, laut und erleichtert. Die älteren Wanderer stimmten ein.

«O Gott, ich dachte schon, die fressen uns jetzt auf», sagte Marie.

«Zum Glück sind Sie gekommen, bevor es dunkel wurde», sagte der ältere Mann zu den Parkwächtern, «sonst hätten wir wohl nicht mehr zurückgefunden.»

Sie alle schauten etwas erschöpft, und die Parkwächter erzählten, wie schwer es sei, diese Berglöwen zu Gesicht zu bekommen, und dass sie vor Kurzem erst junge Berglöwen in ihrer Station aufgezogen hätten, weil die Mutter von einem Truck überfahren worden war. Die älteren Wanderer verfielen mit ihnen in eine Diskussion über Berglöwen und ihre Lebensweise, und Marie wandte sich an Anton.

«Komm, Spatzl, geh ma zurück. Mir reicht's jetzt schon an Abenteuer.»

«Hm», sagte Anton und guckte verlegen.

Sie verabschiedeten sich von der Truppe und liefen den Wanderweg zurück nach oben.

Sie gingen ein paar Wendungen, Anton stumm und auffällig langsam neben Marie. Ob er wohl geknickt war?

Sie griff nach seinem Arm. «Pass auf, Anton. Da vorne ist wieder so ein Busch. Und da unten schleichen schon die nächsten Wanderer heran. Ich würd sagen, diesmal fang ich an und heb die Arme, und du stellst die Fragen.»

Marie ging einen Schritt schneller und lief auf den Busch zu.

«Komm, lass den Quatsch», grummelte Anton.

«Warum, das hat doch super funktioniert gerade. Wir müssten nur die Vogelvariante mit berücksichtigen, sonst fliegen wir wieder zu schnell auf. Vielleicht versuchen wir's mit Löwenvögel? Ja genau, Löwenvögel! Die sollen sehr gefährlich hier sein, hab ich gehört. Spitzer Schnabel und so. Komm, es geht los.»

Marie hob die Arme und lief auf den Busch zu.

Anton lachte.

«Du spinnst schon ein bisschen.»

Marie drehte sich um, grinste und zuckte mit erhobenen Armen die Schulter.

Dann lief sie weiter.

Unterwegs mit Walter White

Dass zu den wenigen Dingen, auf die sie sich einigen konnten, ausgerechnet ein Mann gehörte, der einen Schnurrbart und weiße Herrenunterhosen mit Eingriff trug, war eine der Ironien ihrer Beziehung, fand Anton. Der Name des Mannes war Walter White. In seiner Lunge wuchs ein Karzinom heran, für dessen Behandlung seine Krankenversicherung nicht genug zahlte, weshalb der Chemielehrer White zur Finanzierung der Therapie ein Drogenimperium errichtete, das über fünf Staffeln hinweg auch noch weiter wuchs, als der Tumor längst damit aufgehört hatte.

Man konnte das als die allerneueste Auflage des amerikanischen Traumes betrachten, überlegte Anton, während sie auf einem Parkplatz neben einer Imbissbude in Albuquerque in ihren Ford stiegen, um ihren Tag zu beginnen. Jeder kann alles schaffen, selbst in Geschäftsbereichen, die bisher vor allem Kartellen, Mafiosi und anderen Großkriminellen vorbehalten waren. Wenn er die Geschäftsbedingungen akzeptiert und mitmordet. Der neue amerikanische Traum war ein ziemlicher Albtraum. «Breaking Bad», die Serie, deren Hauptfigur Walter White war, erzählte diesen Albtraum mit so vielen Morden und Todesängsten, dass Marie immer wieder seine Hand quetschte und «Ich kann nicht mehr» flehte, während sie auf ihrer neuen Cordcouch in Berlin an manchen Abenden drei oder vier Folgen hintereinanderweg sahen.

Das Publikum des 21. Jahrhunderts liebte eben den Antihelden. Und wer taugte da besser als ein bemitleidenswerter Mann, der schon in der ersten Folge in Unterhosen und mit einer Knarre in der Hand mitten in der Wüste von New Mexico stand?, sinnierte Anton. Walter White war ihr gemeinsamer Antiheld.

Ihr Hostel in Albuquerque lag direkt neben dem Dog House Drive, einem der Drehorte von «Breaking Bad». Sie hatten den Ford über Nacht auf dessen Parkplatz gestellt, obwohl er unbewacht war und dies allem Anschein nach eine Gegend, in der auch Menschen wohnten, die Autos mit Zündkabeln starten konnten. Durch die Windschutzscheibe sah Anton den kastenförmigen Imbiss mit dem langen braunen Dackel auf dem Dach, appetitlich wie eine Kackwurst.

Marie schob den Ledersitz nach vorne und zog das Lenkrad heran. Dann pumpte sie ihren Sitz hoch. Sie klemmte immer so direkt hinter der Windschutzscheibe, dass er sich jedes Mal den Kopf anhaute, wenn er nach ihr zum Fahren einstieg.

Gestern hatten sie die Heißluftballons bei der Balloon Fiesta angeschaut. Für sie. Heute würden sie die wichtigsten Drehorte von «Breaking Bad» besichtigen. Für ihn. Und, wie er hoffte, am Ende auch: für sie. Also: für sie beide. Sie hatten die Serie schließlich gemeinsam durchlitten, all die Morde auf dem Weg des Walter White an die Spitze seines Crystal-Meth-Imperiums.

Dieser Tag in Albuquerque hatte das Zeug, ein verbindendes Erlebnis zu werden. Etwas, woran sie sich gemeinsam erinnern würden. Auch wenn Marie anfangs skeptisch auf seinen Vorschlag reagiert hatte, acht Stunden lang Seriendrehorte in Albuquerque abzufahren.

Anton hatte sich gut vorbereitet und eine Google-Karte mit den wichtigsten Orten ausgedruckt. Er hatte außerdem noch einmal entscheidende Details aus einzelnen Folgen nachgelesen.

«Fasten your seatbelts, honey», amerikanerte er zu ihr hinüber. «Your tour guide is ready.»

Heute würde er einmal der Guide sein. Der Mann mit dem Plan. Sonst hatte Marie immer den Überblick, die Zettelstapel mit ausgedruckten Hotelbestätigungsmails. Er bediente höchstens das Navi und gab die Adressen ein. Manchmal hatte er fast das Gefühl, er war auf dieser Reise nur irgendwie mit dabei.

Marie stieß mit ordentlich Gas zurück, setzte den Blinker und ordnete sich hinter einem weißen Truck in den zähen Morgenverkehr ein.

Ein Mann joggte über die Straße, nur ein paar Meter vor ihnen. «Schschschhhh», Anton sog die Luft durch die Zähne. Fast hätten sie ihn erwischt.

Das Navi lotste sie Richtung «3828 Piermont Dr NE Albuquerque». Zum Haus von Walter und Skyler White, zur Kommandozentrale ihrer Drogenunternehmung.

An einer Kreuzung hielt sie an. Rechts kam einer. «Rechts kommt einer», sagte Anton.

«Was?», Marie sah ihn an.

«Äh, nichts», schob er schnell hinterher. Er hatte doch neulich erst gelobt, nicht jedes Mal zum Fahrlehrer zu werden, wenn er neben Marie saß.

Albuquerque da draußen verwandelte sich langsam in

eine Ansammlung von kilometerweiten Parkplätzen, eingegrenzt von Flachbauten, in denen Supermärkte, Baumärkte, Elektroläden, Doughnutläden oder Burgerläden mit riesigen Schildern am Straßenrand für sich warben.

Sie fuhren über einen mehrspurigen Freeway, am Horizont der Himmel von New Mexico. Die Farben so intensiv, als hätte Gott schon mit Fotoshop gearbeitet.

Das Haus von Walter und Skyler White sah von vorne wirklich genauso aus wie das Haus von Walter und Skyler White. Es fehlte nur der grüne Toyota Hybrid, Walter Whites umweltfreundliches Auto mit dem kantigen Heck.

Marie parkte den Ford mit zwei Häusern Abstand. Anton hatte darum gebeten, um keine Aufmerksamkeit zu erregen. Eine amerikanische Vorstadtstraße in der Vormittagshitze, Häuser, Garagen, Bäume, Garagen, Häuser, Bäume, verbrannte Vorgartenrasen. Kein Mensch zu sehen.

«Die sind nicht da», sagte Marie.

«Wie kommst du darauf?» Anton kniff die Augen zusammen und beobachtete den Eingang.

«Alle Rollläden unten, kein Auto in der Einfahrt», zählte Marie auf. «Ich sag's dir, die sind nicht da. Wenn da überhaupt noch jemand wohnt.»

«Die wohnen da noch.» Anton hatte vorher im Internet recherchiert, dass das Paar, das sein Haus für die Dreharbeiten zu «Breaking Bad» vermietet hatte, auf keinen Fall ausziehen wollte, obwohl sie mittlerweile vermutlich deutlich mehr als die 200 000 Dollar dafür bekämen, die es wert war. Sie wohnten dort seit mehr als vierzig Jahren. Fran Padilla hieß die Frau. Anton hatte es unter «Fun Facts» auf einem Vorbereitungszettel notiert.

«Dann sind die im Urlaub», sagte Marie. «Und schau mal: Das Haus direkt nebenan ist for sale.»

«Ja, und?!»

«Lass uns doch mal aussteigen», schlug Marie vor.

«Ich weiß nicht.»

«Komm, wir schauen uns das mal an.» Sie schob die Tür auf, hüpfte auf die Straße und lief ein paar Schritte auf das Haus zu. Dann drehte sie sich um und winkte ihm. Anton zögerte. Es widerstrebte ihm, vor fremder Leute Häusern herumzuschleichen. Vor allem vor solchen, in deren Vorgärten Schilder der Alarmanlagenwartungsfirma steckten. Außerdem wollte er Ärger lieber vermeiden. Auch wenn ihm gerade nicht genau einfiel, welche Art von Ärger sie verursachen konnten, wenn sie über eine Vorstadtstraße von Albuquerque spazierten.

Bald würde die finale Staffel der Serie anlaufen, auf die er sich schon freute. Was für ein Quatsch, korrigierte Anton sich sofort. Final Season. Letzte Staffel musste es heißen. Er war nach knapp zwei Wochen gedanklich offenbar schon leicht anamerikanisiert.

Let be be finale of seem.

The only emperor is the emperor of ice-cream.

Das Gedicht von Wallace Stevens waberte ihm versweise durch den Kopf. Grundkurs, American Literature. Es war ein kurzer Ausflug über den Atlantik gewesen, während seines Anglistik-Studiums. Er hatte damals lange gebraucht, um zu kapieren, dass finale wirklich einfach Finale hieß. Es war eine viel zu naheliegende Übersetzung gewesen. Er musste es Marie einmal vorlesen. «The Emperor of Ice Cream». «Eiskremkaiser».

In kitchen cups concupiscent curds.

Ts, ts, ts, dachte er. Eine witzige Ansammlung von Cs. Ka, ts, ts, ts. «Katze.» Hatte er das gerade gesagt?

Marie kam schon wieder zurück. «Sieht ganz anders aus von innen», sagte sie. «Zumindest, soweit man erkennen kann.»

«Ich lasse mir meine Illusionen vielleicht doch lieber nicht von der banalen Realität zerstören», murmelte Anton.

«Sicherheitshalber, gell», sagte Marie und lachte.

«Wusstest du, dass sie ‹Breaking Bad› nur wegen der Steuervergünstigungen in New Mexico gedreht haben?», wikipediate Anton los, um von seinen Zögereien abzulenken. «Stell dir mal vor, die hätten das in Kalifornien gemacht. Was wäre ‹Breaking Bad› ohne diesen Himmel?»

«Aha», sagte Marie, so langgezogen, dass klar war, wie sehr sie das interessierte. Er fragte sich, ob es ihr gerade so ging wie ihm früher immer, wenn sein Vater im Urlaub in den französischen Alpen spontane Kurzvorträge über Gesteinssedimente und Sedimentgesteine hielt. Das Wandern allein war schon anstrengend genug gewesen. Er hatte auch immer viel lieber an den See gewollt, statt schon wieder durch Klammen zu stapfen und sich Kuhwiesen hochzuquälen.

Heute wanderte er gerne.

«Wir müssten eigentlich mal rausfahren in die Wüste, uns hinlegen und diesen weißweißen Wolken auf diesem Überblau zusehen», sagte Anton.

«Wir können ja beim übernächsten Mal drüber nachdenken.» Marie startete den Wagen. «Heute ist es viel zu heiß.»

Es war ohnehin eher ein theoretischer, ein atmosphärischer Vorschlag gewesen. Das Blech ihres Ford funktionierte tatsächlich wie eine Solarzelle. Sobald die Klimaanlage kurz aus war, heizte der Ofen.

«Dann fahren wir mal zu Jesse Pinkman», sagte Anton. Das Serienhaus von Walter Whites Schüler und Partner lag in der 323 Terrace St SE Albuquerque. Er tippte die Adresse ins Navi. Dabei fiel ihm Jane ein. Zweite Staffel.

An dem beigen Doppelhaus mit der einen Treppe und den beiden Eingängen hing ein großes gelbes Schild mit einer Telefonnummer. «Rental information.»

«Könnten wir mieten», sagte Anton. «Da ist diesmal wirklich keiner.» Er schob die Autotür auf, die Hitze presste sich gegen seinen Körper, er ging auf das Haus zu. Über den Fenstern waren kleine schräge Dächer aus Ziegeln angebracht.

Anton sah Jane vor sich, das schmale, porzellanzarte Gesicht zwischen den schwarzen Haaren, zum Zerspringen schön. Und darin die viel zu vollen Lippen, unpassend viel Leben.

Immer auf die Seite legen, hatte Jane zu ihrem Freund Jesse gesagt, nach dem Schuss Heroin. Sonst erstickst du an deiner Kotze. Sie hatte sich dann selbst auf den Rücken gedreht, aus Versehen. Und war erstickt. Während Walter White dasaß und zusah.

Anton hatte noch Wochen später an sie gedacht. Wie sie dalag. Wie White dasaß und sie sterben ließ.

Das Böse.

Anton stellte sich vor, wie er reinging, mit Jesses wiegendem Schritt. Über die ochsenblutroten Stufen, durch die weiße Balkontür. Wie sie daliegen würde.

«Das ist so ein ... so ein existenzieller Moment», sagte er, als er später wieder im Auto saß. «Leben, Tod. So alles.»

«Wo geht's jetzt hin?», sagte Marie.

Es stach ganz leicht an der Stelle oben links in seinem Magen. Hatte sie das nur überhört oder war ihr wirklich nicht klar, wie sehr ihn das berührte?

Manchmal sagte Marie, sie wünschte sich, in ihn hineinsehen zu können.

Sie träumte so viel praktischer als er.

Wenn er sich richtig erinnerte, musste es mit Karl May angefangen haben, mit den dicken Bänden und ihren grün-schwarz verschnörkelten Rücken. So blöd es im Nachhinein klang: In dem Moment, als Winnetou starb, merkte er zum ersten Mal, wie groß der Schmerz war, den einem Buchstaben auf Papier zufügen konnten. Das «Ave Maria», das sie für den großen Häuptling der Apachen sangen, der in Old Shatterhands Armen dahinschied: grauenhafter Kitsch. Anton hatte geweint.

Es war auch das erste Mal, dass er den Eindruck hatte, seine Eltern waren wirklich stolz auf ihn – als er in der zweiten Klasse einen Karl-May-Band nach dem nächsten weglas. Mit Büchern konnte er sich in einen Zustand versetzen, den das Leben sonst kaum bereitzuhalten schien.

Es war vor allem Marie gewesen, die ihm gezeigt hatte, dass man diese Intensität wirklich erleben konnte. Gar nicht nur als Schmerz. Auch wenn sie in einem Club zusammen aus der Welt heraustanzten. Wenn Sie mit Snowboards in den Schnee fielen. Oder wenn Marie ihn zu etwas anstiftete, als wären sie Nachbarskinder beim Zwetschgenstehlen.

Marie liebte es auszubrechen. Es kam ihm manchmal vor, als wäre sie süchtig danach.

Als sie sich gerade kennengelernt hatten, hatte sie ihn einmal dazu gebracht, in seine alte Schule einzusteigen.

Ihr Schmerz war ein anderer. Er tauchte am Nachmittag nach dem Tanzen auf. Oder wenn sie manchmal einfach weinte. Er stammte nicht aus dem Innern von Büchern. Eher aus Songs, Melodien. Vielleicht war er tiefer. Anton fragte nicht.

Er zog sein Smartphone aus der Tasche. Es war schon fast eins. «Remember Los Pollos Hermanos», sagte er in den Ford hinein. «Sollen wir da was essen gehen.» Marie zuckte mit den Schultern, weshalb er gleich noch einmal die Szenen referierte, in denen Walter White den Drogenimpresario und Chicken-Schnellimbiss-Besitzer Gustavo Frings in dessen Chicken-Schnellimbiss kennenlernte. Achtzehnte Folge. Zweite Staffel.

Nach gut zwanzig Minuten Fahrt hielten sie auf einem der großen Parkplätze mit einem sandgrauen Flachbau darauf. Auf dem Werbeschild neben der Straße stand «Twister». So hieß der Laden, der in «Breaking Bad» Los Pollos Hermanos spielte. Es gab nicht Chicken, sondern Burger und Burritos.

«Wie cool», rief Marie und trommelte mit den Zeigefingern einen Triumphmarsch aufs Lenkrad. «Burritos.»

Für einen kurzen Moment hatte Anton gehofft, der Anblick eines Original-Drehorts aus der zweiten Staffel ihrer ja irgendwie gemeinsamen Serie hatte diesen Glücksausruf provoziert. Immerhin gab es zu Los Pollos Hermanos längst Hähnchen-Karikaturen auf Fan-T-Shirts. Und was begeisterte Marie? Die Burritos. Anton strengte sich an, nicht beleidigt zu sein. Der Tag machte ihm dafür eine viel zu gute Laune. Auf dem Weg über den Parkplatz legte er seinen Arm um Marie und kniff ihr in die Hüften. Sie juchzte, ihre Stimme überschlug sich ganz hoch oben, Salto auf dem Drahtseil. Sie lachten beide und hüpften ein paar Schritte zusammen.

Die weißen Fliesen waren frisch gewischt, es roch ganz leicht nach etwas Zitronigem, vor allem aber nach gebratenem Zwiebelhackfleisch und Bohnen. Die abgetrennten Sitzboxen an den Seiten hatten das frohe Blau und Rot eines Kindergartenstuhlkreises. Die abgehängte Decke mit den grauen Quadraten und die Fenster dagegen schienen in ein Großraumbüro zu gehören.

Sie stellten sich in eine Schlange. Vor ihnen warteten eine Frau in rosa Pants, die fingerlange Striche um den Unterschenkel tätowiert hatte, und ein Typ mit Schnurrbart, dessen Handy wie ein Werkzeug am Gürtel seiner Levi's angebracht war. Ob das auch Fans waren?

Durch eine Öffnung in der gekachelten Wand hinter dem Tresen konnte man die Köche an den Pfannen und Öfen sehen. Darüber standen auf Tafeln die Angebote. Es fehlten die Hochglanz-Bilder von saftigem Fleisch und zurechtgeschminkten Brötchen. Alles wirkte improvisierter als in anderen Fastfood-Filialen.

Anton inspizierte sofort die Varianten von Burritos, Burgern und Sandwiches und deren Menü-Kombinationen, die sich hier offenbar Platter nannten und Bohnen, spanischen Reis, Kopfsalat, Tomaten und Käse beinhalteten. Er musste im Moment der Bestellung ausreichend Grundkenntnisse besitzen über die Größen – ein Achtel, ein Viertel, ein Halbes und ein Ganzes, von was auch immer –, die unterschiedlichen Fleischarten – Seasoned Ground Beef, Chicken, Carne Adovada, Shredded Beef – und mögliche Zutaten – Red Chile, Green Chile, Jalapeños. Alle diese Vokabeln konnten in Nachfragen der Mitarbeiter auftauchen.

Er war immer noch traumatisiert von seinem Besuch in der kalifornischen Filiale einer Sandwich-Kette, die er eigentlich für ein kurzes Mittagessen ausgewählt hatte, um so wenig wie möglich mit Bedienungen sprechen zu müssen. Er hatte nicht geahnt, dass ihn der freundliche Schüler hinter der Theke durch einen komplizierten Entscheidungsparcours würde lotsen müssen.

«Welches Brot?», wollte der Junge wissen.

«Wie bitte?», antwortete Anton.

«9-Grain Wheat OR 9-Grain Honey Oat OR Italian OR Italian Herbs and Cheese OR Flatbread», zählte der Junge auf. Anton erinnerte sich noch an die Plastikhaube über dessen Haaren, die Toastbrothaut und den Nuschel-Akzent, der kaum zu verstehen gewesen war. Wie all die Sandwich-Brotsorten hießen, die es bei dieser Kette gab, hatte er erst während seiner Verarbeitung des Vorfalls recherchiert, später am Rechner.

«Yes», antwortete Anton auf die Brotfrage und hoffte, das Verhör so zu verkürzen.

«9-Grain Wheat OR 9-Grain Honey Oat OR Italian OR Italian Herbs and Cheese OR Flatbread», zählte der Junge auf.

«Yes», probierte Anton es noch einmal und etwas nachdrücklicher, ahnte aber schon, dass die vielen Oders bedeuteten, dass Ja hier als Antwort nicht galt. Er sah die

Verzweiflung im Blick des Jungen, der nun irgendein Brot nahm und Anton vor die nächste Entscheidung stellte.

«Und Käse?»

«Yes», sagte Anton.

«Welcher? American Monterey Cheddar OR Feta Mozzarella OR Natural Cheddar OR Natural Pepperjack OR Natural Provolone OR Natural Swiss», zählte der Junge auf.

«No», sagte Anton nun, weil er hoffte, ein unangekündigter Strategiewechsel könnte die Sache schneller beenden.

Der Junge setzte zu einer Wiederholung an.

«No cheese», flehte Anton. «Please.»

Dann kam die Gemüseauswahl. Dann die der Soßen.

Anton hatte sich damals geschworen, niemals wieder einen solchen Laden zu betreten.

Nun stand er also in einer Schlange bei Twister, wo es die Burritos mit Tortillas in den Varianten Sour Flour oder Crispy Corn gab.

Sour Flour OR Crispy Corn.

Das OR hallte durch seinen Kopf.

Er würde einen Burger nehmen.

«Heya», hörte er die Mitarbeiterin mit der Twister-Schürze und der Pappkappe zu Marie sagen. Sie waren schon dran.

Marie hatte ihren Blick auf die Reklametafeln über dem Tresen gerichtet und wirkte, als meditiere sie.

Anton drehte seinen Kopf kurz nach links und linste dabei unauffällig nach hinten. Zwei, drei Leute warteten wohl nach ihnen.

Marie meditierte weiter.

Es gab jede Menge Fragen, auf die Anton auch nach

monatelangem Abwägen keine wirklich zufriedenstellende Antwort einfiel. Sollte er sich um diesen Job bewerben? Musste er ein neues Macbook kaufen? Sollten sie zusammenziehen? War es eine gute Idee, durch die USA zu fahren?

Eher beiläufig erledigte er dagegen Denkaufgaben der Kategorie: die Marmelade mit Erdbeergeschmack oder mit Pfirsich? Oder: Welcher Burrito soll es denn heute sein?

Die Twister-Mitarbeiterin stützte beide Hände auf den Tresen und lächelte.

Marie löste ihren Blick vom Menü, sah die Verkäuferin an und lächelte zurück: «Was ist Carne Adovada?»

Es gab einen einzigen Begriff auf der kompletten Speisekarte, den man nicht verstehen konnte. Exakt einen. Anton drehte sich reflexartig um. In der Schlange hinter ihnen zählte er vier Menschen.

Die Mitarbeiterin lächelte noch etwas intensiver. «Carne ist Fleisch», sagte sie, und Anton glaubte, eine Hilflosigkeit wahrzunehmen, die in dieser Antwort mitschwang.

«Ja, klar, aber welches Fleisch?», sagte Marie.

Anton rieb sich mit der Faust über die Stirn.

«Ich müsste den Manager holen», gestand die Frau ein. Sie lächelte jetzt, als würde jemand Urlaubsfotos machen.

Anton sah auf die Spitzen seiner Adidas-Sneakers, er verdeckte mit einer Hand seine Augen. Am liebsten hätte er sich auch die Ohren zugehalten. Am allerliebsten wäre er ganz langsam und in Zeitlupe und auf Zehenspitzen rückwärts aus dem Laden geschlichen, in der Hoffnung, dass keiner merkte, dass er etwas mit dieser jungen, unschuldig blondgelockten Frau zu tun hatte, die gerade die freundliche Twister-Mitarbeiterin mit Fleischereifachfragen grillte und die Wartezeit der anderen Kunden ins Exponentielle hineinsteigerte. Er wagte es nicht mehr, sich umzudrehen.

«Ja», machte Marie.

Vorsichtig blickte Anton durch einen Spalt, den er in seiner Hand gelassen hatte, Richtung Tresen. Die Twister-Frau stand dort immer noch auf beide Hände gestützt und schien die Frage weglächeln zu wollen.

Anton überlegte, ob er diesen seltsamen Carne-Begriff kurz googeln sollte, um die Verkäuferin zu erlösen. Andererseits: Er stand hinter Marie. Er konnte auch immer noch so tun, als gehörte sie nicht zu ihm.

Zumindest den Leuten gegenüber, die sie nicht aus demselben Wagen hatten aussteigen sehen.

«Egal», sagte Marie. «Ich glaube, ich nehme Beef.»

Erleichtert tauchte Anton wieder hinter dem Handversteck auf.

«Wie groß ist eigentlich ein Viertel?», fragte Marie.

Anton entschied sich für einen California Burger mit, yes, Pommes, und, yes, Ketchup.

Keine weiteren Fragen.

Am Nachmittag besichtigten sie noch das Octopus Car Wash, wo Walter White erst arbeitete und das er später zu einer Geldwaschanlage machte. Nachdem Anton dort zwischen den gewichsten Autos erfolglos die Stelle gesucht hatte, an der der krebskranke Walter in der allerersten Staffel zusammengebrochen war, nachdem sie außerdem ein anderes Haus Jesse Pinkmans trotz ihres Navis und seiner ausgedruckten Karte irgendwie nicht gefunden hatten, wurde es langsam dunkel. Sie machten sich auf den Weg zur letzten Station: Combo's Corner. Die Straßenecke, an der Jesses Kumpel Combo Crystal Meth verkauft, während ein kleiner Junge mit dem BMX-Rad um ihn herumfährt. Irgendwann schießt er dann, der Junge. Combo ist tot. Wieder so ein Moment.

Anton stieg aus, es war nicht mehr ganz so heiß. Eine Straßenecke inmitten einer Industriebrache. Ein Strommast, eine Laterne, ein Baum. Sonst nichts.

Er sah wieder Janes Porzellanhaut zwischen den schwarzen Haaren.

Warum empfand er, wenn er Serien guckte oder Romane las, oft so viel mehr, als wenn er selbst etwas erlebte? Wahrscheinlich, weil das Leben als solches eher langweilig war. Wenn man Glück hatte. Oder Pech?

Momente wie die mit Jane oder Combo hinterließen ein Loch in ihm. Eine Leerstelle. Das Gefühl, das etwas fehlte.

Pathetischer Scheiß, dachte Anton.

Und doch: Er konnte sich sicher an mehr fiktionale Ereignisse erinnern, die sein Leben geprägt hatten, als an echte, erlebte.

«Weißt du, was?», rief Marie, als er wieder eingestiegen war. «Lass uns in Walter Whites Pool schwimmen.»

«Was?»

«Die sind doch nicht da, diese Dingenspaddins, die da drin wohnen. Und nebenan ist auch keiner.»

«Die haben eine Alarmanlage», sagte Anton. «Hast du das Schild nicht gesehen?»

«Wir können uns durch den Nachbargarten reinschleichen.» Sie grinste. «Und hoffen, dass sie nicht angeht.»

Ihre Augen hatten wieder diesen Schimmer, ein viel zu tiefes Blau, das so unwirklich war, dass es ihm manchmal das Gefühl vermittelte, als liefe diese Szene mit ihm gerade auf einer Kinoleinwand. Er musste daran denken, wie seine Schwester Marie zum ersten Mal traf und wie sie an dem Abend in dem Café heimlich, sodass nur er es sah, mit ihren Lippen «Sie – ist – sehr – schön» geformt hatte.

Sie war wunderschön.

Das war sein Leben.

Er fühlte sich, als hätte er einen Luftballon geschluckt, der sich nun füllte und ihn langsam, ganz langsam aufsteigen ließ.

Anton schwieg, während sie das Navi abknipste und «3828 Piermont» eintippte.

Marie parkte den Wagen einen Block weiter. Es war jetzt völlig dunkel. Anton stieg aus, legte den Kopf in den Nacken und sah nach oben. Die Sterne zeichneten sich klar am Himmel ab. Der Ford blinkte und hupte kurz zur Bestätigung, dass er abgeschlossen war. Marie lief schon die Straße hinunter. Anton joggte hinterher. Als sie sich dem Haus näherten, wurde sie langsamer, er holte sie ein, und sie gingen ein paar Schritte nebeneinander. Die Luft war jetzt deutlich kühler, sein T-Shirt war feucht und kalt. Marie lief über die Garageneinfahrt des Nachbarhauses, an der Eingangstür vorbei Richtung Garten. Vor einem geschlossenen Tor blieb sie stehen. Anton atmete aus. Sie drückte die Klinke, und das Tor öffnete sich. Anton atmete ein.

Eine kleine Mauer, nicht viel höher als er, trennte die beiden Gärten voneinander. «Räuberleiter», flüsterte Marie. Er faltete seine Hände und streckte sie ihr hin. Sie stieß sich ab, ihre Füße trappelten gegen die Wand, er fasste ihren Hintern und schob. Ein dumpfer Schlag. Er regte sich nicht und wartete auf das Schrillen der Alarmanlage. Für einen kurzen Moment hörte er nur das Zirpen von Grillen, laut wie Maschinen. «Komm», zischte Marie drüben.

Als er sich mit dem rechten Fuß abstieß, stach es kurz im Unterschenkel. Anton krallte seine Hände in den Rand der Mauer und zog, so fest er konnte. Er rutschte ab, sein Knie brannte. Er nahm zwei Schritte Anlauf und schaffte es, die Ellbogen auf den Mauersims zu hieven und sich mit einer Kraft, von der er selbst nichts geahnt hatte, nach oben zu ziehen. Er legte sich längs auf den Sims und rollte sich in den Garten der Whites.

«So eine Scheiße», flüsterte Marie.

Der Pool war leer.

Sie setzte sich auf den Beckenrand, ihre Beine baumelten dagegen. Anton hockte sich zu ihr. Es war jetzt richtig kalt, er fror. Der Himmel war so schwarz, wie er noch nie einen gesehen hatte, die Sterne viel heller als in Berlin. Er versuchte, Sternbilder zu erkennen.

Der Mond ließ die eine Hälfte des Pools gespenstisch weiß schimmern. Die andere lag im Schatten. Anton erkannte Umrisse von Blättern. Er legte seinen Arm um Marie. Sie war wärmer als er. Ihr Parfüm beruhigte ihn.

Er schaute zur Terrassentür und erinnerte sich, wie Walter White hier einmal saß und brennende Streichhölzer in den Pool warf. Es war seltsam, er hatte keine Angst.

Marie stieß sich ab und ließ sich aus seiner Umarmung in den Pool gleiten. Erst machte sie ein paar vorsichtige Schwimmzüge in der Luft und lachte zu ihm herauf. Dann lief sie langsam los und begann, wie eine Ballerina durch das Becken zu schweben. Auf Zehenspitzen tippelte sie über den mondhellen Grund, bis der Schatten sie auf der anderen Seite schluckte. Sie verschränkte beide Arme über ihrem Kopf und drehte sich in Pirouetten an ihm vorbei. Schließlich schwang sie ihre Arme wie Flügel. Dann sank sie auf den Grund und ließ sich zur Seite fallen. Sie lag auf dem Rücken und sah nach oben.

Anton klatschte ganz leise. Er rieb sich mit den Händen über die Arme.

«Komm», flüsterte Marie. «Komm. Wir gucken Sterne.»

Jein

Die dicken Vans standen Stoßstange an Stoßstange auf der zweispurigen Straße, die mitten durch den kleinen Ort Gallup führte. Immer wieder drängten von rechts noch mehr Autos dazu, hupten und winkten sich in die Fahrspur, irgendwo am Ende der Stadt musste eine Baustelle sein. Anton hielt sich am Steuer fest, zog die Augenbrauen zusammen und sagte nichts.

«Sollen wir vielleicht mal eine Pause machen?», schlug Marie vor.

«Hm.»

«Hm, ja? Oder hm, nein?»

«Wir können ja mal drüber nachdenken.»

«Dann denk doch jetzt mal darüber nach, und dann sagst mir Bescheid. Wenn du eine Pause machen willst, kann ich nach einem Restaurant schauen, dann essen wir was, und danach fahr ich weiter. Vielleicht hat sich der Stau dann gelichtet.»

«Wenn du meinst.»

«Ich meine nicht, es ist mir egal. Ich hab ja keinen Stress und auch noch nicht so großen Hunger. Aber wenn du anhalten willst, dann schau ich mich um.»

«Vielleicht ein bisschen.»

«Ein bisschen? Ein bisschen anhalten gibt es nicht. Das ist wie ein bisschen schwanger, ein bisschen unmöglich. Also rede Klartext, mein entscheidungsliebender Freund, sonst fahren wir bis New York durch, und bis dahin bin ich dann doch verhungert.»

Anton sah aus dem Fenster.

«Hast du denn Hunger?», fragte Marie noch einmal, noch nachdrücklicher.

«Bestimmt.»

«Also, weißt du, was? Ich bin hier nicht der Rucksacksepp. Was ist eigentlich dein Problem mit den Worten Ja und Nein? Das sind sehr schöne Worte. Sie sind kurz und knapp und unmissverständlich. Und in vielerlei Hinsicht äußerst hilfreich. Hier rechts ist so ein Diner, der sieht ganz nett aus. Du könntest mir also jetzt mit einem Ja signalisieren, dass du da hinwillst, oder einfach rausfahren.»

«Wenn du willst, kann ich schon rausfahren.»

«Anton! Es geht jetzt darum, was du willst! Du bist der Fahrer, und gerade ist es ein bisschen anstrengend, gerade für Leute, die nicht so gerne Auto fahren. Ich treffe ständig alle Entscheidungen hier, und das macht mir auch nichts aus, aber jetzt sagst du bitte ein einziges Mal, was du willst, sonst steig ich aus.»

Anton schwieg lange. Dann sagte er leise: «Es ist nicht so einfach.»

«Was ist nicht so einfach?»

«Entscheidungen treffen.»

«Warum denn?»

«Keine Ahnung.»

«Weil man dann auch schuld ist?», fragte Marie.

«Was meinst du?»

«Na, wenn du jetzt sagst, ich will hier rausfahren, und dann ist das Essen schlecht oder der Stau danach noch viel länger – würdest du dich schuldig fühlen?»

«Ich weiß nicht.»

«Hätte mich auch gewundert, wenn du darauf ja gesagt hättest.»

Marie lachte.

«Albern ist das schon, oder?»

«Hm.»

«Wenn etwas gut oder schlecht lief, hab ich im Nachhinein noch nie darüber nachgedacht, wessen Entscheidung das jetzt war.»

«Schon klar, aber ...»

«Ist das der Protestant in dir?»

«Warum das denn?»

«Na, ihr Protestanten seid doch immer an allem schuld. Ihr steht morgens auf und seid schuld. Wir Katholiken sind ja an überhaupt gar nichts schuld. Und wenn etwas schiefläuft, dann war das halt Gottes Wille.»

Anton lachte. «Dann werd ich vielleicht auch mal katholisch. Zur Entspannung.»

Marie lächelte. «Kennst du die Geschichte der Pendel-Parmesanier?», fragte sie.

«Die was?»

«Die Pendel-Parmesanier waren eine Untergruppe der Maso Maso. Zu ihnen pilgerten Menschen aus der ganzen Welt, wenn sie sich in einer wichtigen Sache nicht entscheiden konnten. Sie hatten dafür einen Trick erfunden: das Parmesanpendel. Der Parmesan kommt übrigens nicht aus Italien, sondern aus New Mexico. Die ersten italienischen Einwanderer haben ihn nur wieder mit nach Italien gebracht, und die Leute dort fanden ihn so gut, dass sie das Rezept einfach geklaut haben. Das ist einer der wenigen bekannten Fälle von Reintrinsikation. Also, dass

Einwanderer nicht etwas in die USA brachten, sondern über Einwanderer etwas zurück in die Ursprungsländer transkribiert wurde.»

«So ein Bullshit.»

«Echt wahr!», rief Marie. «Jedenfalls, die Parmesanier ließen die Menschen ihre Entscheidungen auf zwei Zettel aufschreiben, dann verbanden sie ihnen die Augen und gaben ihnen ein Stück Käse in die linke Hand. Sie legten einen der Zettel links auf den Boden und einen rechts. Dann mussten die Leute so lange mit einer Hand hin und her schwingen, bis sie müde war. Und auf welcher Seite die Hand dann vor Erschöpfung nach unten sank ...»

«Und das hat zwei Wochen gedauert oder wie?»

«Nein, meistens nur eine halbe Stunde. Die Leute waren dann aber nicht erschöpft, sie hatten nur keine Lust mehr und haben ihre Hand einfach irgendwo sinken lassen.»

«Ja, ja, deine Mudda.»

«Hat aber funktioniert. Immerhin wurde was entschieden. Also was ist?»

«Was ist was?»

«Soll ich ein Stück Käse aus der Kühlbox holen?»

«Sehr witzig.»

«Nein, ehrlich, ich schlüpf schnell hinter.»

«Auf gar keinen Fall.»

«Ach, komm schon, das funktioniert, glaub mir.»

Anton schnaufte, fixierte die Stoßstange vor ihnen und trommelte mit den Fingern aufs Lenkrad.

«Gut, dann eben kein Parmesanpendel.»

Ein Truck vor ihnen fuhr einen Meter weiter. Anton gab Gas, dann bremste er wieder.

«Es ist wirklich nicht so leicht ...», sagte er in die Stille, «ach, keine Ahnung. Vielleicht ist es auch einfach nur Faulheit. Ich mag das nicht, mich für Dinge entscheiden, das ist Stress. Ich bin froh, wenn du das machst.»

«Ist ja auch okay, meistens. Es ist nur …»

«Was?»

«Na, manchmal denke ich … Also zum Beispiel das Küchenbuffet.»

«Was ist damit?»

«Es wäre schön, eins zu haben. Und es wäre ziemlich praktisch. Seit Monaten schlage ich dir die verschiedensten Varianten vor, suche Buffets im Internet, schleppe dich in Läden. Es gibt wirklich tolle Küchenbuffets. Und wenn ich frage, ob wir uns das kaufen sollen oder das, sagst du immer bloß: ‹Bestimmt› oder ‹Hm› oder ‹Hmhm›. Ich hab also immer noch nicht herausgefunden, ob du jetzt so ein Buffet willst und, wenn ja, was für eins.»

«Ich weiß nicht», sagte Anton.

«Ja, genau. Du weißt es nicht. Aber warum nicht? Warum weißt du das immer noch nicht? Wir diskutieren das seit Monaten. Es ist ganz einfach: Küchenbuffet, ja oder nein?»

Anton ließ sein Fenster herunter. Als es vollkommen geöffnet war, strömte ein Geruch aus Benzin und Abgasen herein. Er rümpfte die Nase und drückte wieder auf den Knopf.

«Wir haben doch schon Küchenschränke», sagte er.

«Das sind deine alten Hochschränke, zu einem Würfelklotz aufeinandergestapelt.»

«Die sind doch aber gar nicht so schlecht.»

«Du möchtest also nicht, dass wir uns ein Küchenbuffet kaufen?»

«Keine Ahnung.»

«Ich glaube, du möchtest vor allem nicht, dass sich Dinge verändern, oder?»

«Was meinst du?»

«Wenn etwas halbwegs gut ist, so wie unsere Wohnung gerade, willst du es festhalten und einfrieren, damit es so bleibt für immer. Denn wenn sich was verändert, könnte es ja danach schlechter sein.»

Anton starrte auf das Schild der Wäscherei, neben der sie nun zum Stehen gekommen waren. Sie waren exakt eine Tankstelle und eine halbe Wäscherei vorwärts gekommen seit der letzten Stunde. Also im Grunde: gar nicht.

«Manchmal sind die Dinge aber auch nicht schlecht, wie sie eben sind.»

«Manchmal, ja.»

«Vielleicht sogar öfter, als man denkt.»

«Das bestreitet ja auch niemand. Aber jetzt schau dich mal in unserer Wohnung um. Alles, was dort ist, habe ich gemacht, habe ich verändert. Ich hab Bretter an die Wand gebohrt und ein Weinkistenregal gebaut und einen Duschvorhang installiert und eine Couch bestellt. Wenn es nach dir ginge, würden wir unsere Hosen noch aus Umzugskisten ziehen. Wir hätten noch kein einziges Bild an der Wand.»

«Warum braucht man denn bitte Bilder an der Wand?»

«Weil sie eine Wohnung schöner machen.»

«Da muss man nur wieder hämmern oder sogar dübeln. Das ist ein ziemlich brutaler Eingriff in die Unversehrtheit eines Hauses. Außerdem sind weiße Wände etwas Wunderschönes. Unschuldige Raufaser, Erfurt. Eine ganz eigene Eleganz. Weiß, rein, aber brüchig. Die muss man doch nicht grundlos beschädigen.»

Marie lachte. «Ja, darum hast du auch immer noch die Schutzfolie auf deinem iPhone, was? Damit alles immer schön rein und unversehrt bleibt.»

«Es hält so länger.»

«Okay, aber jetzt mal ganz ehrlich: Alles, was ich in unserer Wohnung gemacht habe, gefällt dir doch auch, oder? Und ziemlich alles davon magst du sogar lieber als die Lösung vorher.»

«Na ja, einiges ist nicht unbedingt nur schlecht.»

«Und klar, man kann auch Dinge immer so lassen, wie sie sind. Aber dann hättest du jetzt keinen geilen Flachbildfernseher. Und vielleicht wären wir dann nie in den USA gelandet. Das war ja schließlich auch meine Idee.»

«Ja, und jetzt schau mal raus.»

Anton deutete vorwurfsvoll auf den Staudunst vor ihnen. Dann musste er lachen. Er fasste in Richtung Beifahrersitz und strich Marie über den Oberarm. Ein Auto vor ihnen begann zu hupen, als würde es den Rhythmus zu einer Musik schlagen, die sie nicht wahrnahmen. Tüt, tüt, tüt, tüt, tüt.

«Hör mal, wenn du unbedingt ein Küchenbuffet möchtest, dann lass uns eines kaufen. Such doch eines aus.»

Marie schnaufte laut. «Du kapierst es wirklich nicht, oder? Das geht so nicht. Ich kann nicht etwas anschaffen, was du mir gnädig erlaubst. Wir müssen das schon zusammen machen. Es ist schließlich unsere gemeinsame Wohnung, unser gemeinsames Leben. Und wenn du nicht ab und zu aktiv mitentscheidest, hab ich immer das Gefühl, die Dinge sind nur da, weil ich es will. Wir haben ein

Küchenbuffet, weil ich es will. Wir halten an, weil ich es will. Wir sind in den USA, weil ich es will. Weißt du, was das für ein Gefühl ist?»

«Dass ich mach, was du willst?»

«Dass du nichts wirklich willst! Das nicht, die Wohnung nicht, die Reise nicht. Und im Zweifelsfall auch mich nicht. Und das ist Scheiße.»

«Aber das ist doch jetzt ...»

«Lass gut sein, Anton, ich bin müde.»

Sie setzte ihre Carrera-Sonnenbrille auf und lehnte sich aus dem Fenster. Anton knetete mit Daumen und Zeigefinger seine Unterlippe.

Eine Weile saßen sie so da und schwiegen. Dann sagte Marie: «Also, was ist jetzt? Sollen wir rausfahren oder nicht?»

Anton lächelte.

«Okay, Entscheidung», rief er. «Ich fahr jetzt hier raus.»

«Hier?»

«Ja, genau hier.»

Er setzte den Blinker.

Knödel in Texas

Traudls Haus zu finden gestaltete sich schwerer, als Marie gedacht hatte.

Das Bild auf dem Navi drehte sich wieder einmal wie besoffen im Kreis, und so mussten sie selbst Ausschau halten nach der Hamilton Ave, Hausnummer 785.

Die Straßen in dem Ort mit dem schönen Namen Ballinger waren alle grau und breit, an ihre Ränder grenzten die immer gleichen Vorgärten mit kurzgeschnittenem Rasen, einer geteerten Auffahrt zu einer Garage mit weißer Tür, die Holzhäuser beige oder weiß gestrichen. Holzmasten trugen dicke Stromkabel zu den Häusern, Bäume streckten ihre letzten grünen Blätter in die warme Herbstsonne.

Gemächlich lenkte Marie den SUV über den glatten Asphalt. Sie war etwas nervös, ob sie das Haus auch rechtzeitig finden würden, doch sie freute sich auf den Abend. Sie hatte extra ihr liebstes Kleid angezogen, das rote mit den weißen, feinen Punkten. Auch Anton war offenbar gut gelaunt, nicht einmal die akute Orientierungslosigkeit schien ihn zu stressen. Sie lugte heimlich zu ihm hinüber. Auf seinen Knien lag das Paket, eine Schuhschachtel, die sie vorhin im Motel wenigstens noch in Zeitungspapier gewickelt hatte. Es war ein Geschenk von Maries Mutter für Traudl, ein weißes Tuch, das sie sich an die Wand hängen sollte, bestickt mit typisch bayerischer Kulisse: zwei Berge, ein Bach, ein Hirsch, drei Edelweißblüten. Selbst

Maries Mutter fand das etwas kitschig, aber sie wusste auch, dass ihre Cousine Traudl Bayern vermisste, seit sie sich damals mit 19 in einen amerikanischen Soldaten verliebt hatte und ihm Hals über Kopf nach Texas gefolgt war. Nun saß Traudl im 4000-Seelen-Dorf Ballinger im Nirgendwo in Texas, die zwei Kinder schon längst aus dem Haus, ihr Mann war vor sechs Jahren gestorben. Doch heute kamen alle Kinder, Enkelkinder, Nachbarn und Freunde zu ihr, denn sie feierte ihren achtzigsten Geburtstag.

«Halt!», rief Anton. «Hier muss es sein.»

Marie trat in die Bremse und schaute auf das weiße Holzhaus mit den blauen Fensterrahmen. Es war so lange her, seit sie das letzte Mal zu Besuch war, sie erinnerte sich kaum noch an den Anblick.

Ein paar Meter weiter parkte sie hinter einem riesigen Jeep ein, drehte den Motor ab und wandte sich zu Anton.

«Also, kurzes Briefing: Sie ist nicht meine Tante, aber wir sagen immer Tante Traudl, sie will das so. Ihre Kinder heißen Määx und Bridda, sie sind beide verheiratet und haben kleine Kinder. Wie die alle heißen, hab ich vergessen.»

«Okay», lächelte Anton. «Duzen wir uns?»

«Tante Traudl schon, der Rest spricht eh kein Deutsch, da fällt das Problem ja weg.»

Anton nickte, stieg aus dem Auto, und zugleich riss Traudl die Tür auf.

«Mariechen! Mei, wie schön», rief sie und rannte strahlend die drei Stufen vor ihrem Hauseingang herunter. Sie drückte Marie an sich und hielt sie umschlungen. «Des letzte Mal, wie ich dich gsehen hab, warst du noch so ein kleines Mädl, mei, ist des schön, dass du da bist.»

«Alles Gute, Tante Traudl», presste Marie zwischen den sie umschlingenden Armen hervor.

«Danke, danke. Und des ist dein Herzblatt, was?»

Traudl ließ Marie los und wandte sich Anton zu. Er drückte ihr das Paket in die eine Hand, schüttelte die andere und sagte: «Grüß Gott.»

Marie sah Anton amüsiert an. Da schau her, dachte sie, hat er wieder was recherchiert. Traudl aber merkte nicht, dass Anton noch niemals zuvor jemanden mit Gott gegrüßt hatte. Sie sprach weiter, ohne Pause zu machen, und Marie fiel wieder auf, wie gerne sie dieses amerikanisch gefärbte Bayerisch mochte.

«Grias God, sagt er, schau her, das hab i ja seit Jahren nimmer gehört.»

Traudl lachte, hielt Antons Hand fest und drehte sich zu Marie. «Fesch isser, dei Anton, a fescher junger Mann. Den hast da guad rausgsucht. Mei, wie schön, dass ihr da seid. Kommts eina, kommts eina.» Sie winkte die beiden durch den Hausflur in die Küche. Mit ihren dunkelbraun verschnörkelten Holztüren sah sie aus wie eine uralte bayerische Stube. Unter dem großen Küchenfenster stand sogar eine kleine Eckbank. Das Bild wurde lediglich gestört von den Unmengen an Plastikeimern auf dem Tisch – vermutlich gefüllt mit Salaten –, den vielen Flaschen mit Ketchup und Grillsoßen, den Plastikbechern, Papptellern und dem ganzen Plastikbesteck.

Auf der Bank saß ein kleiner Junge, der auf den Fernseher in der Mitte der Küche starrte, SpongeBob und Patrick flitzten gerade mit einer Art Tretroller über den Meeresboden.

Traudl deutete durch das Fenster auf den Garten, ein

Stück grüne Wiese mit einem hölzernen mannshohen Zaun drum herum, in dem schon einige Menschen am Werkeln waren.

Der Mann in dem dunkelblauen T-Shirt mit der Baseballkappe, erklärte sie, war Max. Er baute gerade mehrere riesige Grills in einer Reihe auf, es sollte später Barbecue geben. Wahnsinnig erfolgreich schien er dabei nicht zu sein, immer wieder fiel ihm eine Schraube, die er in das dunkle Metall drehen wollte, zu Boden. Seine Frau Katy neben ihm – dunkelblonde, glatte Haare mit Pony, kariertes Hemd, Jeans – hängte gerade eine Reihe bunter Lampions quer über den Garten. Langsam und bedächtig knüpfte sie ein Lämpchen nach dem anderen an eine Schnur. Sie schien mehr so der gemütliche Typ zu sein.

Neben der Grillschlange legten ein paar Menschen gerade eine große Plastiktischdecke über eine Tischreihe. Immer wieder hoben sie sie hoch, versuchten, sie noch ein wenig genauer an die Tische anzupassen. Das waren Leute vom Grillrestaurant in Ballinger, erklärte Traudl, sie hatte sie für den Partyabend zum Helfen engagiert.

Und schließlich stand in der Mitte des Gartens noch eine Gruppe Texaner im Kreis herum, unter ihnen Traudls Tochter Britta. Alle um die vierzig, schätzte Marie, sie hielten Kaffeebecher und Doughnuts in den Händen, unterhielten sich und lachten.

Traudl öffnete die Terrassentür. «Schaut, wer da ist», rief sie in astreinem Amerikanisch.

«Ah, the Germans», sagte ein Mann aus der Gruppe. Er kam in festen Schritten auf Anton und Marie zu und stellte sich als Brittas Mann Jack vor. Jack war groß und muskulös und trug wie alle anderen Männer in der Runde khakifarbene, weite Hosen, Joggingschuhe und ein ausgewaschenes, dunkles T-Shirt. Das war wohl auch sehr USA, dachte Marie, alle immer so im Jägerstyle. Etwas ungewöhnlich waren jedoch Jacks kinnlange, dunkle Haare die ihm teils in wilden Strähnen in die Augen hingen.

Die Runde rückte näher, Marie und Anton schüttelten Hände, Britta fragte nach der Fahrt und dem Motel und hielt ihnen eine Pappschachtel mit Doughnuts entgegen. Als jeder schließlich in einer Hand einen quietschbunt gefärbten Doughnut und in der anderen einen riesigen Becher Kaffee hielt, sagte Jack: «Also, wir dachten, wir könnten gleich noch einen Ausflug machen, wenn wir schon Besuch aus Deutschland haben.»

«Wo soll's denn hingehen?», fragte Marie.

«Ist eine Überraschung», sagte Jack.

Marie lächelte höflich, doch nun etwas gequält.

Sie hatte mit ihrer amerikanischen Verwandtschaft schon mehrmals Überraschungsausflüge machen müssen, einer davon schoss ihr sofort wieder in den Kopf. Sie musste damals etwa acht Jahre alt gewesen sein. Es sollte in ein Freiluftmuseum für amerikanische Geschichte gehen, was sie zunächst ganz gut gefunden hatte. Marie hoffte auf wilde Indianer und noch wildere Pferde, auf denen sie reiten konnte. Vielleicht hätte es beides dort auch gegeben, doch so weit drang die Verwandtschaftsgruppe damals gar nicht vor.

Denn an diesem Tag – und das war der Überraschungspart – gab es einen Vortrag über die Besiedelung von Ballinger. Was für die kleine Marie bedeutete: Irgendein alter, weißer Mann stand zwei Stunden lang in einem muffigen Raum an einem Diaprojektor, zeigte verschwommene schwarz-weiße Bilder und erzählte etwas dazu, natürlich auf Englisch, was Marie damals überhaupt nicht verstand. Trotzdem musste sie die ganze Zeit brav sitzen bleiben.

Seither war in Maries Kopf abgespeichert: Überraschungsevents der Amerikaner = todlangweilig.

Sie schenkte sich noch einmal Kaffee nach, damit sie das Event zumindest wach überstehen würde, und versuchte, sich auf das Bier im Anschluss zu freuen.

Auf dem Weg zu den Autos stellten sie ihre Pappbecher in der Küche ab, wo Jack erklärte, dass alle um fünf wieder zurück sein würden.

Traudl verdrehte die Augen und murmelte auf Englisch: «Das muss jetzt unbedingt sein.» Jack aber sagte etwas von «Fun», dann winkte er Marie, Anton und die anderen aus der Gruppe nach draußen.

Sie verteilten sich in ihre Jeeps, fuhren ein paar Meilen durch Ballinger hinauf auf eine schmale Landstraße. Anton und Marie saßen auf dem Rücksitz von Jacks Jeep. Er roch wie ein Hundezwinger, neben Jack saß einer seiner Kumpels und erzählte ihm begeistert von einem kürzlich gekauften Rasenmäher.

«Worauf tippst du?», flüsterte Marie, obwohl sowieso keiner sie verstehen konnte.

«Keine Ahnung», sagte Anton ebenso leise. «Aber da sie etwas speziell für uns Deutsche organisiert haben, würde ich vermuten: Autowerk oder Brauerei. Du?»

«So wie ich meine Verwandtschaft kenne, befürchte ich eher den Keller eines Kumpels, der seit 25 Jahren deutsche Porzellanfiguren sammelt, letzte Woche erst die fünfhundertste aufgestellt hat und uns nun zu jeder einzelnen eine wahnsinnig interessante Geschichte erzählen wird.»

«Also, ich weiß nicht», sagte Anton. «Die Jungs wirken nicht, als wären sie mit Porzellanfigurensammlern befreundet.»

«Na, wir werden sehen», sagte Marie. «Im Zweifel sagen wir einfach, wir müssen aufs Klo, und joggen zurück zu Traudl.»

Anton lächelte, und Jack bog von der Landstraße auf einen sandigen Weg ab. Vor einer Art Kiesgrube parkte er das Auto und lief voran durch ein Holztor auf ein umzäuntes Gelände, die Gruppe hinter ihm her. Er schloss die Tür zu einer Blockhaushütte auf, knipste das Licht an, und Marie klappte der Unterkiefer herunter.

Die Hütte war komplett aus hellem Holz gebaut, in der Mitte eine lange Theke, und dahinter hingen – Waffen. Kleine, pistolenähnliche Geräte, lange Gewehre, andere, die wie Maschinengewehre aussahen.

Marie hatte noch nie auch nur eine einzige Waffe in echt gesehen, geschweige denn berührt. Sie kannte diese Dinger nur aus amerikanischen Actionfilmen. Ach ja, und von Volksfesten aus ihrer Kindheit. Damals hatte sie auf Luftballons geschossen. Aber das waren vermutlich keine echten Gewehre gewesen, dachte sie, da hätten sich die Schießbudenjungs sicher doch etwas intensiver weggeduckt.

Sie starrte wie gebannt auf die Waffenwand und fühlte sich plötzlich unwohl, fast schon ängstlich.

Sie und Anton inmitten von Waffen, irgendwie passte ihr das gar nicht. Sie waren doch Pazifisten, gegen Waffen allgemein und diesen amerikanischen Waffenwahn speziell. Und jetzt sollten sie hier – ja, was eigentlich? Ein Gewehr kaufen?

Angespannt beobachtete sie Jack, der durch eine hölzerne Schwingtür hinter die Theke schritt.

«Das ist unsere Shooting Range», sagte er. «Hier können wir heute ein bisschen schießen.»

Er sei der Vorstand dieses Vereins, erklärte er, und überhaupt seit 12 Jahren Mitglied. Jack drehte sich um, deutete auf die Gewehre, als wären sie Fundstücke aus Atlantis, und wandte sich wieder der Gruppe zu. Für einen Moment stand er einfach da, breitbeinig und mit verschränkten Armen, und strahlte in den Raum. Das sollte wohl eine Kunstpause sein. Dann erzählte er stolz ein paar Anekdoten vom letzten Vereinsfest und wie er es dort eingefädelt hatte, dass das Gelände heute nur für sie reserviert war, und Marie merkte, dass das für Jack eine große Sache sein musste, sie hierherzubringen, in seine Welt. Wahrscheinlich so groß, als würde sie ihre Verwandtschaft durch ein mikrobiologisches Hochsicherheitslabor führen.

Also gut, dachte Marie und seufzte leise. Sie nahm sich vor, sich zu bemühen und zumindest ein wenig mitzuspielen.

Außerdem war das hier doch auch sehr amerikanisch, dieses Schießen, der American Way of Life, und genau den wollten sie doch auch mal mitmachen.

«Wie sind denn eure Schieß-Skills?», fragte Jack.

«Null», sagte Marie. Sie wollte höflich und unerschrocken klingen.

«Ah, kein Problem», fuhr Jack fort. «Die Jungs und ich zeigen euch alles.»

Er zog unter der Theke mehrere Ohrenschützer hervor, erklärte, dass sie auf dem Gelände Pflicht seien, genauso wie die Schutzbrillen, die er danebenlegte. Ein wenig sahen sie aus wie die Brillen, die Marie während des Studiums im Chemielabor tragen musste. Ihr Blick blieb an einem riesigen Aufkleber auf der Theke hängen. Fünf Dollar Strafgebühr fürs Rumheulen, stand darauf.

Jack holte eine Pistole von der Holzwand, und Marie schluckte.

«Das ist eine Smith and Wesson», sagte Jack und legte sie in seine Handfläche, als wäre sie eine zarte Diamantkette.

«Sie ist seit etwa vier Jahren auf dem Markt. Halbautomatisch, neun Millimeter. Eine nette, kleine Pistole. Und das hier», er legte sie sanft auf den Tresen und zog das nächste Teil von der Wand, «ist die AR-15. Das ist die beliebteste Waffe in den USA. Sie wiegt nur knapp vier Kilo. Sie wurde für den Vietnamkrieg entwickelt.»

Er hielt die Waffe schräg vor seine Brust, und Marie wurde das Gefühl nicht los, dass sie dieses Bild irgendwo schon einmal gesehen hatte. Wie hieß noch mal dieser Film mit Sylvester Stallone ...

«Was kann ich denn damit schießen?», fragte Anton.

Marie drehte sich zu Anton um und sah ihn leicht geschockt an. Was hatte er vor?

«Well, Anton», sagte Jack. «Die Durchschlagskraft hängt von der Munition ab. Wir haben hier die Hornady Superperformance. Damit kann man ein Ziel auch durch ein Auto hindurch treffen.»

«Ah, ich verstehe», sagte Anton interessiert. «Und wenn man damit eine Mücke abschießen will. Ginge das auch?»

«Du willst eine Mücke umbringen, mit der AR-15?»

Marie prustete los, und Jack sah Anton unsicher an. Er

schien nicht recht zu wissen, wie er mit der Frage umgehen sollte.

«Warum nicht?», sagte Anton. «Man muss da alle Möglichkeiten ausloten.»

«Well», murmelte Jack und sah hilfesuchend zu seinen Jungs. Einer von ihnen zuckte mit den Schultern, und so beschloss er wohl, die Mückenproblematik zu ignorieren.

«Ich denke, wir fangen jetzt an», sagte er, beugte sich unter den Tresen und legte einige Pappboxen mit Munition darauf, holte noch zwei der AR-15 von der Wand und auch ein paar kleinere Pistolen.

Marie griff zur kleinsten Waffe, die sie finden konnte. Sie lag schwer in ihrer Hand. Aber auch weich irgendwie. Während die Gruppe zu einem der Schießstände schlenderte, streichelte Marie neugierig über den Lauf.

Dort angekommen, bedeutete Jack Marie und Anton, ihre Munition auf einen kleinen, beigen Plastikhocker zu legen. Sie gehorchten. Der Boden unter ihren Füßen war staubig und Marie froh, dass sie nicht auch noch hohe Schuhe zum Kleid angezogen hatte. Sie musste in dieser Kulisse wohl schon absurd genug aussehen. Unter ihren Füßen blitzten rote Linien auf, ein paar Buslängen entfernt zog sich ein langer Kieshügel, davor standen auf Gerüsten, die wie Stellwände aussahen, schwarz-weiße Zielscheiben.

Jack erklärte nun, wie sie die Pistolen richtig zu halten hätten: beide Hände an den Griff, Daumen nach vorne, Stand parallel zum Ziel, Ellbogen leicht angewinkelt.

Marie setzte Brille und Ohrenschützer auf und nahm die Waffe in die Hand.

«So?»

«Sieht gut aus», sagte Jack. «Leg los.»

Marie fixierte die Zielscheibe. Sie quetschte die Waffe fest in ihrer Hand, presste das rechte Auge zu und drückte ab. Ein lauter Knall ertönte, und sogleich fühlte es sich an, als würde jemand sie nach hinten schubsen. Sie taumelte kurz, stellte sich wieder gerade hin und drückte noch mal ab.

«Woher weiß ich jetzt, ob ich getroffen hab?»

Alle lachten laut los.

«Was ist denn?»

Die Gruppe lachte noch lauter.

Anton deutete auf Maries Ohrenschützer. Oh, sie musste wohl ziemlich geschrien haben.

«Könnt ihr mich hören?», brüllte Marie noch einmal zum Spaß und nahm die Kopfhörer ab.

Manchmal bemerkte sie einfach nicht, wie laut sie sprach. Mit Kopfhörern auf den Ohren hatte sie Anton schon öfter durch einen Bus hinweg angeschrien. Einmal war ihr das sogar im Theater passiert. Sie rannte durch die Vorhalle auf Anton zu, der schon mit den Karten in der Hand auf sie wartete. «Das Scheißrad hatte wieder einen Scheißplatten», schrie sie an den schick angezogenen Menschen vorbei, die noch schnell ihre feinen Mäntelchen abgaben. Dann erst fiel ihr auf, dass Anton sich am liebsten in eine der Marmorfliesen unter seinen Füßen verwandelt hätte.

Aber gerade lächelte er nur.

«Also hab ich jetzt was getroffen?»

«Ich geh vor», sagte Jack, «Waffe runter.»

Marie gehorchte, Jack lief los und kam kurz darauf mit einem Zettel zurück.

«Nicht schlecht für einen Anfänger», sagte er und deutete auf zwei Löcher am Rand.

«Darf ich noch mal?», fragte Marie.

Jack lud die Pistole neu und gab sie Marie zurück.

«Leg los.»

Sie stemmte sich mit aller Kraft gegen die Waffe, schoss noch zweimal und schrie: «Ich glaub, ich hab gerade in den Ring getroffen.»

Ach ja, schon wieder vergessen. Die Ohrenschützer. Sie wollte den anderen schnell einen entschuldigenden Blick zuwerfen und drehte sich zu ihnen.

Mit einem Mal stoben die Jungs nach links und rechts. Anton stolperte rückwärts und landete mit dem Hintern im Staub. Einer von Jacks Kumpels rammte ein Munitionstischchen, Hunderte Kugeln prasselten auf den Sand.

Jack stürzte auf Marie zu und riss ihr die Waffe aus der Hand.

«Willst du uns umlegen?»

«Oh», sagte sie verlegen. Sie hatte die geladene Pistole auf die Gruppe gerichtet.

«Vielleicht willst du jetzt mal, Anton?», sagte Jack.

Die Jungs stellten sich vorsichtig wieder auf, und Jack gab Anton ebenfalls Instruktionen. Er schoss eine Weile unter der strengen Aufsicht von einem der Jungs, dann verteilten sie sich auf die anderen Zielscheiben, und jeder ballerte los. Marie schoss, lud nach, schoss wieder, lud noch einmal nach, und plötzlich hörte sie Anton neben sich laut rufen: «Marie!»

Sie zog ihre Ohrenschützer ab.

«Hast du was gesagt?»

«Wir müssen jetzt langsam los. Die anderen warten schon.»

Sie musste wohl eine ganze Weile so vor sich hin geschossen haben, ohne etwas um sich herum zu bemerken, und so waren sie dann doch eine Stunde zu spät bei Traudl.

Die begrüßte sie zwar etwas grummelnd, weiter jedoch wurde der Fauxpas nicht kommentiert, und so gingen alle wieder möglichst unauffällig zurück in den Garten.

«Und, machst du jetzt 'nen Waffenschein?», fragte Anton, als sie sich am Buffet einen Doughnut holten.

«Sicher», sagte Marie. «Ich plane schon meine zweite Karriere als Turnierschütze. Das wird auch für dich Vorteile haben.»

«Weil du dann Mengenrabatt auf diese geilen Ohrenschützer kriegst?»

«Genau. Und weil ich dann alle Mücken, die sich deinem zarten Näschen nähern, wegschießen werde. Im Schlaf.»

Nach und nach trudelten noch mehr Gäste ein und stellten selbstgebackene Kuchen und bunt verpackte Geschenke am Buffet ab. Traudl begrüßte sie alle herzlich, drückte ihnen Becher mit Cola oder Kaffee in die Hand, immer wieder winkte sie Marie und Anton her und stellte sie als ihre liebsten Verwandten aus Deutschland vor. Ahh, aus Deutschland, wie interessant, sagten die Gäste. Irgendwann war der Garten voll, in der Mitte stolperten Kinder mit verschiedensten Sportgeräten übereinander, am Rand hielten Erwachsene Pappteller, beladen mit dicken Steaks, in Mayonnaise schwimmendem Kartoffelsalat, Maiskolben und Soßen in der Hand, im Hintergrund lief Country.

Jack und seine Freunde hatten sich inzwischen bei der Grillschlange postiert. Abwechselnd drehten sie mit einer

Zange, so lang wie ein Männerarm, Fleischbrocken um, wovon jeder so dick war wie der Duden. Hin und wieder blies einer mit einem föhnähnlichen Gerät Luft in die Kohlen, was der Rest der Gruppe ausführlich kommentierte, Marie sah ihnen eine Weile zu, während sie und Anton sich in einem Gespräch mit Max und seiner Frau versuchten. Die beiden stellten sich jedoch als so wortkarg heraus, dass sie per Augenbrauenbewegung beschlossen, doch einmal nach Traudl in der Küche zu sehen.

Als sie dort ankamen, war Traudl gerade dabei, Zucker in eine riesige Schüssel mit klebrig-gelber Masse zu werfen. Sie setzten sich an den Küchentisch und sahen ihr dabei zu.

«Das wird die Vanillesoße zum Apfelstrudel», erklärte Traudl mit leuchtenden Augen.

Da freuten sich ihre Enkel jedes Mal, wenn sie den buk. Sie würde auch gerne mehr Bayerisches kochen, aber das sei ja mit den Zutaten gar nicht so einfach.

«Wann kommst du uns eigentlich einmal wieder besuchen?», fragte Marie.

«Ich, nach Bayern?» Traudl schüttelte den Kopf. «Na, na. Dafür bin ich zu alt. Der lange Flug und alles, des is mir einfach zu anstrengend.»

«Ach, schade. Mama würde sich freuen», sagte Marie.

«Ja, die Mama. Ich weiß. Ich würd ja schon gerne. Aber das geht nicht. Und es muss auch nicht sein.» Sie rührte in ihrem Topf und schien etwas zu überlegen. «Weißt, am Anfang war das ned leicht hier in Texas. Die Leut waren immer freundlich, aber es ist ja schon vieles so anders. Hier kocht kein Mensch, Texas ist staubig und trocken, dabei war ich früher so gern in den Bergen. Und mit meim

Mo war des am Anfang auch ned leicht. Weißt, der Paul war mehr so ein stiller. Der hat ned gern gredt. Manchmal dacht ich, ich bin hier ganz allein, und ned mal meinen Mann versteh ich recht. Da gab's schon Momente, wo ich heimfliegen wollte, glaub's ma.»

Marie dachte an ihre erste Zeit in Berlin. Auch sie hatte sich am Anfang manchmal verloren gefühlt. Vieles war so anders als in München, es gab keine Biergärten, die sie so liebte, keine grünen Parks, keine Isar, an deren Kiesstrand sie sich legen konnte. Sie wusste im Sommer gar nichts mit sich anzufangen. Anton musste das gesehen haben.

Er überlegte sich Ausflüge für Marie, mit dem Fahrrad zu Seen im Umland, kleine Wanderungen durch die Wiesen. Das half ihr sehr. An solchen Tagen war alles schön mit Anton, so einfach und vertraut.

Und dann gab es wieder diese Abende, wo sie zusammen in seiner Wohnung saßen, Anton in sich und seine Arbeit verschlossen, der nicht sprach, dem alles zu laut war, jede Berührung zu viel. Da fühlte sie sich fremd. An solchen Tagen wollte sie nach Hause.

«Was hat dich gehalten?», fragte Marie.

«Na, Paul. Ich hab ihn einfach geliebt. Und mit der Zeit wurd des dann schon. Das ist jetzt meine Heimat hier. Ich will hier ned weg. Auch wenn ich vieles vermisse aus Bayern. Die Berge und die Seen. Und a gscheites Bier hätt ich auch gern mal wieder. Und das Akkordeonspielen.» Traudl seufzte. «Ja, das Akkordeon vermisse ich am meisten.»

Wenn sie das hörte, erzählte sie, würde sie immer an zu Hause denken. An die Musikabende in ihrer Kindheit, vor allem an Weihnachten. Sechzig Jahre lang hatte sie es gespielt, nun aber könne sie nicht mehr, ihre Finger schmerzten zu sehr dabei. Das Akkordeon würde aber immer noch im Wohnzimmer stehen.

«Wollts ihr ein Bier?»

Marie nickte, und Traudl öffnete den Kühlschrank.

Sie saßen noch ein wenig bei ihr, während sie ihre Vanillesoße fertig machte, dann trugen sie gemeinsam alles nach draußen zum Buffet.

Die Kinder fielen tatsächlich sofort freudig über Strudel und Soße her, und das Mädchen vom Barbecue-Restaurant, das die harte Aufgabe hatte, alles gerecht zu verteilen, war schwer beschäftigt. Marie bot ihre Hilfe an, Anton murmelte etwas und verschwand im Haus.

Das Mädchen stellte sich als Rebecca vor, während sie angestrengt versuchte, gleichmäßige Scheiben vom Strudel zu schneiden, auf die Pappteller zu klatschen und sich dabei nicht ihre weiße Bluse zu versauen. Marie schöpfte Vanillesoße drauf, und sie plauderten ein wenig.

Rebecca lebte eigentlich in Austin, erzählte sie, sie sei Sängerin einer Band. Doch ihren Eltern gehörte das Barbecue-Restaurant und auch das Motel im Ort, und wenn sie auf Heimatbesuch war, wurde sie immer zum Helfen eingespannt.

Marie erzählte von ihrer Reise und dieser Insel mit den wilden Ponys, auf die sie sich besonders freute.

Plötzlich stoppte die Musik, und Anton kam aus der Tür in den Garten, in der Hand einen riesigen, grauen Kasten.

Er sagte: «Könnte ich kurz Ihre Aufmerksamkeit haben», und Marie klappte wieder einmal die Kinnlade herunter. Was war das nun?

«Also, Traudl, ich hoffe es ist okay, dass ich mir kurz dein Akkordeon ausleihe», sagte er.

«Da du ja dieses Instrument so gerne hörst und du heute Geburtstag hast, und man an ihrem Geburtstag den Leuten eine Freude machen soll, versuche ich mal mein Bestes. Aber, Traudl, bitte sei gnädig mit mir, meine Unterrichtsstunden liegen zwanzig Jahre zurück, und ich erinnere mich exakt an ein Lied. Das kriegt ihr jetzt zu hören.»

«Krasser Scheiß», flüsterte Marie. «Das gibt's nicht.»

Anton holte sich einen Klappstuhl, öffnete den Kasten und zog das Akkordeon heraus. Er legte die Akkordeonträger um die Schultern, setzte an, und dann spielte er «Es tanzt ein Bi-Ba-Butzemann».

Wahrscheinlich klang es ebenso kläglich, wie ein zehnjähriger, mäßig motivierter Anton auf einem Schulkonzert geklungen haben muss. Es war schwer, einen Rhythmus zu erkennen, immer wieder vergriff er sich – aber es funktionierte: Traudls Augen wurden feucht.

Als Anton fertig war, applaudierten Marie und Traudl im Sturm, Kellnerin Rebecca stimmte ein Wohoooo an, der Rest klatschte, nun ja, eher verhalten.

Traudl ging zu Anton und umarmte ihn.

«Mei», sagte sie. «mei, wie schön. Danke.» Eine Weile hielt sie ihn fest an sich gedrückt. Dann löste sie sich, nahm ihm das Akkordeon ab und steckte es zurück in die Schachtel. «Trotzdem – ich bring das mal wieder rein. Nicht dass die anderen auch noch spielen wollen.»

Anton lachte. «Schon klar.»

Traudl verschwand mit dem Koffer im Haus, und Marie ging zu Anton.

«Du spinnst schon ein bisschen.» Sie nahm seinen Kopf in ihre Hände und küsste ihn. «Aber ich mag das.»

Dann hielt sie ihn im Arm, so fest sie konnte. Er roch so vertraut, so nach Anton. Nach Zuhause. Sie wollte nie mehr aus diesen Armen weg.

Irgendwann löste sich Anton doch ein paar Zentimeter von ihr und lächelte Marie an. «Und jetzt holen wir mal Traudls Zwetschgenwasser aus der Küche und schauen, was die Jungs so vertragen.»

Rebecca

Wenn der Restalkohol den Morgen in Watte packte, wirkte die Welt so gepolstert, dachte Anton, während er die medikamentfarbenen Fruit Loops dabei beobachtete, wie sie in homöopathischen Schüben aus dem Plastikspender in die weiße Pappschale rutschten. Man hatte den Eindruck, sich nirgends stoßen zu können. Er drehte am Hahn des Spenders. Der Nachteil, wenn die Welt sich wie Watte anfühlte, war nur, dass man sich wesentlich langsamer darin bewegte, was allerdings gegen zehn Uhr morgens in einem texanischen Motel in einem Ort namens Ballinger, mit Plastik-Fruit-Loops-Spender, auch als Vorteil gewertet werden konnte, weil es einen mit der nötigen Geduld ausstattete, den Hahn des Spenders so lange in regelmäßigen Abständen immer wieder zu bedienen, bis ein nennenswertes Häufchen Getreidekringel in die Pappschale geknistert war. Der Erfinder dieser Frühstückscerealien-Spender musste ein rechter Entschleuniger gewesen sein, überlegte Anton und balancierte die Pappschale zu der Press-Thermoskanne, an der «Milk – cold» stand. Er drückte auf den Pumpkopf. Die Milch tröpfelte auf die Fruit Loops. Vielleicht wattierte auch dieser ganze US-Trip ihm die Welt, nicht nur das Zwetschgenwasser am Vorabend. Seit ein paar Tagen war alles etwas weicher. Ein bisschen war ihm auch schlecht.

Er stellte die Pappschale auf das Tischchen, an dem Marie schon saß und ihre Kaffeetasse hypnotisierte. Der Frühstücksraum des Motels war mehr ein Flur als ein Raum. Er lag zwischen der Treppe, die zu den Zimmern im ersten Stock führte, und der Glastür zu den Parkplätzen, in unmittelbarer Rezeptionsnähe. Erfreulicherweise war die Rezeption unbesetzt, und sie waren die Einzigen, die sich am Fruit-Loops-Buffet bedienten. Niemand störte sie. Anton holte sich noch einen Kaffee, setzte sich zu Marie und nahm einen Schluck. In Schildkrötengeschwindigkeit hob sie ihren Kopf, vor ihren Augen wachte die mächtige Carrera-Sonnenbrille.

«Ein echter Magentod», sagte Anton und schob die Kaffeetasse weg. Seine Stimme hatte sich in der Nacht eine Oktave nach unten verschoben.

«Der Schnaps?» Marie legte ihre Stirn in Falten, was wohl eine, an den Umständen und der Tageszeit gemessen, etwas zu überambitionierte und energieintensive Bewegung war, sodass ihr Kopf sofort wieder in Richtung Kaffeetasse sackte.

«Was?», fragte Anton.

«Der Magentod», sagte Marie.

«Nein», sagte Anton.

«Nein?», fragte Marie.

«Der Kaffee», sagte Anton.

«Der was?», fragte Marie.

«Der Magentod», sagte Anton. «Der Kaffee ist ein Magentod.»

«Ach so», sagte Marie, sah aber nicht aus, als hätte sie irgendetwas verstanden.

Café Magentod, dachte Anton. Wäre auch mal ein Name für einen Berliner Laden. Als Latte-Macchiatisierungs-Alternative. Auf der Karte stünden nur Kaffee und Schnaps oder Kaffee mit Schnaps. Ihm wurde noch ein bisschen schlechter. Er würde Marie von seiner Idee erzählen, sollte er sich auf einer ihrer nächsten Fahrten noch daran erinnern. Gerade war es ihm zu anstrengend.

«Und heute also Austin», sagte er, zog sein Smartphone aus der Tasche und rief Google Maps auf. «Wie lange brauchen wir denn?», murmelte er, während er das A, das U, das D, nein, falsch, das S, das T, das I und das N eintippte. «3 Stunden, 31 Minuten», las er vor.

«Hm», machte Marie und kratzte sich umständlich am Rücken. «Wir müssen auch noch mal zu Traudl.»

Tante Traudl. Dieser Tagesordnungspunkt war in der Watte völlig untergegangen.

«Dann sollten wir bald mal los», sagte er so entschlossen wie möglich.

«Yep», machte Marie und löste ihren Blick langsam von der Tasse.

Von den Treppen her waren Schritte zu hören. Anton sah auf. Ein Mädchen klackerte die Stufen herunter. Sie kam ihm bekannt vor. Anton sah schnell wieder auf seine Fruit Loops. Die Sandaletten klapperten an ihnen vorbei, Richtung Parkplätze, und als er gerade dabei war, die Bedrohung als beendet zu betrachten, rief Marie: «Rebecca.»

Die Kellnerin von gestern. Jetzt fiel es ihm wieder ein. In den Jeans und dem geringelten Shirt hatte er sie nicht erkannt. Außerdem waren ihre Haare jetzt offen. Rebecca hieß die also. Hatten sie sich vorgestellt?

«Marie», sagte das Mädchen, als hätte sie gerade zufällig eine ganz alte Freundin getroffen. Er würde den Kopf heben und sie ansehen müssen. Und dann vielleicht sogar: mit ihr sprechen. Englisch.

Die Watte war für vieles gut, aber nicht für sein Englisch. Mit alkoholgedämpften Synapsen musste er ständig nach Worten suchen. Er machte Fehler, wodurch er nervös wurde, was zu weiteren Fehlern führte, sodass er sich am Ende in einem permanenten Suchstottern verhedderte.

Er guckte hoch, zog seine Mundwinkel, soweit es ging, in Richtung Ohren und hielte sie in Stellung. Man grinste hier lieber ein bisschen zu viel.

Anton entdeckte ihre Hand vor sich einen Augenblick zu spät. Als er sie nehmen wollte, hatte sie sie zögernd ein Stück zurückgezogen, und er griff ins Leere, weswegen er seine Hand schnell wieder einzog und dann, weil er sah, dass ihre noch wartete, doch nach vorne schnellen ließ, bis er sie zu fassen bekam.

«Rebecca», sagte Rebecca. «Wie war noch mal dein Name?»

«Ampf», machte Anton, der angesichts dieses Feinkoordinierungsaufwands vergessen hatte, dass er gerade auf mehreren Fruit Loops kaute. «Ampf-ton.»

«Emp-thon?» Rebecca streckte ihren Kopf fragend nach vorne.

Anton schluckte, die Fruit Loops hingen wie Kleister in seinem Hals.

«Enten», sagte er dann. «Äh. En-ton.»

«Enten», wiederholte Rebecca und nickte, als sei sie nun zufrieden.

«What an awesome party yesterday», sagte sie. «Wenigstens, das Ende. Euer Ende.»

«New York, concrete jungle where dreams are made of», sang sie in den Frühstücksflur hinein, ihre Stimme war tief und klar.

«Yeah», sagte Marie, die sich scheinbar noch detaillierter als er an die Schlussphase des gestrigen Abends erinnerte. Hatten sie irgendwann noch Jay-Z gespielt? Und Marie und er sogar dazu getanzt? Durch seinen Kopf trieben nur lose Erinnerungsfetzen.

Rebeccas Gesang klang jedenfalls viel zu gut für morgens halb elf in Texas, aber Anton wollte, dass sie jetzt ging. Er zog seine Lippen trotzdem wieder breit.

Die beiden lachten wie beste Freundinnen in US-amerikanischen Internetfernsehserien.

«Setz dich doch zu uns», sagte Marie.

Sie setzte sich.

Anton musste sich sehr konzentrieren, seine Gesichtsmuskeln in Grinsestellung zu halten.

Lange würde das hier nicht dauern, beruhigte er sich. Sie mussten ja zu Tante Traudl. Um das zu unterstreichen, begann er, die letzten Fruit Loops zu löffeln. Wenn er fertig war, würde sie hier nichts mehr halten.

Er kaute und zog seine Lippen zwischendurch immer wieder straff, um möglichst freundlich zu wirken, aber nichts gefragt zu werden. Er musste sich als dekoratives Element tarnen, das neben dem Zucker, den Papierservietten und dem Zahnstocherspender hier einfach hergehörte wie die Kunstblumenvase. Ein interessierter Blick half dabei. Zwischendurch nickte Anton also vorsichtig, obwohl es ihm schwerfiel beim Kauen, Grinsen und interessiert gucken, etwas von dem Gespräch der beiden mitzubekommen. Offenbar gehörte das Motel ihren Eltern.

Anton hätte die letzten Fruit Loops gern besonders laut aus der Pappschale gekratzt, um zu zeigen, dass er nun fertig war, aber das Schaben eines Plastiklöffels in einer Pappschale erzeugte kaum nennenswerte Geräusche. Er hob die leere Schale hoch, sah wie zur Kontrolle noch einmal hinein und stellte sie neben sich. Dann lehnte er sich zurück.

Rebecca hatte wie Marie eine Zeitlang in Brooklyn gelebt. Diese Bedford Avenue! Die beiden schwärmten von dem Viertel, als wäre es ein Roman von Aravid Adiga. New York hatte Anton nur einmal während einer Familienreise vom klimatisierten Van seines Onkels aus erlebt, mit einem Schal um den Hals. Der Onkel hatte ihn fast nie aussteigen lassen, zu gefährlich. Er glaubte sich zu erinnern, dass sie auch durch Brooklyn gefahren waren, wusste es aber nicht genau. Er grinste also weiter. Die Muskeln unter den Ohrläppchen verkrampften schon ein wenig.

Marie und das Mädchen waren nun bei Austin angelangt, was in manchen Teilen fast wie Brooklyn sei. Yeah.

Anton überschlug die Fahrzeiten im Kopf. Wenn sie zwei Stunden bei Tante Traudl blieben, oder zweieinhalb, könnten sie es vielleicht schaffen, gegen zwei loszukommen. Dann wären sie mit ein, zwei kurzen Pausen gegen sechs in Austin. Sie hatten noch kein Hotel. Um sechs war es noch hell, das würden sie schon hinbekommen. Da würden sie schon eines finden. Die vergangenen Tage hatten ihn zuversichtlicher werden lassen.

«Wenn Enten einverstanden ist», hörte er die Kellnerin sagen. Die beiden guckten ihn an.

Enten. Guten Tag, mein Name ist Enten. Enten wie Gänse, alberte er in sich hinein.

«Wir können Rebecca doch nach Austin mitnehmen, oder?», sagte Marie.

Die Verkrampfung unter Antons Ohrläppchen löste sich. Sein Lächeln fiel in sich zusammen.

«Hm», machte er.

Mitnehmen. Wo sollte die denn sitzen? Hinten links hatten sie die Styroporkühlbox festgeschnallt, rechts lag seine Laptoptasche, dazwischen Maries Fototäschchen. Der Kofferraum war voll.

Selbst wenn sie es schafften, das Gepäck irgendwie umzuordnen: vier Stunden mit einer Fremden, einer Art lebender Überwachungskamera, auf einem Raum von ungefähr vier Quadratmetern. Am Ende mussten sie sich die ganze Zeit unterhalten. In ihrem Zustand. Mit seinem postalkoholischen Englisch.

Anton war bewusst, dass sein «Hm» schon in wenigen Sekunden als Einverständniserklärung gewertet werden würde, wenn ihm nicht noch eine Frage einfiele, die eine plausible Kette von Verhinderungsargumenten nach sich zog.

«Wenn ihr eh noch kein Hotel habt, könnte ihr auch einfach in meiner WG schlafen», schlug Rebecca vor. «You can crush on our couch.»

In einer WG. Auf einer Couch.

Er war noch nicht ansatzweise dazu gekommen, zu planen, wie er das Mädchen wieder aus dem Auto auslud, da lagen sie schon zwischen Tortilla-Bröseln auf einer speckigen WG-Couch mit Rückenfolterpolstern und warteten, dass der lethargische Mitbewohner endlich den Fernseher ausmachte, damit sie einschlafen konnten.

«Wow», sagte Anton.

«Toll, oder?», sagte Marie.

«Kein Problem», sagte das Mädchen. «Wann fahrt ihr denn los?»

«Wann musst du denn los?» Anton ahnte, dass dies seine letzte Chance sein könnte. Er musste eine Terminkollision verursachen.

«Eigentlich egal.»

Es war nicht sein Tag.

«Also, wir wollten so um zwei los», sagte Anton.

«Oh», lenkte das Mädchen ein. «Das wird knapp. Ginge auch um drei?»

Anton wühlte sich durch die Watte in seinem Schädel auf der Suche nach einem Grund, auf keinen Fall um drei fahren zu können, aber sie mussten nicht mal mehr ein Hotel suchen. Es war hoffnungslos.

«Drei ist gut», hatte Marie da schon beschlossen.

«Wir müssen langsam mal zu Tante Traudl», sagte Anton. Hier war nichts mehr zu retten.

«Oh, okay», sagte das Mädchen. «Danke, Enten.» Sie streckte die Hand aus. Diesmal erwischte er sie sofort.

«Wir holen dich dann hier ab. Um drei, okay», rief Marie ihr noch zu, als sie ins Zimmer gingen, um auszuchecken und ihr Auto zu beladen.

«Cool, oder?», sagte Marie. «Ich bin gespannt, wie sie singt.»

«Wieso singt?», fragte Anton.

«Na, sie singt doch heute Abend in Austin. Der Gig. Da gehen wir hin.»

Das musste er verpasst haben.

«Was machen wir denn jetzt mit der Kühlbox?», fragte Anton.

«Welche Kühlbox?» Marie summte den Refrain von «Empire State of Mind» vor sich hin.

Vor ein paar Stunden war das noch ihr Lied gewesen.

«Wollts ihr an Schweinsbrohn?», begrüßte Tante Traudl sie an der Tür. Sie hatte eine Schürze mit Blümchen umgebunden. Anton roch, dass das keine Frage war.

«Der Anton will bestimmt an Schweinsbrohn», rief Traudl, während sie in die Küche marschierte. «Der is doch eh so a Grisperl. Sonst fällt er uns noch vom Fleisch runter.» Dieses amerikanisierte Bayerisch war wirklich großartig.

In der Küche schaute Max kurz von den Nachrichten auf und nickte ihnen zu. Marie schob sich an dem dunklen Holztisch auf die Eckbank. Anton nahm einen Stuhl. Im Fernsehen erzählte eine blonde Frau, Obama habe ein muslimisches Museum gesponsert.

Traudl legte Klöße ins kochende Wasser, öffnete den Ofen, zog den Braten heraus und goss Wasser darüber.

Anton mochte den warmen Duft. Er war mehr als zehn Jahre lang Vegetarier gewesen. Nicht unbedingt aus Überzeugung, eher aus Zufall. Als Teenager hatte er herausfinden wollen, wie schwer es ihm fallen würde, kein Fleisch zu essen. Gar nicht schwer, stellte sich heraus. Sein Vegetariertum fand ein jähes Ende, als er zum ersten Mal bei einem sonntäglichen Mittagessen unterm Apfelbaum auf dem Hof von Maries Eltern saß. Es gab Schweinebraten. Keinen Schweinebraten zu essen kam nicht in Frage. Jedenfalls hatte Anton das Gefühl, keinen Schweinebraten hätte er höchstens an einem gesonderten Tisch haben können. Außerhalb Bayerns.

Er zweifelte manchmal, ob es imagemäßig eine besonders gute Idee gewesen war, das Vegetariertum ausgerechnet in einer Zeit aufzugeben, in der es Autoren wie Jonathan Safran Foer mit Büchern wie «Fleisch essen» zu einer Lifestyle-Haltung gemacht hatten, die man in Berlin gut zur slimmen Retroröhrenjeans und dem Undercut tragen konnte. An das Zwicken der Röhrenjeans hatte er sich mittlerweile gewöhnt. Um wirklich vornedran zu sein, müsste man sich allerdings beim Milchkaffeetrinken in einem der Cafés in ihrem neuen Neuköllner Kiez gelegentlich erkundigen, ob die Kekse vegan seien. Dafür mochte er Eier zu gern.

Der Schweinebraten unter dem Apfelbaum war außerdem eine Weltmacht gewesen, wie Marie sagen würde. Anton wies manchmal trotzdem noch darauf hin, dass er ja Gelegenheitsvegetarier geblieben sei. Marie lachte dann immer.

«Schauts euch mal die cupboards an. Die hat mei Mo eibaut», sagte Traudl. «All by himself.» Der Sohn nickte. «Ois Vollholz. Real oak. Einhundertpörzent», erklärte Traudl und machte zum Beweis die Tür eines Küchenschranks auf. Ein Stapel Prospekte rutschte heraus.

Marie kratzte sich an den Beinen und am Rücken. Sie hatte nicht mehr viel gesagt, seit die Kellnerin verschwunden war. Sie redete auch jetzt kaum, aber das war auch nicht nötig. Tante Traudl quasselte, als würde ihre Rente in Silben pro Minute abgerechnet.

«Habts ihr daheim a diese Coupons?», sagte sie, während sie die beklebten Prospekte aufsammelte. «I love them. Da gibt's Discounts. Auf ois.» Sie wedelte mit einem Heft voller kleiner silberner Sticker. «Wait amol.» Sie marschierte raus und kam mit einem nachthemdartigen T-Shirt zurück. «Anton, geh her.» Er stand auf. Sie hielt ihm das T-Shirt vor die Brust. Es war schwarz. «Lone Star State» prangte in verwaschenem Gelb darauf, in der Mitte ein Stern. «Das is von die Coupons», sagte Traudl. «For you», sagte sie und überreichte es Anton.

«Danke», sagte er und straffte die Muskeln in seinem Gesicht wieder in Grinseposition. «Danke.» Er hätte gerne «Toll» hinzugefügt oder «Wie schön», aber er hatte Angst, dass ihm ein «Oh» herausrutschte oder ein «Wie groß».

Es war ein vorzüglicher Schweinebraten, selbst um diese Zeit, nach dieser Nacht, wo Anton schon die klebrigen Fruit Loops hatte in sich hineinzwingen müssen. Selbst vor dieser Fahrt – zu dritt. «What a Swinesbrown, ha», sagte Max. Anton kaute und nickte. Marie kratzte sich.

«Geh, was hastn du, Marie?», sagte Traudl. «Hat dich was bissn?»

«Ich weiß auch nicht», sagte Marie. «Es sieht aus wie dicke Mückenstiche und juckt ziemlich. Muss heute Nacht passiert sein.»

«Zeig amol», sagte Traudl, stützte sich auf den Tisch und zupfte Maries T-Shirt hoch.

«Oh», sagte sie dann, und zum ersten Mal schwieg sie so lange, dass das Rattern der Klimaanlage zu hören war. «Bugs. Des san bugs. Wie sagt ma auf Deitsch? Wonze», rief Traudl.

Wonze? Anton verstand nicht.

«Bettwonze», sagte Traudl. Sie sprang auf und kommandierte: «Aufstehen!» Die Tante wartete nicht auf eine Reaktion, sondern packte Marie an den Handgelenken und zog sie hoch. «Du ah, Anton. Come on. Hopp, hopp,

hopp.» Anton betrachtete kurz das letzte Stück Schweinebraten auf seinem Teller und folgte dann ihren Anweisungen. Langsam genug, um ein gewisses Unverständnis für die Plötzlichkeit der Maßnahme zu signalisieren. «Hopp, hopp, hopp», rief Traudl, als müsste sie eine Horde Kindergartenkinder noch schnell vor dem dicken Lastwagen über die Straße scheuchen.

Draußen führte sie Marie in die äußersten Ecke des Gartens, bis zum Zaun. «Ausziehen», befahl sie. Anton blieb in der Verandatür stehen. «Hose aus», kläffte Traudl zu ihm herüber. «Come on, hopp, hopp, hopp.» Marie stand jetzt in Unterhose und BH da. Traudl wedelte mit ihrem T-Shirt. Marie mit dem Rock. Die beiden sahen aus, als wollten sie mit irrem Aufwand einen Grill anfächern und hätten dafür nur den Grill vergessen.

Anton wäre am liebsten über den Gartenzaun geflüchtet. Da brauchte jetzt nur ein Nachbar sein Smartphone auszupacken, und Traudl und Marie wären YouTube-Stars, lebenslänglich, dachte er. Titel: «Half naked woman in ancient Bavarian ceremony.» Untertitel: «Schüttel dein Hahahaha für mich.» Vielleicht musste man ihnen diese Gefahr dezent signalisieren. Er nahm sein Smartphone, hielt es hoch, drückte auf das Videosymbol und schüttelte demonstrativ den Kopf.

«Geh, mach den Schmarrn aus, Anton», befahl Traudl. Sie winkte ihn herüber, er folgte ihr artig. Wenn er nicht tat, was sie sagte, würde sie ihm das T-Shirt noch um die Ohren wedeln.

«Wir haben Wanzen», rief Marie. «Wir müssen die rausschütteln.»

«Wieso denn Wanzen?», fragte Anton.

«Na, ausm Motel», erklärte Traudl.

Das Ungeziefer sei in amerikanischen Hotels weit verbreitet, äußerst langlebig, und man komme ihm nur mit Einfrieren in der Kühltruhe, speziellen Vernichtungsmitteln oder mit restlosem Ausschütteln bei, erläuterten die beiden abwechselnd.

«Die Dinger sin grauslig», presste Traudl hervor, während sie weiterwedelte, die Haut ihrer Oberarme schwang im Takt dazu. «Grauslig. Die kriagst nie wieda weg. Ihr müsst die rausschütteln. Wenn ihr die Eier mit heimschleppt, dann gut Nacht. Dann könnt ihr alles rausreißen daheim. Die nisten sich in olle Ritzen ei.» Dann fixierte sie Marie. «War eier Gepäck im Motel?»

Marie nickte.

«Ausschütteln, ois», schnaubte Traudl. «Ois, ois, ois.»

Es musste sich hierbei um die amerikanisierte Variante von Maries Keimphobie handeln, folgerte Anton. Wenn zu Hause die Kühlkette drei Sekunden zu lange unterbrochen war und das Putenschnitzel nicht umgehend im Kühlschrank landete, war Keimalarmstufe Blutrot. Wenn sie Eier aufschlug, lief sie durch die Küche zum Wasserhahn, als hätte sie Plutonium an den Fingern. Anton konnte mit diesen biologischen Ängsten nichts anfangen. Er hatte gelernt, sie hinzunehmen.

Wanzen machten ihm wenig Sorgen. Er spürte keine Bisse. Außerdem machten sie keine Geräusche und hielten einen nachts nicht vom Schlafen ab.

Halbnackt wuchteten sie den Rollkoffer, die Reisetasche und den Rest des Gepäcks über den Zaun in den Garten, um nichts ins Haus zu tragen, durch das Traudl mittlerweile mit einer feuerlöschergroßen gelben Sprühdose wieselte, auf der eine Ameise in einem fett durchgestrichenen roten Kreis zu sehen war. Sie hatte mit der Dose schon Maries Rock und seine Hose eingenebelt. Anton stellte sich vor, wie der chemische Dunst jetzt auf den Schweinebraten in der Küche herabsank.

Sie wedelten mit ihren Badehandtüchern. Sie beutelten Pullover, T-Shirts, Unterhosen und Socken durch die Luft. Jeans für Jeans, Buch für Buch, Zahnbürste für Zahnbürste packten sie alles in Traudls Garten aus und fuchtelten damit herum, als könnten sie so Strom erzeugen. Anton haute auf seine Laptoptasche und klopfte seinen Kugelschreiber gegen den Gartenzaun.

Wie spät war es eigentlich? Mussten sie nicht bald diese Kellnerin abholen?

Anton hielt kurz mit dem Klopfen inne. Konnten sie die jetzt überhaupt noch mitnehmen? War das nicht geradezu unverantwortlich, sie der Wanzeninfektionsgefahr in ihrem Auto auszusetzen? Von der WG in Austin ganz zu schweigen. Vielleicht hatte er gerade doch noch einen Verhinderungsgrund gefunden.

Anton tat sein rechter Arm weh, er schwitzte. Das Insektenvernichtungsmittel stank bis in den Garten.

Maries Kopf war auch ganz rot. Sie wirkte aber mehr amüsiert als genervt.

«Wie machen wir das denn jetzt mit der WG?», fragte Anton.

«Wie meinst du?»

«Na ja, die Wonze», sagte Anton. «Die können wir da doch nicht einschleppen.»

«Deswegen schütteln wir sie doch gerade alle raus», sagte Marie.

«Ich weiß nicht», murmelte Anton.

«Stört dich was, dann sag's gleich?!»

«Diese Rebecca ...»

Marie sah ihn an, die Stirn in ernsten Falten, als hätte er gerade den Abbruch ihrer Reise verkündet.

Anton glitt der Kugelschreiber aus der Hand. Aus dem Augenwinkel sah er Traudl mit der Spraydose anmarschieren. Er griff sich die blauen Boxershorts und wedelte weiter.

Hast du etwa gespült?

Nur für einen kurzen Moment, dachte Marie, nur ein kleines bisschen ausruhen. Sie schloss die Augen, lehnte den Kopf zur Seite an die Wand und atmete tief durch. Das tat gut.

Marie saß auf der Toilette in Rebeccas WG. Vier Stunden Auto fahren war doch anstrengend gewesen nach so einer Nacht. Nebenbei war sie nicht drum herumgekommen, Rebecca ihre Lebensgeschichte zu referieren. So gern Marie erzählte, doch Rebecca stellte Fragen um Fragen um Fragen. Zum Glück konzentrierte sie sich irgendwann auf Anton und verstrickte ihn in ein Gespräch über die Berliner Kunstszene nach dem Mauerfall, und Marie konnte sich in Ruhe aufs Fahren konzentrieren.

Durch die Klowand hörte sie die Stimmen im Wohnzimmer. Viele redeten durcheinander, hin und wieder vernahm sie kurze Lacher.

Es war kurz vor fünf, mittlerweile hatten sich eine Menge Leute in Rebeccas Haus eingefunden. Die drei Mitbewohner waren ohnehin dagewesen: Tim, ein hagerer, verschüchtert wirkender Literaturstudent, Yasin, ein Plasmaphysiker mit dicker Hornbrille, und Bernard, ein Soziologe, der mit seinem hellblauen Hemd in Jeans auf Marie eher wie ein BWLer im Grundstudium wirkte. Nach und nach waren auch die Jungs der Band eingetrudelt, Marie hatte allen die Hände geschüttelt, artig «Nice to meet you» gesagt und ihre Namen sofort wieder vergessen.

Nun saßen sie alle im Wohnzimmer auf den uralten, hippiesk in einem U drapierten Stoffcouches, eine davon sollte später ihr Bett werden.

Sie hörte Antons und Rebeccas Stimmen, wie sie gemeinsam laut lachten, und Marie freute sich. Vielleicht könnte ihm das hier doch ein wenig gefallen.

Bisher zumindest lief alles gut. Das kleine Fenster im Wohnzimmer schien dauerhaft geschlossen zu sein, sodass Anton keine Mücken fürchten musste, es gab auch keinen Fernseher in dem Raum, soweit sie das gesehen hatte. Marie scannte in Gedanken noch mal das einzige Regal im Wohnzimmer ab. Nein, da war nichts. Es waren also auch keine nächtlichen Fernsehaktionen zu befürchten.

Marie hörte ein paar Gesprächsfetzen, am deutlichsten war Rebeccas tiefe Stimme. Sie redeten wohl über irgendwas mit Klima und der Haltung der amerikanischen Regierung dazu.

Doch, dachte Marie, das wird gut hier.

Sie öffnete die Augen, griff nach dem Klopapier hinter sich, spülte und ging zum Waschbecken.

Sofort fiel ihr ein Büschel Haare im Abfluss auf. Reflexartig fischte sie es heraus und warf die Haare in den Müll. Haare im Waschbecken, brrr, das mochte Anton ja gar nicht.

«Hörst du wohl auf damit, Marie!»

Marie sah sich böse im Spiegel an.

«Warum zerbrichst du dir ständig seinen Kopf?»

Weil ich … Marie überlegte.

Sie dachte an diesen einen Tag, als sie zusammen im Kino waren. Es war ein schöner Herbsttag, sie hatten zuvor in einem netten Restaurant gegessen, hatten sich großartig unterhalten. Doch im Kino musste dann irgendetwas mit ihrer Platzwahl nicht gestimmt haben, vielleicht saß Anton zu weit rechts oder zu nahe an der Tür oder an anderen Kinobesuchern, so genau wusste sie das nicht. Jedenfalls hatte ihm etwas nicht gepasst, und Anton war beleidigt gewesen – den ganzen Abend und den ganzen darauffolgenden Tag. Er sprach nicht mehr mit ihr, schüttelte ihre Hand weg, wenn sie nach seiner griff, und Marie fragte sich die ganze Zeit, was sie wieder falsch gemacht hatte. Sie fühlte sich hilflos. Sie fragte auch ihn, doch er sagte nichts.

Er macht halt gerne ein Gschieß, dachte sie und musste lächeln. Ob es dafür überhaupt ein hochdeutsches Wort gab?

Sie drehte noch mal den Wasserhahn auf und schöpfte sich kaltes Wasser ins Gesicht.

Vielleicht wurde an solchen Tagen aber auch einfach sein Tinnitus schlimmer oder sein Rücken oder was auch immer, und er brauchte Ruhe. Vielleicht, dachte sie, hat seine Verschlossenheit dann gar nichts mit mir zu tun. Aber wer weiß das schon?

Das Problem an Menschen, die nicht sprechen, ist, dass alle anderen versuchen, sich in sie hineinzudenken. Er schaut so komisch, was denkt er wohl gerade? Fühlt er sich nicht wohl, hab ich etwas falsch gemacht? Und so weiter, und so weiter. Zu einem Ergebnis kommt man so nie.

Zumindest Marie nicht, was Anton anging.

Vielleicht versuchte sie deshalb wie bescheuert, alles

zu vermeiden, wovon sie dachte, dass es Anton stören könnte. Und wahrscheinlich störte ihn tatsächlich nur ein Bruchteil davon.

Marie sah in den Spiegel. «Jetzt langt's wieder mit dem postalkoholischen Gedankenwirrwarr», sagte sie sich. Sie beschloss, sich heute keine Gedanken mehr um Anton zu machen, darüber, ob es ihm gutging. Das hier war ihre Nacht.

Sie betrachtete die Ringe unter ihren Augen. Sie sah aus wie eine fünfzigjährige versoffene Rockerbraut. Kurz überlegte sie, ob sie ihr Schminktäschchen aus dem Auto holen sollte, verwarf den Gedanken aber gleich wieder: zu viel Aufwand. Das musste jetzt mal so genügen.

Sie ließ etwas Wasser auf ihre Hände laufen und knetete es in ihre Locken, bis sie sich zu so etwas wie einer Frisur legten. Dann wischte sie sich mit Toilettenpapier die verschmierte Wimperntusche unter den Augen ab. Schon besser.

Sie schenkte sich ein Lächeln, warf das Toilettenpapier ins Klo, spülte und öffnete die Tür ins Wohnzimmer.

Sofort starrten sie acht Menschen an. Keiner sagte etwas. Marie lachte.

«Was ist los? Hab ich was im Gesicht?»

Bernard stand auf. «Lass mich dir etwas zeigen, Marie», sagte er. Er legte ihr die Hand auf die Schulter, als müsste er ein kleines Kind behutsam durch eine vollgequetschte Fußgängerzone führen, und schob sie zurück ins Badezimmer. «Weißt du, Marie, du hast eben die Klospülung betätigt. Zweimal.»

«Das ist richtig», sagte Marie. «Soll ich etwa Sand daraufschütten?»

Bernard hielt vor einem Zettel an, der neben der Spülung hing. «Hast du den hier nicht gesehen?»

«Nein.»

«Dann lies doch mal.»

«Was soll ich?»

«Das sind unsere Regeln. Sieh mal hin.»

Marie fühlte sich wie ein zwölfjähriges Mädchen, das gerade von ihrem Lehrer eine Standpauke kassierte, weil sie mit ihrem Banknachbarn geschwätzt hatte. Eingeschüchtert begann sie zu lesen.

«Safe the world» stand dick oben auf dem Zettel, darunter folgten einige Ausführungen dazu, dass man höchstens alle zwei Tage duschen sollte und dann nur maximal fünf Minuten, dass man das Wasser beim Zähneputzen auf keinen Fall laufen lassen durfte, und Spülen war erst nach der fünften Toilettenbenutzung, mit Ausnahme von größeren Geschäften, erlaubt. «Yellow is mellow, brown flush down», stand da.

«Oh», sagte Marie. «Das hab ich nicht gesehen.»

«Ist jetzt nicht schlimm, Marie», sagte Bernard und klopfte ihr mehrmals auf die Schulter. «Wir alle machen mal Fehler.»

«Also ich soll nicht spülen oder wie?»

«Doch, natürlich.» Er lächelte. «Aber eben erst nach der fünften Benutzung. Hast du schon vom Dürreproblem in Kalifornien gehört? Die haben nicht mehr genug Wasser, um ihre Felder zu bewässern. Und die vielen Menschen auf der Erde, die überhaupt nicht genug zu trinken bekommen? Unsere Toilette jagt jedes Mal zwölf Liter Wasser durch die Leitungen. Das muss doch nicht sein, oder?»

«Na ja, schon klar. Aber Urin lockt Fliegen an, und es gibt doch auch ...»

«Das mag ja sein, Marie», unterbrach Bernard. «Uns ist aber unser Planet wichtiger als ein wenig niminy-piminy.»

Das Wort verstand Marie nun nicht, aber sie konnte sich schon denken, dass er so etwas wie etepetete meinte, und sie versuchte, sich das Lachen zu verbeißen.

Da stand sie nun mitten in Texas, dem Bundesstaat, mit dem sie bisher höchstens stinkende Cowboys, trinkende Countrysänger und lastwagengroße Trucks in Verbindung brachte, und wurde in einer Toilette über das Dürreproblem der Welt belehrt. So konnte man sich täuschen.

«Solange du hier wohnst, würden wir dich bitten, dass du dich an unsere Regeln hältst», sagte Bernard.

«Und soll ich jetzt Strichlisten in die Wand ritzen, oder wie zählt ihr eure Spülgänge?»

Bernard deutete auf einen kleinen Notizblock auf der Spülung, und Marie klappte wieder einmal der Kiefer herunter. Das machten die wirklich.

«Und rechnet ihr auch mit ein, wie viel Bäume für den Block und den Stift gestorben sind?»

«Ach, Marie, das ist doch nun wirklich ...»

«Kommt jetzt, Guys», rief Rebecca von nebenan ihren Bandkollegen zu, «wir müssen ‹Dancing Chicks› noch mal durchspielen und dann auch schon los.»

Marie nutzte die Gelegenheit, murmelte: «Du entschuldigst mich», stolperte zurück ins Wohnzimmer und ließ sich neben Anton auf die Couch fallen.

Rebecca winkte Anton lächelnd zu und flüsterte:

«Dauert nicht lange», dann schlenderten sie und die Band in den Keller. Der Rest der WG verzog sich in die Küche, und Marie zischte Anton zu: «Alter, ich darf nicht spülen.»

«Ich weiß, ich hab den Zettel gesehen.»

«Dir ist das also aufgefallen. Respekt. Und hast du schon artig deine Strichlein gemacht?»

«Yellow is mellow.» Anton lächelte und zuckte mit den Schultern.

«Ich kauf denen in Berlin mal einen Spülkasten mit Wasserspartaste und schick ihn rüber. Aber so was müsste es doch eigentlich auch in den USA geben, oder nicht?»

Anton klappte sein Buch auf. Das Problem schien ihn also nicht sonderlich zu interessieren. Oder fand er die Spülregel sogar nicht so schlecht? Ah, wieder einmal hatte Marie keine Ahnung, was er gerade dachte.

Sie stand auf. «Weißt du, was? Ich muss mal kurz raus.»

Das konnte ja ein Spaß werden. Eine Nacht mit einem Haufen militanter Umweltschützer, neben einem stinkenden Klo.

Sie biepte das Auto auf, setzte sich hinein und atmete tief ein. Dann steckte sie ihren iPod ein und drückte auf Johnny Cash. Die Gitarre spielte, Marie drehte lauter und schloss die Augen. Sie könnte jetzt auch einfach hier sitzen bleiben und später sagen, sie wäre eingeschlafen. Nach dieser Autofahrt würde man ihr das vielleicht sogar glauben. Einfach die Augen zulassen, Johnny Cash zuhören und an nichts denken. Das wäre so schön …

Eine halbe Stunde später saß Marie aber wieder auf der Wohnzimmercouch. Sie war doch zu neugierig gewesen auf Rebeccas Musik.

Aus dem Keller drang nun Schlagzeuggetrommel in ihr Ohr, und der Bass brachte das Regal zum Vibrieren. Dann hörte sie Rebecca singen. Es klang mehr wie heiseres Grölen. Auch das mit dem Treffen der Töne schien sie für überbewertet zu halten.

Der Schlagzeuger verprügelte die Snare Drum, und Rebecca grölte Wäoäoäoäoäoäo, dann krachte es mehrmals. Ob das ein verkappter Rockstarauftritt wurde? Marie schüttelte sich.

Sie schielte in die Küche, wo die Jungs am Küchentisch saßen und sich unterhielten. Anton sagte gerade: «Echt? Wie geil! Das brauchen wir auch!»

Marie hatte nicht verstanden, welches geile Teil sich Anton da anpreisen ließ, aber sie war sich sicher, dass es ihr in ihrer Berliner Wohnung schon bald wahnsinnig auf die Nerven gehen würde.

Sie stöhnte leise und legte sich auf die Couch. Wenn jemand kommt, tu ich einfach so, als würde ich schlafen, dachte sie. Sie schloss die Augen. Langweilig. Sie öffnete sie wieder, stand auf und begann, in ihrem Koffer herumzukramen. Vielleicht etwas lesen oder ... Oder ich skype mal nach Hause.

Klar! Sie suchte ihr iPad und checkte das Netz. Ja! Hier gab es sogar ein offenes Netz, sie musste niemanden nach einem Passwort fragen.

Plötzlich war sie hellwach.

Sie nahm das iPad, setzte sich im Bad auf die Toilette, schloss ab und rechnete.

Minus sechs Stunden, in Bayern musste es also Mittag sein. Ihre Mutter würde bestimmt gerade den Tisch decken, wo ihr Vater schon auf dem Stuhl neben der Eckbank saß und in der *TopAgrar* blätterte. Was sie wohl gekocht hatte? Sicher keinen Schweinebraten, es war ja nicht Sonntag. Eine Suppe wird sie gemacht haben, vielleicht eine Gemüsesuppe, und eine Nachspeise. Einen Hefezopf vielleicht, wenn die Hühner genug Eier dafür hergegeben hatten. Ja, bestimmt hatte ihre Mutter Suppe und Nachspeise gemacht.

Wie gerne wäre sie jetzt dort.

Marie tippte die Nummer, die sich nicht verändert hatte, seit sie denken konnte.

Sie drückte den grünen Knopf.

«Marie?» Anton klopfte leicht an die Tür. «Marie? Bist du da drin? Die wollen los.»

Marie erschrak. Jetzt schon?

«Ich komme», rief sie.

Sie klappte die Hülle ihres iPads zu und ging raus. Wieder wurde sie angestarrt, diesmal immerhin nur von drei Menschen – Anton, Tim und Rebecca. Rebecca hatte sich in der Zwischenzeit umgezogen, sie trug jetzt einen hautengen weißen Schlangenlederanzug und kniehohe Cowboystiefel.

«Die Jungs sind schon vorgefahren», sagte sie. «Sie nehmen ihr Auto wegen der Instrumente. Bist du fertig?»

«Klar, wir können los.»

Rebecca schaute auf ihr Handy. «Der Bus geht in 17 Minuten. Wenn wir sofort gehen, kriegen wir ihn.»

Stumm lief Rebecca neben Marie her zur Haltestelle, sie wirkte in Gedanken vertieft, und Marie wollte sie kurz vor ihrem Auftritt darin nicht stören. Anton und der stille Tim gingen voraus. Die beiden schienen sich rege zu unterhalten.

Marie lächelte. Wie das wohl funktioniert, wenn zwei schüchterne Menschen sich anfreunden? In jedem Fall dauert wohl alles etwas länger.

Wahrscheinlich wäre sie heute noch nicht mit Anton zusammen, hätte sie nicht damals auf dem Konzert seine Hand genommen.

Sie hatten viele Stunden zusammen an der Spree gesessen damals, hatten getanzt und gelacht. Doch den ganzen Abend über wusste Marie in keinem einzigen Moment, ob er tatsächlich mit ihr flirtete oder ob er sie einfach nur ganz nett fand. Ohne einen Freund von Anton, der ihr später die Ereignisse aus Antons Sicht noch mal zusammenfasste, wüsste sie wohl heute noch nicht, was er damals dachte. Dass er sie schon faszinierend fand, wie er das ausdrückte, als sie noch vor ihm in der Kartenschlange stand. Dass er beim ersten Satz, den sie sprach, schon verliebt war.

Ihr hatte er davon nie etwas erzählt.

Marie war vom ersten Moment an klar, dass sie so jemanden wie Anton erobern musste, ganz schnell, denn vielleicht würde er nicht den Mut haben, sie um ihre Telefonnummer zu bitten.

«Hey, Enten», rief Rebecca plötzlich. «Schau, das ist der Laden, von dem ich dir erzählt hab.»

Sie hüpfte nach vorne zu den beiden, deutete auf eine Art Kunstgalerie und plapperte los. Dabei legte sie eine Hand auf Antons Arm.

Ein bisschen viel Enten, Enten, dachte Marie.

Eine halbe Stunde später standen die vier in einer Straße mitten in Austin, in der sich in klotzähnlichen, bunten Häusern eine Bar an die nächste drückte. Rebecca zog die

Tür zu einem Laden namens Darwins Place auf. Sofort kam ein langhaariger Barkeeper auf sie zu und begrüßte sie mit Umarmung und großem Hallo. Marie, Tim und Anton gingen an die Bar und bestellten Bier. Die Jungs waren immer noch schwer in ihre Diskussion vertieft, also nippte Marie an ihrer Flasche und sah sich um.

Die meisten Menschen im Darwins Place waren dunkel gekleidet, Jeans, schwarze T-Shirts mit bunten Bandaufschriften, lange Haare, die Männer mit Bärten. Nach und nach kamen immer mehr Leute dazu, die meisten gingen direkt zum Tresen oder holten von dort ein Bier, stellten sich irgendwo im Raum hin und schauten in Richtung der dunklen, schmalen Bühne. Dort steckten die Bandjungs schon eifrig Kabel zusammen, schraubten am Schlagzeug, und irgendwann stolperte auch Rebecca die Treppe nach oben und steckte das Mikro an. Sie winkte ihnen zu. Marie lächelte und hob den Daumen.

Ein wenig nervös wirkt sie aber schon, dachte Marie. Und das, obwohl sie jeden zu kennen schien, schließlich jobbte sie hier auch ab und zu an der Bar. Aber vielleicht machte sie das noch nervöser, sie musste vor ihren Arbeitskollegen und Stammkunden spielen, da konnte man sich ja mehr blamieren als vor Unbekannten.

Links von Marie führte Anton nun die Geschichte der Planung des Berliner Mauerfalls in aller Ausführlichkeit aus, Tim lauschte höchst gespannt und umklammerte dabei sein Bier, als wäre es ein Aufnahmegerät. Rechts von ihr hob ein älterer Mann mit einem großen, roten Trucker-Cap immer wieder sein Bierglas in Maries Richtung und lächelte sie an. Er versuchte wohl, Kontakt aufzunehmen. Marie sah schnell wieder weg. Kein Smalltalk jetzt.

Anton winkte dem Barkeeper und rief: «Noch zwei Bier, bitte.»

«Hallo?!», sagte sie laut.

«Ach ja, drei, bitte.»

Marie verdrehte die Augen. Wenn sie jetzt nach Hause gehen würde, würde das wohl kaum jemandem auffallen.

Sie nahm ihr neues Bier entgegen, drehte sich um und sah zwei Jungs in einen kleinen Nebenraum schleichen. Marie streckte sich und entdeckte dort einen Billardtisch. Ui, Billard. Das wär jetzt auch nicht so verkehrt. Sie schielte wieder zu Anton hinüber, der aber völlig vertieft in das Gespräch mit Tim zu sein schien. Nein, zum Billard könnte sie die beiden jetzt sicher nicht bewegen.

Auf der Bühne begann Rebecca mit dem Soundcheck, one, two, one, two. Sie sang ein paar Zeilen, und danach verzog sich die Band standesgemäß in den Backstagebereich, der hier wahrscheinlich eine Bank hinter dem Billardtisch war.

Der Mann prostete noch mal herüber. Na gut, also doch Smalltalk, es war ja sonst nichts zu tun.

Sie lächelte zurück.

«Wo kommst du her?», fragte er.

«Deutschland.»

«Aaaah, Germany», sagte er.

Und dann begann die übliche Aufzählung von allem, was Amerikaner klassischerweise über Deutschland wussten, nämlich: Beckenbauer, Angela Merkel, Oktoberfest. Aber nice country war es immer, ganz klar.

Marie lächelte höflich, nippte an ihrem Bier, und der Mann erzählte, dass er tatsächlich Trucker war und bis vor kurzem einen großen Lastwagen besessen hatte, mit dem er Tausende Meilen durch das ganze Land gefahren war. Er erzählte von einem Pub in North Carolina, wo er einmal den besten Gitarrenspieler der Welt gehört hatte, von einem Abend in Alabama, wo er so betrunken war, dass er den Schlüssel seines Trucks verloren hatte und hinten in seine eigenen Ladefläche eingebrochen war, um dort zu übernachten.

«Hm», sagte Marie immer wieder. Und: «Really?» Und: «Interesting.»

Die Band begann zu spielen, Rebecca hüpfte auf und ab und zeigte auch den Zuhörern im Darwins Place, dass Tönetreffen etwas für Spießer war. Sie grölte und schüttelte den Kopf und rollte die Schultern, und der Trucker erzählte von seiner Frau, also Exfrau, die ihn wegen seiner ewigen Fahrerei für den Barber des kleinen Ortes in Texas, in dem sie damals lebten, verlassen hatte. «Aber was soll ich es ihr verdenken?», sagte der Trucker. «Sie wollte eben einen Mann, der für sie da ist.»

Rebecca setzte zu einem ruhigen Lied an, was vor allem dadurch erkennbar wurde, dass sie nun an einem Fleck stehen blieb und das Mikrophon umklammerte, während sie irgendetwas völlig Unmelodisches hineinhauchte, und Marie blickte neidisch einem großen Mädchen hinterher, das sich zum Billardtisch verdrückte.

Ihr war wahnsinnig langweilig.

Schubs mich nicht

Sie standen fast ganz hinten. Hinten war bei Konzerten immer gut, nicht nur wegen Antons Ohren. Darin pfropften ohnehin dicke Wachsrollen. Man hatte hinten in der Regel auch kaum noch jemanden hinter sich, der einem unangekündigt in den Rücken springen konnte oder einem die Haare bei einem Feuerzeugschunkellied ankokeln. Wobei man sagen musste, dass «The girlish Grizzlies» den Abend nicht gerade mit Feuerzeugliedern begonnen hatten. Zwischendurch waren einige der tätowierten Jungs mit ihren Bandnamen-T-Shirts fast schon durch den Saal gepogt, als Rebecca sich in ihrem Ganzkörperschlangenlederanzug rhythmisch über die Bühne bog. Ihr Fransenpony war an der Stirn festgeschwitzt. Tim hatte neben ihm angefangen, mit dem Kopf zu nicken und den Boden seiner Bierflasche immer mal wieder gegen die Jeans zu klopfen. Und Tim schien wirklich niemand zu sein, der mit Bierflaschen klopfte, wenn es keinen zwingenden Grund gab.

Anton nahm einen Schluck aus der kleinen Flasche, auf deren Etikett Hopfenbomber zu sehen waren. Kampfflugzeuge, die grüne Hopfendolden abwarfen. Hops 15 hieß dieses IPA, was für India Pale Ale stand, eins der würzigen Bitterbiere, von denen man Durst bekam und ein Kratzen in der Kehle. Seit sie durch die USA fuhren, trank er immer häufiger welche. Ihm gefiel diese neue Bier-Avant-garde der kleinen Brauereien, die so taten, als könnte man aus Bier genauso eine Wissenschaft machen wie aus Wein.

Er musste sich eingestehen, dass er Rebecca unrecht getan hatte. Was sie mit ihren Jungs da ablieferte, gefiel ihm. Sein Kopf wippte, seine Lippen formten dazu eine aggressive Schnute. Er würde den Namen «The wandelnde Klischees», den er der Band der singenden Kellnerin insgeheim gegeben hatte, schon vor der Veröffentlichung zurückziehen.

Vielleicht rührte seine ausgezeichnete Stimmung auch daher, dass er auf dieser Reise, die Marie und ihn so nah zusammenbrachte, in Rebeccas WG zum ersten Mal den Eindruck hatte, hier in diesem Land könnte ihn jemand verstehen. Spätestens als er das grüne Poster an einer der Zimmertüren hängen sah – mit dem weißen Notausgang-Strichmännchen darauf, das Treppen stieg. «Burn calories, not electricity», stand darunter. «Take the stairs!» Im Büro in Berlin machten sich alle lustig über ihn, dass er nie den Aufzug nahm. Dass er nun ausgerechnet in dem Land, in dem man der Legende nach morgens mit dem SUV zum Doughnut-Holen fuhr, Gleichgesinnte entdeckte, beschwingte ihn.

Hinter dem Anti-Aufzug-Poster war eine Bibliothek, darin wohnte der Mann, der jetzt neben Anton mit der Hops-15-Flasche wippte. Tim war ihm sofort sympathisch gewesen. Er redete kaum. Sein Blick floh wie ein Silberfischchen, wenn man ihn zu lange ansah. Seine Haut war bleich, als würde er die texanische Sonne nur aus den Büchern kennen, die stapelweise in seine Regale und vor seine Regale und neben sein Bett gequetscht waren. Anton hatte es im Vorbeigehen gesehen und hätte sich am liebsten in das Zimmer geschlichen, um sich dort einzuschließen. Es waren auffällig viele zeitgenössische deutsche Romane. Tim wirkte nicht nur, als würde er Unmengen an Kalorien beim Nicht-Fahrstuhlfahren verbrennen, sondern auch, als nähme er ohnehin nur zu ausgewählten Anlässen welche auf. Dieser Abend musste ein solcher Anlass sein.

Seine Mitbewohnerin Rebecca rockte immerhin diesen kleinen Club, der, wenn Anton das richtig entziffert hatte, Darwins hieß. Gut, der Schlangenlederanzug wäre nicht unbedingt nötig gewesen.

Vorne auf der Bühne leiteten unverzerrte, schrammelige Gitarrenakkorde eine gemächlichere Phase ein. Rebeccas Stimme klang jetzt tiefer und brüchiger. Einige der tätowierten Jungs wirkten verunsichert.

«Was ist das denn?», brüllte Marie, die an der Bar stand, zu ihnen herüber.

Da erkannte er es. «Femme fatale», brüllte Anton zurück.

«Was?»

«Velvet Underground», ergänzte Tim. Ihm war anzusehen, dass dies die lautesten beiden Worte gewesen sein mussten, die er in den vergangenen Monaten aus sich herausgezwungen hatte. Seine Lippen hatten bestimmt schon Muskelkater. Die Lautstärke langte trotzdem nicht annähernd, um Marie zu erreichen.

«Velvet Underground», schrie Anton.

«Andy Warhol», flüsterte Tim neben ihm. «The Factory.»

«Lou Reed», brüllte Anton als Übersetzung zu Marie hinüber.

Sie verzog Lippen und Stirn zu einem «Hä?!».

Er würde ihr jetzt nur schwer erklären können, dass Andy Warhol in seiner Kunstfabrik namens Factory auch Musiker um sich geschart hatte, darunter Lou Reed mit The Velvet Underground. Zwischenzeitlich hatte Warhol ihnen ein Fotomodell namens Nico als Sängerin aufgenötigt. Diese Nico hatte ähnlich schepp gesungen wie Rebecca gerade. Da machte auf einmal selbst der Schlangenlederanzug Sinn, der irgendwie in die späten 1960er zu passen schien.

«Nico», schrie Anton Tim zu und nickte in Richtung Bühne. Für einen Moment war ihm, als lächelte Tim. Er beugte den Kopf zu ihm herunter, ein paar seiner schütteren blonden Haare fielen ihm dabei über seine runde Brille mit dem braun marmorierten Gestell. «Gar nicht so schlescht, die Gute», sagte er auf Deutsch.

«Du sprichst deutsch?», kreischte Anton. Das Bier mit seinem trockenen Abgang hatte seine Stimmbänder geschmirgelt. Tim nickte, sah nun aber schon wieder so konzentriert nach vorn zur Bühne, dass Anton das sofort als Aufforderung wertete, weitere Fragen, auch wenn sie noch so naheliegend waren, in den späteren Abend hinein zu verschieben. Marie hatte sich von ihnen abgewandt und guckte ein wenig wie ein Kind, das zum ersten Mal in seinem Leben Blauschimmelkäse probiert hat.

Beim nächsten Song pogten die Jungs im vorderen Teil des halbvollen Saals wieder andeutungsweise und prügelten mit ihren Händen die Luft. Rebecca headbangte über die Bühne und schlängelte sich um die Mikrophonstange. Tim betrachtete alles wie einen Jeff Koons im Museum.

Nach der Show scharten sich die WG-Kumpels vor der

Bühne um Rebecca. Einer nannte sie «grizzlyish girl». Alle lachten ausreichend laut. Anton attestierte ihr, eine großartige Nico gegeben zu haben. «Wundervoll», sagte er. «Toll, dass es dir gefallen hat», rief Rebecca, als wären sie alte Freunde. Tim nickte ihr kurz zu und analysierte anschließend wieder den Dielenboden.

Der Gitarrist in der Leopardenweste rollte auf der Bühne seine Kabel über den Arm. Aus den Boxen hämmerte Heavy Metal.

«Sollen wir uns bei Conscious Cravings noch ein paar vegane Wraps holen?», schlug Rebecca vor. Anton fragte sich, ob sie den Schlangenlederanzug vorher ausziehen würde. Aber wahrscheinlich war der ohnehin aus Silikon.

Die Nacht war mild. Die blinkenden Ampeln über den Straßen erinnerten Anton daran, dass er nicht in Berlin war. Sie waren hier oft gekippt, drei Lichter waagerecht nebeneinander. Auf dem Weg zu der veganen Imbissbude erzählte Tim – während der Schnürsenkel seines rechten Chucks über die Betonplatten des Gehwegs schleifte und Anton überlegte, wann der Moment gekommen sein könnte, seine neue Bekanntschaft über diesen offenen Schnürsenkel in Kenntnis zu setzen – von den Germanic Studies, die er an der University of Texas betrieb. Es hörte sich für Anton erst an, als würde er Riten und Kulte der alten Germanen erforschen, tatsächlich ging es aber um deutsche Gegenwartsliteratur, wenn er das richtig verstand.

Die Imbisskette betrieb mehrere weiße Wagen in der Stadt und nannte sich wirklich Conscious Cravings. Übersetzt hieß das bewusste Begierde. Eigentlich eine Unmöglichkeit, dachte Anton.

«Conscious Cravings. Ein oxymoronischer Imbiss», sagte er, während sie hinter den anderen in dem Schlangenpulk warteten. «Oxymoron. Or Oxes 'n' Morons. Das ist hier die Frage.»

Tim kicherte. «Es ist ein veganer Imbiss. Die Ochsen-Variante scheidet also aus. Hoffentlich.»

Marie drehte sich zu ihnen um. «Übt ihr das griechische Alphabet?»

«Oxymoron, nicht Omikron», sagte Anton. Es geriet ihm ein wenig zu genüsslich. «Wir fragen uns gerade, ob der Name dieses Imbisses den Kriterien eines Oxymorons genügt, eines als Stilmittel eingesetzten Scheinwiderspruchs. Conscious Cravings, also die bewusste Begierde, gibt es schließlich eigentlich gar nicht, weil der Begierde doch etwas Irrationales innewohnt.» Er merkte, dass sein Vortrag vor allem gestelzt daherkam und nicht so ironisch, wie er ihn gemeint hatte. Er bemühte sich, zur Klarstellung das Deutschlehrerhafte zu stärken, und hob seinen Zeigefinger: «Das Oxymoron selbst ist übrigens so ein zusammengesetzter Widerspruch. Oxys heißt scharfsinnig und moros dumm, auf Griechisch. Im Englischen wiederum sind Oxes Ochsen und Morons Idioten, weshalb ich mir erlaubt hatte zu fragen, ob die Gründer dieser Imbisskette einen Kunstgriff gewagt haben oder ob es sich um Oxes and Morons handelt, stilistisch also einen weißen Schimmel. Tim hatte dann nur bemerkt, dass Ochsen wohl kaum in einem veganen Laden auftauchen werden.»

Tim kicherte wieder.

«Es sei denn, der Ochse ist der Chef», sagte Marie. «Ochsen sind ja Veganer. Zumindest, wenn sie nicht mehr an ihrer Mutter hängen.»

«Das ist auch ein aparter Gedanke», sagte Tim und sah Marie aufmunternd an.

«Was machst du denn mit diesem Germanisch?», fragte sie.

«Ich arbeite gerade an meiner Doktorarbeit», sagte Tim. «NDL, sagt man in Deutschland. Neuere Deutsche Literatur.» Er sprach das D in NDL wie ein Die aus.

«Was genau?», erkundigte sich Marie.

«Ich promoviere über Lethargie im subkulturellen Mikrokosmos einer untergehenden Gesellschaft.»

«Bedeutet?»

«‹Herr Lehmann›», sagte Tim.

«*Der* Herr Lehmann», rief Marie. «Der aus Kreuzberg, mit dem Beck's und dem Hund und der Köchin?»

Tim schien mit der Spitze seines rechten Chucks nun den offenen Schnürsenkel in eine Bodenritze einpassen zu wollen.

«Könnte man so sagen.»

«Wie geil», rief Marie. «Dazu kann man eine Doktorarbeit schreiben?»

«Wir werden sehen», sagte Tim.

«Nur ‹Herr Lehmann›?», fragte Anton. «Oder die ganze Trilogie?»

Es war nicht klar, ob Tim sich gerade eine adäquate Antwort zurechtlegte oder die Einpassung des Schnürsenkels in die Bodenritzen abschloss. Es würde nie klar werden, sie waren nun dran.

Marie schaute überrascht auf die Speisekarte am Imbisswagen und setzte ihren «Wie ist dieses komplizierte Mathe-Problem an der Tafel noch gleich zu lösen»-Blick auf.

«Einen Spicy Chickpea Wrap», sagte Anton schnell, um die Verkäuferin zu erlösen, und ärgerte sich im selben Augenblick über sich, weil sie doch Zeit hatten und alles gut war und er nicht für die Imbissfrau verantwortlich.

Dann kam ihm eine Idee. Er würde Marie mit seiner neuen Entspanntheit überraschen. «Ist das hier eigentlich ein oxymoronischer Imbiss?», fragte er.

Die junge Verkäuferin, die ein grünes Shirt mit dem geschwungenen Conscious-Cravings-Schriftzug und ein der Uhrzeit angemessen fahles Lächeln trug, guckte kurz überrascht.

«Wir sind hundert Prozent vegan», sagte sie dann. «Wir sind gesund, köstlich und vegetarisch.»

«Keine Ochsen?», sagte Anton.

Hinter sich hörte er Tim leise kichern.

«Was ist in der Agave-Ingwer-Soße?», unterbrach Marie und sah ihn scharf an.

«Agave und Ingwer», sagte die Verkäuferin.

Tim bestellte eine Bio-Blaubeer-Limonade. Mit ihren Wraps schlenderten sie weiter. Es erinnerte Anton ans Falafelessen in Berlin. Man musste ständig aufpassen, dass einem die Soße nicht unten raus und auf die Hose tropfte und getrocknet einen falschen Eindruck erweckte.

Rebecca hatte sich noch am Imbisswagen von zwei Jungs in ärmellosen Shirts verabschiedet und lief nun mit Marie vor ihnen. Den Schlangenlederanzug hatte sie gegen Hotpants und eine weiße Jeansweste mit Nieten am Revers getauscht. Ihre weißen Cowboy-Stiefeletten klackten über den Gehweg. Die beiden schwiegen.

«Warst du schon mal in Berlin?», fragte Anton. Tims Schnürsenkel schleifte weiter, sein Schuh schien so offen zu gehören. Vielleicht war das ein Statement. Oder eine bewusst gewählte popkulturelle Referenz, die Anton gerade nicht dechiffrieren konnte.

«Ein paar Tage. Ich hab ein Semester Literatur in Göttingen studiert.»

«Oh, Universitätsstadt Göttingen. Da fahre ich manchmal mit dem ICE durch. Musst du für ‹Herr Lehmann› nicht mal nach Berlin?», fragte Anton.

«Vielleicht», sagte Tim. «Aber es geht ja ums Buch.»

«Wo wohnt ihr überhaupt in Berlin?», rief Rebecca von vorne.

«Neukölln», sagte Anton.

«Neukölln ist das neue Brooklyn, oder?» Rebecca klang begeistert. «Sagen wenigstens meine Freunde in Berlin. Mode, Kunst, Freiheit, vegane Burger. Guys, sollen wir eigentlich noch auf einen Drink ins Barbz?»

«Kämen wir da rein? Nach zwei?» Tim klang müde – oder gelangweilt.

«Wenn du dir deinen Schuh ordentlich zumachst, vielleicht.» Rebeccas Lachen schepperte über den Asphalt. «Beim letzten Mal, als ich ihn dort gerade so reingeschleppt hab, musste ich dem Türsteher versprechen, dass er nicht einschläft. Danach war's dann aber doch ganz lustig. Ihr werdet die Musik lieben. Na?»

«Hm», machte Marie.

«Warum nicht?», sagte Anton. Er hatte genug «Hops 15» getrunken. Er würde auch noch ein paar Drinks vertragen. Tim war lustig, und morgen hatten sie noch nichts vor. Anton hüpfte ein paar Schritte auf Marie zu und legte seinen Arm um sie. Eine laue Nacht. «Herrlich, oder?» Er kniff ihr in die Hüfte.

«Hm.» Marie war stehen geblieben. Rebecca und Tim liefen weiter.

«Nicht?» Er war doch gerade genau so, wie er immer glaubte, dass sie ihn wollte. Nicht zögern, nicht hinter irgendwelchen Gedanken verstecken, einfach loslassen. Er tat es auch für sie. «Was ist denn?»

«Alles okay.»

Sie sah irgendwie traurig aus. Das Blau ihrer Augen wirkte matt.

«Was denn?»

«Ach, nichts.»

«Was nichts?»

«Nichts. Ich ... Ach ... Egal.»

Vielleicht war Marie auch nur kaputt. Vielleicht war sie es zur Abwechslung einmal, die nicht mehr wollte. Vielleicht musste er jetzt tun, was sie sonst tun würde.

Er packte sie an den Hüften und küsste sie.

Sie lächelte, ganz vorsichtig.

«Bist du müde?»

«Hm.»

«Wir müssen ja nicht so lange.»

Anton zog Marie hinter den anderen her.

Das Barbarella war ein roter Backsteinbau inmitten eines Industriegebiets. Vor dem Eingang warteten ein paar Jungs in hängenden Hosen und Mädels in glitzernden Tops. Neben der Tür war ein Cowgirl auf die Wand gesprüht, ein bisschen im Stil dieses Mädchens mit dem Luftballon des Grafittikünstlers Banksy. Anton sah an sich herunter. Vielleicht war jetzt der Moment, in dem es sich rächte, dass er nur Jeans von ganz unten aus dem Schrank und T-Shirts vom Beinah-Altkleidersammlungs-Stapel eingepackt hatte – für den Fall, dass ihnen doch etwas geklaut würde oder ihr Gepäck beim Flug abhandenkam. Seine Jeans war von der Schlichtheit eines texanischen Schusswaffenbesitzers. Sein Shirt war einfach nur weiß, allerdings auch nicht mehr ganz. Vielleicht würden ihn seine moosgrünen Adidas-Sneakers mit dem goldenen Rand retten. Sie stellten sich ans Ende der Schlange. In seiner Hosentasche knotete er das Ohropax-Wachs zurecht.

«Ausweis», verlangte der Türsteher und fixierte angestrengt einen Punkt irgendwo im Dunkeln Austins.

«Shit», dachte Anton.

Er hatte lange überlegt, ob Reisepass und Personalausweis im Wohnzimmer der WG oder in seinem Bauchgürtel sicherer waren. Er hatte sich dann doch für die WG entschieden.

«Ich bin 32», versuchte er es.

«Ich gratuliere», sagte der Türsteher, der Anton an die tätowierten Typen vom Konzert vorhin erinnerte. «Hast du einen Ausweis?»

Er sah zu Tim. Der betrachtete neben ihm den Straßenbelag, in der rechten Hand sein ID-Kärtchen.

«Sorry», sagte Anton am Türsteher vorbei zu Rebecca und Marie, die schon im Flur des Clubs standen. Er war bereit, dann eben doch den Rückzug anzutreten.

«Come on», bat Rebecca von der anderen Seite.

Der Mann schaute für den Bruchteil einer Sekunde an ihm herunter. Dann winkte er ihn mit dem Kopf an sich vorbei. «Das nächste Mal ziehst du dir was Ordentliches an.»

Die Luft in dem Club war schwer. Lichter zuckten über

Menschenschatten, die in abgehackten Bewegungen über die Tanzfläche roboterten. Hände an Hüften, Münder an Ohren. Rebecca holte Wodka. Mit vier Plastikbechern, vorsichtig balanciert auf ihrer Handfläche, kam sie zurück. Die linke hielt sie schützend darüber. Wodka, dachte Anton, war eine saubere Sache. Ein schlichtes, klares Getränk. Er bekam davon selten Kopfweh. Whisky dagegen hatte schon dieses Dreckige, Braune, das eigentlich nichts Gutes bedeuten konnte. Entsprechend dreckig waren oft die Tage danach.

Er erzählte von ihrem Trip, von der vernebelten Küste Kaliforniens, dem Big Sur, von Vegas, von dem verlassenen Campingplatz in Marfa, neben den Zugschienen, über die nachts alle paar Stunden ein Güterzug donnerte, so nah, dass sie das Gefühl bekamen, sie lagen darunter. Es war kein Erzählen im eigentlichen Sinne. Er warf einzelne Satzteile gegen den Lärm des Clubs. Anton hatte das Gefühl, er kreischte immer lauter.

«In Marfa», rief Tim, nach der dritten Runde, die er selbst besorgt hatte, «spielt ein Roman von Thomas Hettche.»

«Ich – weiß», brüllte Anton. Er hatte Marie von dessen Figur Niklas Kalf erzählt. Auf der Suche nach seiner entführten Frau und einem Emigranten namens Eugen Meerkaz landete er in der kleinen Künstlerkolonie an der Grenze von Texas und New Mexico. Er hatte ihr berichtet, wie Marfa in Hettches Roman als Ort «ohne Anfang und ohne erkennbare Gestalt» beschrieben wird, während sie an der Buchhandlung mit den schönen Ausgaben vorbei durch das schlenderten, was sie fürs Stadtzentrum hielten.

Später hatten sie in der absoluten Dunkelheit gestanden und ins Schwarz gesehen, um die runden Lichter von Marfa zu entdecken, die angeblich manchmal über den Himmel bouncten.

«Einfach nichts da draußen auf diesem Campingplatz», grölte Anton. «Schwarz und nichts. So faszinierend. Das gibt's in Deutschland gar nicht. So sehr überall nichts.»

«Wisst ihr, was?», kreischte Rebecca zurück. «Lasst uns ans Meer fahren morgen. Galveston Beach.»

«Meer ist großartig», sagte Anton. Er überlegte, wen genau sie mit «uns» meinte und was das mit der Gepäckordnung in ihrem Ford zu tun haben könnte. Kurz blitzten Sandkörner auf dunklen Ledersitzen.

«Oder?» Er sah Marie an.

Sie schien vorsichtig zu nicken.

«Galveston ist formidabel.» Tim redete jetzt so laut, dass er fast auf Anhieb zu verstehen war. «Ein bisschen bürgerlich, aber der Strand entschädigt für alles.»

Aus den Boxen drangen die ersten Klaviertakte von Macklemore, «Can't hold us». Rebecca zog Anton in Richtung Tanzfläche. Die Drums setzten ein. Anton schlug mit den Handflächen in Tims Richtung. «Allright, okay. Hah! Allright, okay.»

Als sie den Club verließen, war Anton nassgetanzt, was für ein Abend! Er legte seinen Arm um Marie. Sie zuckte zurück und schob ihn vorsichtig weg. Er war wirklich sehr nass.

Es war nicht viel los in dieser Gegend von Austin, um diese Zeit. Die meisten anderen, die den Club verließen, hatten gleich ein Taxi genommen. Es sei nicht zu weit zu ihnen, hatte Rebecca gesagt. Außerdem sei morgens nach Hause laufen viel schöner. Sie hatten sich noch vier

«Bombshell Blonde Ales» an der Bar geholt. Auf den Dosen ritt eine Blonde mit Cowboyhut auf einer Bombe, ein Design im Stil einer Fünfziger-Jahre-Werbung.

Anton erläuterte Tim und Rebecca den deutschen Begriff «Wegbier» und erzählte, dass er in Berlin auch ungern Taxis nahm, weil man ja auch mit den Öffentlichen und dem Fahrrad überall hinkam, zu jeder Nachtzeit, das sei ja das Tolle, und weil er Autos in Städten ohnehin bescheuert fand, die brächten nur Lärm und Feinstaub, Lungenkrebs und Herzinfarkt. Beim Herzinfarkt stutzte er innerlich und fragte sich, ob das jetzt zu sehr nach Rentner klang. Hatte er «heart problems» gesagt? Und «studies»? Lallte er?

Es sei eine seltsame Ironie, sagte er, ä funniaionie, dass ausgerechnet sie, die sie so eco-friendly seien, mit einem derart riesigen SUV durch die USA fuhren. Jetzt war ihm aus dem V ein Uhwie geworden, Ess-Ju-uhwie, was für ein Englisch. Aber, erläuterte er, für die Wüste habe man ihnen empfohlen, brauche man einen ordentlichen Unterbodenschutz, ihm fiel das englische Wort nicht ein, und sie schleiften eine Weile dieses deutsche Wortungetüm neben sich her, um damit herumzualbern. Rebecca schaffte nicht, es komplett zu Ende zu sprechen, der Schutz soff immer zu einem Schuss oder Schulz ab.

Anton setzte an, die Geschichte von der Schrumpfung ihres SUV zu erzählen, wie sie mit dem größten Auto der Welt in Kalifornien losgefahren waren und mit einem Golf in New York ankommen würden, mit einem Polo vielleicht sogar eher oder einem Smart, nachdem der Vergleich mit all den new-mexicanischen und texanischen Pick-up-Trucks ihr Riesenungetüm Ford Escape hatte mit jeder Meile immer niedlicher erscheinen lassen. In Deutschland durften sie die Autoanmietung angesichts des Spritverbrauchs von zehn bis zwölf Litern nicht vor ihren Freunden und Freundinnen erwähnen. Er hatte schon darüber nachgedacht, ob er die Fotos mit dem Ford löschen sollte.

Dann brüllte irgendwo jemand. An der nächsten Kreuzung standen ein paar Gestalten im Lichtkreis einer Laterne. Anton erkannte einige Zottelhaarige und Typen in weiten Hosen und T-Shirts. Einer versetzte einem anderen einen Stoß. Wieder ein Schrei. Aus ein paar Metern Entfernung filmte jemand mit einem Smartphone.

«Oh», sagte Anton und lief langsamer.

Die Zottelhaarigen erinnerten ihn an die Rocker auf den Plattencovern seiner Eltern oder an die Typen in den Kneipen in Neukölln mit ihren Armyparkas und mit den Zahnstocherbeinchen, ihm war so, als hätte einer sogar ein Stirnband. Die Typen in den weiten Hosen hätten in einem Rap-Video auftreten können. Ein paar von ihnen rannten jetzt einige Schritte nach vorn. Einer der Zottelhaarigen wich zurück und fiel fast über einen Hydranten. Ein Schlag landete in seinem Gesicht, er taumelte kurz und nahm die Fäuste hoch wie ein Boxer. Ein Blümchen-Hippie-Boxer, schoss es Anton durch den Kopf.

«Oh, oh», sagte er, Rain-Man-Sound, noch halb im Scherz. Sie waren stehen geblieben und betrachteten die beginnende Schlägerei aus etwa fünfzig Metern Entfernung. Anton sah sich um. Auf dem Gehsteig gegenüber schob eine Obdachlose ihren Einkaufswagen vorbei. Sonst waren sie weit und breit die Einzigen. Nicht einmal eine ferne Polizeisirene war zu hören.

«Sollen wir lieber umdrehen?», schlug Marie vor. An der Ecke prügelten jetzt ein paar auf den Zottelhaarigen ein. Einer von dessen Kumpels hüpfte rückwärts weg, die Hände zum Schutz vorm Gesicht, ein ulkig hasenfüßiges Rückzugshoppeln. Anton fühlte sich mit einem Mal seltsam nüchtern. Er hatte in Berlin manchmal überlegt, in solchen Situationen dazwischenzugehen, sich aber letzten Endes immer dagegen entschieden. Die Jungs hier wirkten kräftiger, sie waren in der Überzahl.

«Findest du das okay?», fragte Rebecca. «Die hauen gerade den Typen tot, und wir drehen uns um und gehen weiter?»

Anton musste an den Mann denken, der an einem Badesee eine Schlägerei verhindern wollte und danach mit einem Messer in der Brust gestorben war.

«Hey, hört mit dem Scheiß auf», schrie Tim plötzlich. Sein Gesicht war unverknittert wie immer. Er schaute mit der Gelassenheit von einem, der etwas Notwendiges erledigt. Er hatte sehr laut gebrüllt.

Der Langhaarige lag am Boden. Die anderen traten auf ihn ein. Aus der Distanz sah es gar nicht so brutal aus wie manche der Videoaufnahmen von U-Bahn-Schlägern, die Anton im Kopf hatte. Es fehlte das Rauschhafte, Orgienartige. Es war eher ein weiches Treten, fast schon spielerisch. Vielleicht machte das der Abstand. Oder seine Musikvideoversautheit.

«Lasst den Scheiß, Mann», schrie Tim.

«Ja, Mann», rutschte es Anton heraus. Marie sah ihn verstört an. Er ging zwei Schritte zurück. Er war sich nicht sicher, ob die Typen sie von hier aus überhaupt hören konnten. Er hoffte, eigentlich eher nicht, obwohl ihm die

Aussicht, Teil einer Alltagsheldengeschichte zu werden, für einen Moment reizvoll erschien.

«Das ist doch Scheiße», stimmte Rebecca ein.

Anton zog sein Smartphone, dessen Akku leer war, aus der Tasche, tat, als würde er wählen, er versuchte, grob 911 zu treffen, um zu signalisieren, dass die Polizei bald kommen werde. Wobei ihm, noch während er das tat und sich fragte, ob die 9 rechts unten richtig verortet war, einfiel, dass sie, selbst wenn sie herschauten, das in dieser Präzision nun auf keinen Fall erkennen konnten. Er führte das Smartphone langsam und in einem extrem weiten und weithin sichtbaren Bogen an sein Ohr, fragte sich aber gleichzeitig, ob dies eine so gute Idee war, nicht dass sie den Eindruck bekamen, er zielte gerade mit einem Wurfgeschoss auf sie, und Pistolen zogen. Anton trat noch einen Schritt zurück. Es fiel ihm schwer, das Gleichgewicht zu halten.

Die Typen hatten tatsächlich von dem Zottelhaarigen abgelassen und schauten sich um. Einer entdeckte sie und zeigte in ihre Richtung.

«Scheiße», sagte Anton.

Der Zottelhaarige stand auf und wankte ein paar Schritte weg.

Die Typen kamen einige erste Schritte in ihre Richtung.

«Scheiße», sagte Anton. «Kommt!» Er sprintete los und versuchte, sich beim Rennen auf die Geräusche hinter ihm zu konzentrieren. Als ihm schon nach kurzer Zeit die Lunge schmerzte, hielt er an und drehte sich um.

Marie und Rebecca warteten einen ganzen Häuserblock von ihm entfernt und beobachteten, wie die Typen auf

Tim zusteuerten. Der war einfach stehen geblieben, als würde ihn das alles nicht betreffen.

Anton schnaufte schwer, sein Herz holperte. Vier der Typen scharten sich um Tim. Einer versetzte ihm mit beiden Händen einen Stoß. Tim taumelte gegen die Hauswand und schaute zu Boden, er schien aber mit ihnen zu sprechen. Der Kleinste der vier deutete einen Schlag gegen Tims Kopf an, was komisch aussah, weil er sich strecken musste. Tim zuckte kurz zurück und redete weiter.

Nach einer Weile fuhr der ausgestreckte Zeigefinger des Größten langsam auf Tims Nase zu, machte kurz davor halt, tat, als würde er ihm einen Stupser versetzen, und sie zogen ab.

Tim lehnte an der Wand.

Anton joggte zurück. Marie und Rebecca waren schon bei Tim angekommen.

«Was war das bitte?», fragte Anton.

«Ich hab ihnen angeboten, dass sie mich vermöbeln können», sagte Tim ruhig. Er wirkte abwesend. «Ich hab ihnen aber auch von meinem Lungenleiden erzählt und dass ich in so einer Situation schnell keine Luft mehr kriegen könnte und konvulsivische Erstickungsanfälle und dass sie sich überlegen sollen, ob sie das wirklich wollen. Nicht dass ihnen etwas an mir liegen müsste, wir kennen uns ja gar nicht, klar, nur ist es schon eine Entscheidung, in einer gewöhnlichen Mittwochnacht einen Menschen umzubringen. Man sollte über so was vorher nachdenken. Man sollte das nicht völlig unüberlegt tun. Habe ich ihnen zumindest empfohlen.»

«Und was haben sie gesagt?» Rebecca klang aufgekratzt.

«Fick dich!» Tim lächelte still.

Anton hob die Bierdose auf, die er beim Wegrennen fallen gelassen hatte. Leer. Langsam gingen sie weiter.

«Alter», sagte Anton und nickte Tim zu. «Mann, Mann, Mann.»

Marie sagte die ganze Zeit über gar nichts.

Wenige Blocks weiter winkte Rebecca ein Taxi heran.

Am Mittag des nächsten Tages stand Anton in der Dusche, versuchte sich trotz Wodka-Wattiertheit zu konzentrieren und bewunderte den Amphiro A1, der zwischen Duschkopf und Schlauch steckte. Ein kleines Gerät, das maß, wie viel Wasser und Energie man beim Duschen verbrauchte. Anton hatte davon gehört, dass Schweizer so ein Teil entwickelt hatten, allerdings noch nie eines gesehen. Er glaubte sich zu erinnern, dass das Gerät den Verbrauch der vorherigen Duscherinnen und Duscher anzeigen konnte, fand aber keinen Knopf, mit dem er es hätte anschalten können, um zu überprüfen, welche Wassermengen hier als angemessen galten und wie viel Kilowattstunden Rebecca oder Tim gewöhnlich ansammelten.

Er sah Tim vor sich, wie der an der Hauswand lehnte. Anton spürte seinen Magen. Er glaubte für einen Moment zu fühlen, dass Säure darin war. Etwas ätzte. Hatte er feige gewirkt gestern, als er vor den Typen wegrannte? Er fragte sich, ob Tim ihn jetzt für einen Feigling hielt. Oder Marie. Er fragte sich kurz, warum er sich das in dieser Reihenfolge fragte.

Sosehr Anton sich manchmal einbildete, eine Figur in einem Film zu sein, sosehr er manchmal die Gesten und Blicke seiner fiktiven Idole nachahmte, wenn er durch die Stadt lief, durch die Wohnung, so sehr nahm er oft die nächstmögliche Abzweigung, wenn es wirklich etwas zu erleben gab. Aber musste es auch unbedingt eine sinnlose Schlägerei sein, was einen in Vollkontakt mit dem Leben brachte?

Ihm fiel ein, wie ihn andere früher manchmal über den Schulhof schubsten. Wahrscheinlich eher im Spaß, gar nicht aggressiv. Und wie ihn schon kleine Schubser erschütterten, weil sie die Erkenntnis mit sich brachten, dass er sich niemals wehren würde.

Bei Lichte besehen war er schon ein ziemlicher Jammerlappen.

Anton betrachtete den Duschzähler. In Berlin hatte er oft mit Marie darüber gestritten, wie lange man duschen musste oder sollte. Er hielt eher kürzere Duschzyklen für sinnvoll, Marie argumentierte, die Kanalisation verschlamme zusehends, weil Idioten wie er aus falscher Sparsamkeit so täten, als befände man sich nicht in Mitteleuropa, sondern in der marokkanischen Wüste. Außerdem würde sie sich von seinem Ökostasisparwahn nicht den Spaß am Duschen versauen lassen.

Die Tür ging auf, und Rebecca stand darin.

«Ist es okay, wenn ich kurz …», sie zeigte Richtung Toilette.

Anton hatte das Öffnen der Tür für ein Missverständnis gehalten und reflexartig mit der linken Hand den Duschvorhang zugezogen, etwas zu kräftig, weshalb er fast ausgerutscht wäre und sich nur gerade so mit der rechten an die Duschstange klammern konnte, von deren Halterung jetzt eine Shampooflasche in die Wanne schepperte.

«Nein, nein.» Er schüttelte den Kopf. «Also, ja, ja, klar.»

Die waren in dieser WG nicht nur Ökos, sondern auch

Toilettenhippies. Er musste aufpassen, dass er nicht als Gelegenheitswarmduscher und Kloabschließer enttarnt wurde.

Sie huschte zur Toilette, lupfte ihr langes Nachtshirt, schaute beim Setzen kurz in die Schüssel und hielt inne.

«Hast du …?» Sie schaute ihn an.

«Oh.» Anton war gerade dabei gewesen, wieder eine stabile Haltung anzunehmen und mit einem lässigen Eierkratzen seinen Penis notdürftig, aber unauffällig abzuschirmen, um inmitten der bekanntermaßen doch so prüden USA nicht wie ein Obertaliban aus Germany dazustehen, nur weil morgens kurz eine Frau zum Pinkeln vorbeikam, während er völlig nackt in der Dusche stand, da erwischte ihn Rebecca also auch noch nachträglich beim Spülen.

«Oh», sagte er. «Hab ich total vergessen.»

Er fasste den Hahn für das kalte Wasser an und hielt dann inne.

Sie hatten wirklich einiges getrunken gestern.

Sollte er angesichts dieser mittäglichen Wasserverprassung anbieten, aufs Duschen zu verzichten? Das hier war Texas, nicht Berlin. Rohrverschlammungsschwierigkeiten, die er sich von Marie als Ausrede borgen konnte, dürfte es keine geben.

«Sag mal, wie viel Wasser verduscht ihr eigentlich immer so?», fragte Anton in Rebeccas Richtung, versuchte aber, nicht hinzusehen.

Sie stand auf und wackelte mit dem Hintern über der Schüssel. «Ich weiß gar nicht genau, ich dusche nicht so oft. So fünfzehn, zwanzig vielleicht», sagte sie. «Du kannst online nachsehen. Da gibt es unsere Statistik.»

«Wie praktisch», sagte Anton. «Und wie viel Kilowatt?»

«Wir duschen kalt.»

Die Tür fiel wieder zu.

Anton drehte den Hahn Richtung C wie Cool und zwang sich unters kalte Wasser. Er musste hektisch atmen, unterdrückte aber noch rechtzeitig ein helles Stöhnen. Als seine Haare gerade so nass waren, stellte er aus. 5,7 Liter zeigte der Amphiron. Das ging schnell. Vorsichtig rieb er Shampoo in seine Haare und drehte wieder auf. Unter dem kalten Wasser löste sich das Shampoo kaum. Er machte trotzdem bald wieder aus. 13,8 Liter. Ein Eimer voll. Schafften die wirklich 15 Liter? An seinen Beinen klebte weißer Schaum. Er nahm sein Reisehandtuch und rieb ihn weg. Ein bisschen absurd war diese Wassernummer schon.

«Na, American Hero», sagte er zur Begrüßung in die Küche. Seine Haare fühlten sich an, als hätte er das Shampoo pur hineingeschmiert, seine Beine kratzten, aber er mochte den Tag.

«Hm», murmelte Tim. Er saß an dem runden Tisch, aß Müsli mit braunen Apfelschnitzen und las den *New York Times Book Review*. Rebecca, Kinn auf dem Knie, tippte etwas in ihren Laptop.

Anton mochte Tim. Er empfand ihm gegenüber ein Gefühl von Nähe, das er sonst vor allem Büchern gegenüber hatte.

Er nahm sich den ersten Teil der *New York Times* und überflog einen Bericht über das bevorstehende TV-Duell von Obama und Romney.

«Warum hast du uns eigentlich nie von deiner Lungenkrankheit erzählt?», fragte Rebecca.

«Ich habe keine.»

«Du bist lustig», sagte sie.

«Fiktion hilft», bemerkte Tim.

«Meinst du, es hätte mit einem Herzfehler und einer fiktiven Herzinfarktgefahr genauso geklappt?», überlegte Anton und legte die Zeitung zur Seite. Er sah sich nach etwas Essbarem um. Sein Blick blieb an einer Reihe halbverfaulter Äpfel neben der Spüle hängen.

«Wahrscheinlich nicht so gut», sagte Tim. «Es war schon wichtig, dass es sich nach etwas Außergewöhnlichem anhörte. Es brauchte so einen kurzen Schockmoment. Etwas, das die Situation sprengte.»

«Ein Herzinfarkt wäre außerdem so ein Redneck-Ding. Da hätten sie den alten Texaner in dir gesehen, der du einmal werden wirst, und gleich zugeschlagen», sagte Rebecca.

«Morgen.» Marie kam mit feuchten Haaren in die Küche.

«Wenn ihr noch was frühstücken wollt, nehmt euch von den Äpfeln», bot Rebecca an und deutete Richtung Spüle. «Die holen wir am Ende des Markttags vom Organic Gardeners Market. Viel zu gut zum Wegschmeißen.»

Anton registrierte die Schweißnote im Kaffeeduft der Küche. Kollateralschäden eines Wenigduscherhaushalts.

Finger weg!

«Nein, wir haben keine mitgebracht, Mama. Nein wirklich, Traudl hat uns ja alle Wanzen rausschütteln lassen. Und sie war da sehr streng, glaub mir.»

Marie stellte das iPad neben den Herd und versuchte mit beiden Händen, die Kaffeekanne aus der Maschine zu bekommen. Dass dieses Scheißteil auch so feststecken musste. Sie hielt mit einer Hand die Maschine fest, zog mit der anderen ruckartig an der Kanne, sie sprang heraus, Maries Ellenbogen riss am Kopfhörerkabel, und der Hörknopf flog ihr aus dem Ohr. «Mist», fluchte sie leise. Sie schob ihn zurück ins Ohr, wo ihre Mutter «Alles klar?» fragte.

«Ja, ja.»

«Du hast da Kaffee auf dem T-Shirt», sagte sie und deutete aus dem Bildschirm in Richtung Maries Brust.

Marie sah an sich herab, fluchte wieder ein bisschen und wischte mit einem Küchenlappen an dem Fleck herum. Dann goss sie ihre Tasse mit Kaffee voll und setzte sich an den Küchentisch.

«Wir wollen sowieso erst mal mit dem ganzen Gepäck in den Waschsalon gehen, sobald wir wieder in Berlin sind, damit auch ja kein Wanzenei bei uns landet.»

«Ja, das ist gut. Wann kommt ihr überhaupt wieder?»

«Anfang November, wir fliegen von New York aus ...»

Anton kam in die Küche und schenkte sich ein Glas Wasser ein. «Pizza ist da», flüsterte er Marie zu. Dann winkte er in die Kamera. «Hallo.» Maries Mutter lächelte aus dem Bildschirm heraus.

«Ach, Anton, hallo!» Sie winkte zurück.

«Ich komm gleich», sagte Marie.

Anton schlurfte wieder ins Wohnzimmer.

«Wie gefällt's Anton denn überhaupt?», fragte Maries Mutter.

«Gut eigentlich. Hier in Texas fühlt er sich ziemlich wohl, würde ich sagen. Da ist er voll in seinem Element.»

«Also hat er sich an Amerika gewöhnt?»

«Ja», sagte Marie, «sieht so aus.»

Fast ein wenig zu sehr, dachte sie.

Inzwischen kam ihr Antons frühere Amerikaskepsis beinahe unwirklich vor. Anton, der inzwischen schon lieber am Steuer saß als sie, der so verliebt war in Burger, neulich hatte er sogar ein indisches Restaurant verschmäht, um nebenan Burger mit Speck und Champignons zu essen. Mit Pommes und extra Ketchup. Und nun schien er in Texas unter den amerikanischen Ökokulturmenschen seinen Himmel auf Erden gefunden zu haben.

«Ich muss jetzt Schluss machen, Mama. Es gibt Pizza.»

Marie winkte ihrer Mutter zu und drückte den roten Knopf.

Im Wohnzimmer nahm sie ein Stück Pizza aus der Schachtel und ließ sich neben Tim auf die Couch fallen. Kurz überlegte sie, ob sie einen Witz über die Berge von Papiermüll machen sollte, verkniff es sich dann aber.

Wie so vieles in den vergangenen Tagen.

Warum eigentlich fiel es Anton nicht auf, dass sie kaum noch sprach? Warum redete er überhaupt so wenig mit ihr? Er ignorierte sie förmlich.

Sie war wütend auf ihn. Normalerweise hätte sie ihn zur Seite gezogen und mit ihm geredet. Aber es ging nicht. Sie konnte nicht. Irgendwas war plötzlich anders, in ihr.

Sie kam sich vor wie eine Rose von Jericho, diese buschige Wüstenpflanze, die sich in Trockenphasen zusammenzog und erst blühte, wenn es wieder regnete. Gerade war sie in der Trockenphase. Sie fühlte sich verschrumpelt und wartete auf bessere Zeiten.

Leider aber war für Anton gerade Regenzeit. Er schien sich wohlzufühlen wie nirgends sonst.

Marie schielte zu ihm hinüber, er saß mit Kopfhörern auf der Couch, Rebecca hielt einen iPod in der Hand, sie spielte ihm offenbar gerade ein Lied vor. Die beiden und Tim, die drei wirkten wie alte Kumpels aus der Kindheit.

Sollte sie darüber nicht froh sein?

Es hätte alles auch ganz anders laufen können. Anton hätte sich mit seinem Buch in eine Ecke verziehen und mit niemandem sprechen können. Er hätte sich ähnlich fühlen können wie sie jetzt, irgendwie alleine. Das wollte sie auch nicht. Wen kümmerte da, dass er sich ausgerechnet bei diesen Freaks wohlfühlte?

Freaks, die zu anderer Leute nacktem Freund ins Bad rennen, um nebendran zu pinkeln. Marie hatte es gesehen und sich schwer zusammenreißen müssen, dass sie Rebecca nicht an den Haaren wieder herausschleifte.

Freaks, die ein skurriles Theater veranstalteten, wenn Menschen auf der Straße sich prügeln. Sie verstand es nicht, was Tim da abgezogen hatte, warum er nicht einfach die Polizei angerufen hatte oder den Rettungsdienst, er war schließlich der Einzige, der ein funktionierendes Handy dabeigehabt hatte. Stattdessen hatte er den Helden spielen müssen.

Marie war das zuwider. Gerade vom schüchternen Tim hätte sie etwas mehr Verstand erwartet.

Anton war der Einzige, der in der Situation ansatzweise etwas Vernünftiges getan hatte. Immerhin hatte er versucht, Hilfe zu holen – oder nicht?

Aber egal. Hauptsache, Anton fühlte sich wohl.

Marie beschloss, sich wieder mehr Mühe zu geben.

«Und, kommt ihr nun mit ans Meer?», fragte sie in die Runde.

«Klar», sagte Rebecca, «wir haben schon gepackt.» Sie deutete auf zwei große Stofftaschen neben der Couch, in der bunte T-Shirts, ein Kleidchen und etwas Badetaschenähnliches steckten. Obendrauf lag ein riesiger weißer Cowboyhut. Vielleicht war das Rebeccas Art, sich gegen Regen zu schützen.

«Na dann», sagte sie und schaute auf die Uhr. Es war zwei. «Sollen wir so in einer halben Stunde starten?»

Sie würden also zu viert ans Meer fahren. Dabei wäre sie so gerne wieder mit Anton alleine gewesen. Sie hätten wieder zueinanderfinden können, wären am Meer entlangspaziert und hätten irgendwann damit begonnen, über die skurrilen Tage und die komischen Leute in Austin zu lachen. Sie hatte gehofft, die beiden hätten ihren Wodkaplan schon längst vergessen, sie hatte gehofft, Rebecca würde erstaunt sagen: «Was, Meer? Nein, das klappt auf keinen Fall.»

Aber sie hatten es nicht vergessen. Sie würde sich noch eine Weile alleine fühlen müssen. Das würde sie jetzt schon auch noch schaffen. Tim und Rebecca würden nicht ewig an ihnen kleben.

Sie musste nur durchhalten.

Danach hatte sie noch zwei Wochen allein mit Anton.

Sie hatten überhaupt die schönsten Orte ihrer Reise noch vor sich. Als Nächstes wollten sie nach New Orleans, durch Florida, nach Savannah und dann vor New York noch einmal auf diese Insel an der Ostküste, wo die wilden Ponys leben. Marie hatte in jedem dieser Orte schon ein schönes Motel herausgesucht, auf Ocracoke Island würden sie sogar in einem Leuchtturmhäuschen übernachten. Sie hatte sich zu jedem Ort die passende Musik überlegt. Branford Marsalis für New Orleans, Dead Prez in Florida, India Arie in Savannah. So würden sie sich während der Fahrt auch musikalisch auf die Gegend einstimmen.

Der Gedanke machte ihr sofort bessere Laune.

Marie kam als Letzte zum Auto, sie lief zur Beifahrerseite und öffnete die Tür.

Dort saß Rebecca.

«Oh», rutschte es ihr heraus.

«Ist okay?», fragte sie. «Ich hatte hinten bei der Herfahrt so Probleme mit meinen Knien, und hier hab ich einfach mehr Platz.»

Knie für'n Arsch, dachte Marie. Wäre sie gefahren, hätte Rebecca wohl Tim mit fadenscheinigen Gründen nach vorne gelotst, damit sie neben Anton sitzen konnte. Wie dreist konnte man eigentlich sein?

Nur noch diese eine Nacht, versuchte sich Marie zu sagen, halt durch.

Sie nickte bemüht verständnisvoll, knallte die Tür zu

und setzte sich zu Tim auf die Rückbank. Dreieinhalb Stunden nach Galveston würde sie es mit dem seltsamen Tim Schweiger hinten schon aushalten. Sie lächelte ihn an.

«Kennst du ein gutes Motel in Galveston?»

Er schüttelte den Kopf.

«Der lange Sandstrand muss toll sein.»

Tim nickte, zog ein Buch aus der Tasche und begann, darin zu blättern.

Ah, ja.

Marie sah aus dem Fenster. Sie fuhren gerade auf die Interstate. Eine graue Autobahn wie wahrscheinlich überall auf der Welt – Bäume, Straßenlampen, Teer, viele graue Autos.

Vielleicht könnte sie lesen? Sie sah sich nach ihrer Tasche um, ah nein, die war im Kofferraum. Dann eben schlafen. So viel Schlaf hatten sie gestern Nacht schließlich auch nicht bekommen.

Sie schloss die Augen, lehnte den Kopf ans Fenster und hörte im Halbschlaf Antons und Rebeccas Stimmen wie in weiter Ferne. Immer wieder war da Rebeccas tiefes Lachen.

Vielleicht ist es das Auto, dachte Marie. Vielleicht entlockte ihm der Ford all seine Geschichten. Auch sie beide hatten hier schon Stunden mit Reden verbracht, als sie den Highway 1 in Kalifornien entlanggefahren waren oder durch die Wüste New Mexicos. Marie lächelte. Das war schön gewesen.

Dieses Auto hat sie beide ein Stück näher zusammengebracht. Allein dafür, dachte Marie, hatte sich die Reise schon gelohnt. Wegen der Gespräche mit Anton im Auto.

Wieder lachte Rebecca, laut und durchdringend.

Vielleicht lag es auch nicht am Auto. Vielleicht brauchte Rebecca kein Auto. Vielleicht lag es an ihr.

Das Motel war okay wie alle anderen bisher auch. Lila gestrichen diesmal mit riesigem, grauem Innenhof. Sie nahmen ihr Gepäck aus dem Auto und liefen Richtung Lobby.

«Guys», sagte Rebecca, «ist es okay für euch, wenn wir uns ein Zimmer teilen? Die haben ohnehin immer zwei große Betten drin, und so würde es jeden von uns nur zwanzig Dollar kosten, das wäre schon cool. Tim und ich müssen morgen ja mit dem Bus zurückfahren, das kostet auch noch mal … Was sagt ihr? Wär das okay?»

«Klar», sagte Anton.

«Ja, klar», nickte dann auch Marie.

Es machte ihm also nichts aus, aha.

Heißt das nun, sie soll mit Rebecca in einem Bett schlafen? Darauf hatte sie wirklich keine Lust. Sie nahm sich vor, wenigstens gleich zu regeln, dass sie mit Anton das Bett teilte.

Im Zimmer angekommen, knipste Rebecca das Licht an, zog die Balkontür auf und hüpfte auf einem der Betten herum. Marie wartete darauf, dass Anton zur Tür lief und sie zudonnerte, schließlich war schon Dämmerung und damit Mückenhochzeit. Aber nein – er stellte ruhig seinen Koffer ab und zuckte gerade einmal kurz mit der Augenbraue.

Na klar, Rebecca durfte das. Rebecca konnte das. Rebecca, Rebecca, Rebecca.

Genervt warf Marie ihre Tasche auf den Boden und sah Anton an. Er suchte scheinbar etwas in seinem Koffer.

Rebecca sprang vom Bett herunter. «Ich check mal den Pool aus», rief sie. «Kommt jemand mit?» Sie sah Anton an, der zuckte mit den Schultern und lief ihr hinterher aus der Tür und über den grauen Innenhof. Marie sah ihnen fassungslos nach.

«Dann such ich mal ein Restaurant fürs Abendessen aus, was?», sagte sie schließlich.

Tim nickte verunsichert, und Marie zog den Lonely Planet aus ihrer Tasche, ihren besten Freund auf dieser Reise. Er hatte schon mehr als zehn gelbe Notizzettel, etliche farbige Markierungen und Bleistifteinträge. Sie blätterte und las, und eine Stunde später saßen sie zu viert in einem türkisfarbenen Restaurant auf Stelzen direkt am Strand und bestellten frittierten Fisch und gegrillte Garnelen mit Pommes und Remoulade. Der Laden sah aus wie eine Surfbar auf Hawaii, es lief auch Musik von Jack Johnson, und die Kellner trugen bunte Hemden mit Blümchenmuster.

Rebecca saß Anton gegenüber, sie hatte sich beeilt, den Stuhl dort zu ergattern, natürlich. Nun stützte sie die Ellenbogen auf den Tisch, legte ihren Kopf in die Hände und hörte ihm strahlend zu, wie er etwas von Neukölln erzählte. Immer wieder nickte sie. Und dann, als Anton einen mäßig guten Witz über Neuköllner Winter machte, als Rebecca daraufhin lachend den Kopf zurückwarf und Anton einen leichten Tätscher auf die Brust gab, knallte Marie ihre Serviette auf den Tisch.

Anton wandte sich ihr kurz zu, strich ihr über den Oberarm, fast schon entschuldigend, doch wahrscheinlich hatte er keine Ahnung, weshalb eigentlich.

Sie wollte diese Rebecca jetzt nur noch loswerden. Die

machte sich überhaupt keine Mühe, ihre Flirtereien zu verstecken.

Marie nahm einen Schluck von ihrem Bier und seufzte leise. Sie kannte das schon. Eine ähnliche Show zogen zu Hause hin und wieder junge Kolleginnen von Anton ab. Es störte sie nicht. Anton erwiderte das nie, er flirtete überhaupt nie wirklich mit anderen Frauen. Dafür war er wohl einfach zu schüchtern.

Marie hatte das immer eher amüsiert, dass Anton so gar nicht merkte, wenn sich jemand für ihn interessierte. Einmal hatte ihn eine junge Frau auf einer Journalistenveranstaltung angesprochen, sie kannte seine Texte und machte ihm den ganzen Abend immer plumpere Komplimente. Irgendwann nahm das Mädchen Anton an der Hand, zog ihn an die Bar und kaufte ihnen beiden einen Schnaps. Immer wieder strich sie ihm dabei wie zufällig über die Schulter oder über seine Hand, die auf dem Tresen lag. Marie blieb bei ihren Freunden stehen und beobachtete die beiden aus dem Augenwinkel. Zwischendurch ging sie dann doch mal zu Anton und flüsterte: «Du weißt schon, dass die dich ziemlich anbaggert.»

«Auf keinen Fall!», hatte Anton gesagt. «Das ist eine Arbeitskollegin! Wir sprechen nur über Berufliches.» Als die Frau nach Hause ging, schob sie ihm ihre Telefonnummer zu. Mit der Nummer in der Hand schlich Anton zu Marie und sah sie so erschrocken an, als hätte er gerade erfahren, dass er heute noch eine Glühbirne wechseln muss.

«Weil du das auch nie merkst!», hatte Marie gesagt und gelacht.

Eifersüchtig war sie nie gewesen. Dafür war sie immer zu selbstbewusst – bisher jedenfalls.

Dong, dong, dong – der Baarkeeper schlug mit dem Klöppel in einer riesigen goldenen Glocke herum. Sie klang wie eine uralte Kuhglocke.

«Leute», rief er, «es gibt etwas zu feiern. Heute vor genau zwanzig Jahren haben wir Nate's West End eröffnet. Also wer will, kommt jetzt zur Bar, es gibt Bier aufs Haus.»

Ein freudiges Gemurmel ging durch das Restaurant, einige stürmten direkt los in Richtung Bar.

«Komm, wir holen uns auch welche», sagte Rebecca und sprang von ihrem Stuhl. Sie zog Anton mit beiden Händen von seinem Sitz hoch und schob ihn lachend vor sich her zur Bar.

Marie sah ihnen nach und dann Tim an.

«Die gräbt ihn an, oder?»

«Was? Wer gräbt wen an?», fragte Tim.

«Rebecca Anton.»

«Rebecca?» Tim drehte seinen Kopf schnell zu den beiden um, und sofort wieder zurück. «Meinst du?»

«Ja, mein ich.»

«Hm. Keine Ahnung, ich glaube, wenn, dann nicht ernsthaft. Sie unterhalten sich eben gut.»

«Hm.»

Sie schwiegen sich an, bis Anton und Rebecca mit vier Bieren zurückkamen.

Während sie aßen, wurde die Musik immer lauter. Marie erschien es nun endgültig unmöglich, mit Tim Kontakt aufzunehmen. Auf all ihre Fragen antwortete er so leise, dass sie jedes Mal mehrmals nachfragen musste. Irgendwann war es ihr zu mühsam geworden, und sie beobachtete stattdessen die Menschen, die gerade vor der Bar anfingen zu tanzen. Einer der buntgekleideten Surferjungs hob seine Freundin hoch und drehte sich mit ihr im Kreis, während er sie küsste.

«Wie wär's, wenn wir uns noch ein paar Bier mitnehmen und zum Strand laufen?», rief Rebecca über den Tisch.

«Gute Idee», sagte Marie.

So konnte sie wenigstens ihre Füße in den Sand stecken und die Sterne beobachten, während die drei ihren Spaß hatten.

Sie bezahlten, und Marie holte an der Bar vier Bier zum Mitnehmen, dann gingen sie zurück zum Auto und zogen sich alle einen Pullover über. Rebecca holte ihren riesigen Cowboyhut aus dem Kofferraum, setzte ihn auf und hüpfte mit lautem «Wohoooo»-Geschrei über den Sand in Richtung Meer.

Ein paar Meter vom Wasser entfernt setzten sie sich in den Sand, öffneten die Biere und sahen in den Sternenhimmel. Eine Weile sagte keiner ein Wort. Sie saßen einfach so da, mit den Füßen im Sand.

Es könnte so schön hier sein, dachte Marie.

Wären da nur nicht diese Menschen. Der stille Tim mit den Heldenphantasien, flirty Rebecca und ihr Freund, der ihr plötzlich so weit weg vorkam wie nie zuvor. Er schien sich wohlzufühlen in einer Welt, die ihr fremd war, und konnte auf eine unbeschwerte Art mit diesen Menschen reden.

Viel besser als mit ihr.

Wahrscheinlich wäre es schöner, wenn sie tatsächlich allein wäre, statt sich nur so zu fühlen. Dann wäre sie wenigstens frei.

«Wenn man einen Texaner küsst, während der Große

Bär am Himmel zu sehen ist, wird man mit dem für immer zusammenbleiben, heißt es hier», sagte Rebecca.

«Und siehst du den Bären da irgendwo?», fragte Marie.

Tim deutete auf ein paar Sterne. «Das da müsste er sein.»

Sie sahen nach oben und schwiegen.

Für immer, dachte Marie.

Ob so ein Quatsch dabei hilft, herauszufinden, ob etwas für immer ist? Wohl kaum. Man kann höchstens sagen, dass Leute, die sich extra hinstellen und sich küssen, wenn sie dieses Sternbild am Himmel sehen, für immer zusammenbleiben wollen. Und das ist ja schon mal eine gute Voraussetzung, vielleicht sogar die beste. Aber ob man zueinanderpasst, sollte man da schon vorher gewusst haben.

Und wieder war sie bei derselben Frage angelangt: Passten sie und Anton zusammen?

Zwei Wochen waren sie nun unterwegs gewesen, quer durch die USA. Vieles war schön mit ihm. Sie hatte es geliebt, mit ihm in Kalifornien ins Meer zu springen und an der Felsklippe auf einem kleinen Platz ihr Zelt aufzubauen, sie fühlte sich so frei, als sie mit ihm oben am Grand Canyon stand und sie zusammen in die Tiefe sahen. Es war sogar toll, mit ihm mitten in New Mexico über Küchenbuffets zu streiten.

In diesen Momenten hatte sie geglaubt, dass es richtig war mit ihnen. Und jetzt … Jetzt war alles anders.

Denn die Sache war eine andere.

Mit Tim und Rebecca war Anton plötzlich selbstsicher und entspannt, er konnte sich begeistern und Entscheidungen treffen. Er wirkte, als hätte er vor nichts Angst.

Er brauchte sie nicht mehr.

«Wisst ihr, was?», rief Rebecca plötzlich. «Lasst uns schwimmen gehen.» Sie sprang auf und zog ihren Pulli aus. «Kommt schon! Auf mit euch, wir gehen ins Wasser. Komm, Anton.» Sie setzte Anton ihren Cowboyhut auf und lachte. «Und du musst mit Hut schwimmen.»

Marie sah ihn an. Sie hoffte, dass er lachend abwinken und stattdessen im Kopf alle möglichen Gefahren durchgehen würde: spitze Felsen und brennende Quallen, in der Dunkelheit unmöglich zu erkennen, Unterströmung, die den ahnungslosen Schwimmer plötzlich weit ins Meer hinausreißt. Nach dem Schwimmen würde das fehlende Handtuch zu tropfnassen Haaren und Klamotten führen, was wiederum eine üble Erkältung mit sich brächte; und außerdem wird man mit algig nasser Haut zehnmal mehr von Mücken gestochen als ohnehin schon.

Sie hoffte, dass er höflich lächeln würde, wie immer, dass er «‹Nein, nein, geht ihr mal ruhig allein» sagen würde und im Sand sitzen bliebe.

Bitte, dachte sie. Bleib hier. Bleib bei mir.

Marie sah ihn an und wartete.

Dann stand Anton auf.

Er zog seine Jacke aus, warf sie in den Sand und ging ganz langsam zum Wasser. Er drehte sich nicht um, nicht einmal.

Sie war Luft für ihn.

«Ich geh mal mit den Füßen rein», murmelte Tim. Er zog seine Schuhe aus und trabte hinterher.

Sie liefen zum Meer, alle drei.

Marie sah in der Dunkelheit noch, wie Anton seinen Kapuzenpulli und sein T-Shirt in den Sand warf und seine Jeans.

Schließlich war er nur noch in Boxershorts und Cowboyhut, ihr Freund, der schüchterne Anton aus Berlin, und gerade dabei, sich mitten in der Nacht in Texas lachend ins Meer zu stürzen.

Rebecca rannte mit lautem Gebrüll hinein und ließ sich in die erste Welle fallen, Tim stapfte am Rand entlang und sah zu.

Anton hob seine Beine behutsam über die Wellen, er stand bis zur Hüfte im Wasser. Eine große Welle rollte heran, Anton drehte sich um und warf sich prustend mit dem Rücken ins Meer. Dann schwamm er hinaus.

Ein paar Minuten sah Marie ihnen noch zu.

Sie stand auf, klopfte sich den Sand von der Hose, zog ihre Jacke zu und schaute noch einmal aufs Meer.

Dann drehte sie sich um und ging.

Bis ans Ende der Welt

An einem diesigen Morgen Ende Oktober schlüpfte Joe Black in seine Jeans, zog ein kurzärmeliges Arbeiterhemd über sein Alice-Cooper-Shirt, schnürte seine Stahlkappenstiefel, schulterte seinen alten Army-Rucksack und machte sich auf den Weg nach Texarkana, Texas. Joe hatte vor einigen Jahren als Sergeant der US-Army den Irak befreit und dabei vor Saddam Husseins Präsidentenpalast einen irakischen Scharfschützen niedergemäht, der plötzlich neben ihm aus dem Gebüsch stieg. Die Dienstnummer des Scharfschützen trug Joe heute noch als Bronzeplakette um den Hals. Die Befreiung des Irak war sein Lebenswerk, daran hatte für Joe nie ein Zweifel bestanden, auch als die Nachrichten aus dem Land wieder schlechter wurden. Sie war ein Lebenswerk, von dem er gern erzählte. Gern und ausführlich. Ähnlich ausführlich wie von den Umstellungen der Maschinen im Reifenwerk der Cooper Tire & Rubber Company in Texarkana, wo Joe mittlerweile als Assistent des Umstellungs-Ingenieurs arbeitete – zwölf Dollar die Stunde, ein Haufen Überstunden, aber seine PlayStation 4 machte selten Stress, wenn er abends zu spät nach Hause kam. Haha! Ein Witz, den Joe mehrfach erprobt hatte. Es verstörte ihn, wenn ein Zuhörer an der Stelle nicht lachte. Er wiederholte ihn dann einfach noch mal und sah den Zuhörer an wie einen Hund, der sich trotz «Sitz» nicht setzt. Seine zweite Frau hatte Joe verlassen, vielleicht wegen der Flashbacks, die ihn zurück in den Irak beförderten. Das war auch der Grund, weshalb Joe Black, 32 Jahre alt, nach den wöchentlichen Besuchen bei seiner Mutter in Hitchcock, Texas, mit dem Zug zurück nach Texarkana fuhr. In seinem Pick-up wuchs beim Fahren immer die Angst vor Sprengsätzen, wie er im Irak einige hatte am Straßenrand hochgehen sehen, ein paarmal auch unter dem Wagen, in dem er saß. Das nur zur Erklärung. Man frage sich das ja, warum einer den Ladys-Wagen nehme und nicht einfach selbst hinfahre, erläuterte Joe Black.

«Yeah», sagte Anton und starrte weiter auf das Grau des Sitzes vor ihm. Sein Kindle hatte er längst in den Schoß sinken lassen und in der Hülle verstaut, die Marie ihm dafür genäht hatte. Er hätte gern aus dem Fenster des Busses geschaut, der sie zum Amtrak-Bahnhof von Longview, Texas, brachte, auch wenn dort nur Bäume und Wiesen vorbeizogen und gelegentlich ein Strommast. Zwischen dem Fenster und ihm allerdings saß Joe Black, den er mit seinem Schweigen offensichtlich dazu animierte, immer weiter zu reden.

Vielleicht war der Fehler gewesen, dass er sich an den Country-Song erinnert hatte, den sie während seiner Schulzeit im Volkshochschulkurs Gitarre II immer gespielt hatten.

It was down in Louisiana, just about a mile from Texarkana. In them old cotton fields back home.

Vielleicht war der Fehler gewesen, dass er erwähnt hatte, dass ihn Texarkana an diesen Country-Song erinnere. Nachdem Joe ihm ungefragt die Hand gereicht, «Joe Black» gesagt und sein Reiseziel genannt hatte.

Anfangs hatte Anton noch versucht, mit stierem Blick auf sein Kindle zu signalisieren, dass er gerade beschäftigt war. Der Fehler war dann definitiv auch gewesen, dass er «Reifen» murmelte, mehr aus einem Reflex heraus, als Joe begann, von seiner Reifenfabrik zu erzählen, was dem wie eine Frage vorgekommen sein musste.

«Warum reist du eigentlich im Ladys-Wagen?»

Anton strich über die Kindle-Hülle in seinem Schoß. Er fuhr mit Daumen und Zeigefinger über den Rand und hörte das Rattern von Maries Nähmaschine in ihrer Wohnung.

«Ladys-Wagen?»

«Na, mit dem Zug.»

Joe Black guckte wieder, als müsste jetzt gelacht werden. «Mit dem fahren sonst nur Ladys, die Angst allein im Auto haben.»

Weil meine Lady mit unserem Wagen durchgebrannt ist, dachte Anton. Keine Ahnung, wieso. Aber er sagte nichts. Für den ersten vollständigen Satz, den er zu dieser Unterhaltung beitrug, wäre das ein zu großes Kaliber. Der Satz würde Fragen aufwerfen. Er würde ein Gespräch nötig machen.

«In Deutschland fahre ich meistens Zug», sagte er stattdessen.

«Ach ja, ihr Deutschen, ihr liebt Züge.»

Was Joe von der Autobahn über die Formel 1 zurück zu seiner Reifenfabrik brachte, deren Mutterkonzern sich einmal als offizieller Formel-1-Sponsor beworben hatte. Gewonnen hat dann aber Pirelli.

«Verdammte Spaghettis», fluchte er milde.

Anton überlegte, ob es Joe auffallen würde, wenn er einfach die Augen schloss. Vielleicht musste er nach ein paar Minuten nur seinen Mund aufklappen und etwas schwerer atmen, um ihm pantomimisch klarzumachen, dass gerade wirklich niemand zuhörte.

Die radikale Alternative war, den Sinn des Irak-Kriegs in Frage zu stellen. Dann wäre er die nächsten drei Stunden abgelenkt und könnte einmal nicht über sich selbst nachdenken. Aber Joes Sturheit schreckte ihn ab. Womöglich hatte er eine Waffe.

Anton ging zum dreihuntersiebenundzwanzigsten Mal die Tage bis Galveston durch: der Club, die Schlägerei, der Abend am Strand. Er kam sich vor wie ein Ermittler, der wieder und wieder denselben Tatort abschritt, um zu begreifen, was hier geschehen sein konnte. Nur fand er keinen Hinweis auf eine Tat. Bloß die Leiche. Also ihn. Oder sie? Dämliche Metaphorik. Er fragte sich, ob er es mit dem Duschwasserzähler übertrieben haben konnte. Marie wurde wegen dieser Ökoermahnungen manchmal richtig fuchtig. Deswegen haute aber doch niemand mitten auf einem US-Trip mit dem gemeinsamen Auto ab. Sicherlich hatten sie ein bisschen zu sehr bei dem aufgedreht, was Marie Literaturanergesülze nannte. War das ein Grund, einfach zu verschwinden? Hätte er das Wanzenvideo besser nicht vorgeführt? Das war doch ein harmloser Spaß. Aus seiner Sicht wenigstens.

Einen Vormittag lang war er stinksauer gewesen, einen Nachmittag lang hatte er im Motel gewartet, dass sie endlich wiederkäme, war bei jedem Motorengeräusch aufgesprungen und hatte durch den Vorhangspalt auf den Parkplatz gesehen, und als ihm gegen Abend dämmerte, dass sie vielleicht niemals wiederkommen würde, weil seine viertelstündlichen Anrufe ergaben, dass ihr Handy weiterhin aus war, hatte er eine Nacht lang überlegt, was er als Nächstes tun sollte. Rebecca und Tim hatten sich vorher zum Bus nach Austin verabschiedet, nachdem Tim Maries Abgang den Vormittag über wie eine Szene aus einem Roman auseinanderinterpretiert und mit anderen Romanszenen verglichen hatte.

«Die Parallelen zu ‹Marriage Plot› sind verblüffend.»

«Eine Literaturstudentin hadert mit einem Borderliner?», fragte Anton.

«Gut, das Interesse für Literatur und Biologie ist bei euch geschlechtsmäßig anders verteilt», gestand Tim ein. «Aber der Plot: Ein Mädchen liebt einen gestörten Typen.»

«Wieso gestört?»

«*Du* erzählst doch die ganze Zeit von deiner Ängstlichkeit, die sie verrückt macht.»

Anton hatte lange in alten Mails stöbern müssen, bis er ihren Rückflugtermin ausfindig machte. John F. Kennedy Airport New York. Gegen drei Uhr morgens erinnerte er sich nach einigem Herumgoogeln dunkel, wie aufwendig es für Marie gewesen war, die Vermietung so zu organisieren, dass der Wagen an einem Ort geliehen und an einem anderen zurückgegeben werden konnte. Dann fiel ihm ein, dass sie einmal darüber geredet hatten, mit dem Zug zu fahren. Gegen vier landete er auf der Seite der Eisenbahngesellschaft Amtrak und betrachtete rote Linien, die sich kreuz und quer durch die USA zogen. Er war überrascht, wie viele Schienen durch dieses Land verliefen. Das Netz sah aus wie das einer Spinne, die nur die groben Fäden hatte aufspannen können, das Gerüst. Die Spinne saß in Chicago. Dort war eindeutig das Zentrum, wo sich alle Linien trafen.

Es gab eine Verbindung von Galveston nach New York, wenn auch zunächst mit dem Bus, und es gab ein Ticket für 250 Dollar. Gegen halb fünf wurde er noch einmal richtig wütend und trat gegen den Hotelzimmertisch, wobei er sich den großen Zeh verstauchte. Wie konnte sie ihm so etwas antun? Die Wut wich aber schnell dem Schmerz im Zeh und einer großen Hilflosigkeit. Er fühlte sich wie ein Kind, das von seinen Eltern zu Beginn der Ferienzeit auf einem Autobahnrastplatz ausgesetzt worden war. Gegen fünf schlief Anton ein.

Der Bus fuhr mittags um halb zwölf los. Höchstens sechs Stunden Schlaf, hieß das. Er beruhigte sich, er würde nicht Auto fahren müssen.

«Wie hat dich deine Frau verlassen?», fragte Anton. Es war mehr ein Gedanke, den er versehentlich gleich auf Englisch zu Joe hinüberreichte, statt ihn vorher im Kopf hin und her zu bewegen und nach der geeignetsten Übersetzung zu suchen.

«Einfach weg», sagte Joe. «Kinder eingepackt und weg.»

Er war jetzt zum ersten Mal still.

«Sorry, man», sagte Anton und schaute über den grauen Vordersitz hinweg auf die Unterseite der Gepäckablage, von der der Gurt seiner Laptoptasche hing.

Anton bereute seine Frage schon wieder, aber nun musste er diese Stille beenden. Er musste die Anschlussfrage stellen:

«Warum?»

Joe schaute gegen den Vordersitz. Er tippte sich mit dem Zeigefinger gegen die Stirn, ein paarmal.

«Manchmal bin ich verrückt. Du kannst es nicht kontrollieren.»

«Ich weiß», sagte Anton.

«Was weißt du schon?», sagte Joe.

Zwei verlassene Männer in einem Bus, dachte Anton. Desperate young men. Nach einer Weile schlief er ein.

Der Bahnhof von Longview war ein Häuschen. Es war das Dritte, was Anton in Longview sah. Das Erste war sein Kindle in der Hülle, das Joe vom Busboden aufgehoben hatte und ihm hinhielt. «Hey, Buddy, wir sind da.» Das Zweite waren Joes Augen. Anton war nicht sicher, ob er geweint hatte oder ob diese roten Ränder von der trockenen Klimaanlagenluft kamen.

Sein grauer Rollkoffer lag noch genauso im Bauch des Busses, wie der Fahrer ihn in Galveston hineingeschoben hatte. Anton war froh. Irgendwann hatte er bei den Stopps aufgehört, zu kontrollieren, ob jemand etwas rausnahm, was ihm nicht gehörte. Es war auch vorher schwer zu kontrollieren gewesen. Er hatte sich ziemlich recken müssen. Sie saßen links, die Ladeluke war rechts. Zwischendurch hatte er sich gefragt, ob die Leute ihn schief anguckten, während er seinen Hals giraffenhaft in den Gang streckte.

«So», sagte Joe, den Armeerucksack schon geschultert.

«So», sagte Anton und stellte seine Laptoptasche auf den Rollkoffer.

«In welchem Wagen bist du denn? Sleeper?»

Anton hatte Longview bis dahin als das natürliche Ende ihrer kurzen Freundschaft betrachtet.

«Nein, kein Schlafwagen», sagte er. Er musste auf dem Ticket nachsehen. Das Ticket!

Er griff sich in die Boxershorts und öffnete den Reißverschluss seines Bauchgurtes, in dem er in fremden Städten oder auf Reisen im Ausland seine Wertsachen aufbewahrte. Seine Finger glitten über den Karton des Reisepasses, die gewölbten Ziffern der Kreditkarte, die glatte Oberfläche seines Führerscheins. Da war es nicht.

«Hey, Mann, musst du onanieren, damit es dir einfällt?»

«Nein, äh», stammelte Anton. «Nein.»

Er hatte es dem Busfahrer gezeigt. Und dann?

Anton riss die Laptoptasche auf und wühlte sich durch Zeitungsfetzen und Bücher. Er konnte doch nicht gleich am Anfang seiner Reise sein Ticket verschlampen. Er griff in seine Hosentaschen, seine Jackentaschen. Vor lauter Diebstahlsicherung verschusselte er die simpelsten Dinge. Hatte er das Ticket in das Netz am Vordersitz geschoben?

«Kannst du kurz mal auf die Sachen aufpassen?» Anton rannte zurück zum Bus und hastete durch die Reihen. Das Netz war leer. Auch auf dem Sitz lag nichts mehr. Hatte jemand sein Ticket geklaut? Hatte Joe, während er schlief … Aber wozu?

Verdammt, er ahnte etwas: Die Hülle des Kindle. Er joggte zum Koffer, grub das Kindle heraus und tatsächlich: Da war es. Er hatte es in die Hülle geschoben. Anton hielt den Zettel in die Höhe wie einen Pokal.

«Das Ticket.» Er schnaufte. «Das Ticket.»

Joe röhrte los.

Der Zug stand schon auf dem Gleis. Er war hoch, silbern und lang. Ein Doppeldecker, wie es ihn in Deutschland nur als Regionalbahn gab. An den Seiten trug er die blau-roten Streifen der US-Flagge und die Aufschrift «Superliner». Es war ein eckiger, stabiler Zug, der seine Abstammung von schweren Dampfloks nicht leugnete wie die schneeweißen deutschen ICEs, die mit ihrem abgerundeten Schnauzen so taten, als wären ihre Vorfahren Flugzeuge gewesen.

Das glänzende Silber des Zugs erinnerte Anton an die alten amerikanischen Wohnwagen. Einer davon hatte auf dem weiten leeren Campingplatz von Marfa gestanden, in der Nähe der Bahnschienen, an denen sie ihr Zelt aufgebaut hatten, weil die Campingplatzregeln es so vorsahen und weil er im Gegensatz zu Marie darauf bestanden hatte, sich an die Regeln zu halten, auch wenn niemand da zu sein schien, der die Einhaltung hätte überprüfen können. Es hatte auf diesem Campingplatz im Nichts eigentlich nur ihr Zelt und den silbernen Wohnwagen gegeben. Ihr Zelt, den Wohnwagen und eine Toilettenbaracke, deren Holz frisch roch, mit einem Briefkasten daran, in den man das Geld werfen sollte. Sonst nur eine Wiese am Rande einer unendlich langen Straße. Sonst nur Texas. Sonst nur sie. Ach nein. Ein alter Pick-up-Truck war da auch noch gewesen. Ehemaliges Babyblau mit Rostflecken und Schusslöchern in der Windschutzscheibe. Als hätte das Team von diesem amerikanischen Wim-Wenders-Film mit dem Cowboy ihn hier vergessen. Marie hatte sich an die Motorhaube gelehnt, und er hatte sie fotografiert.

Für einen Moment kam ihm die Szene vor wie eine Kindheitserinnerung aus dem Fotoalbum.

Damals.

Vielleicht würde das Bild mit dem ehemals babyblauen Truck bald an Maries Fotowand hängen, und irgendein Typ, mit dem sie hin und wieder schlief, würde sie in ein paar Monaten fragen, wo denn das gewesen sei.

Anton fühlte sich, als hätte ihm jemand frischen Teer auf die Lunge gestrichen.

«Wenn du nicht im Schlafwagen bist, musst du mit nach vorne», sagte Joe und zeigte mit dem Finger am glänzenden Silber des Zugs entlang, dahin, wo sich am Horizont Lok, Bahnsteig und blauer Himmel trafen. Sie liefen weiter, hinter Rollkoffern und Reisetaschen her. Das Vibrieren seiner Kofferrollen auf dem Asphalt übertrug sich über den Plastikgriff auf Antons Hand. Seine Laptoptasche drückte ihm auf die Schulter. Er merkte, dass er kaum geschlafen hatte.

«Ich weiß gar nicht, wo ich reserviert habe», murmelte er.

«Es gibt keine Reservierung», brummte Joe. «Wenn du nicht im Schlafwagen reserviert hast, musst du dir einfach einen Platz suchen. Reserviert ihr Deutschen Sitze in Zügen?»

Da Joe auch gut ohne Antworten auskam, sparte Anton sich die Mühe.

Sie liefen weiter, vor ihm der grüne Armeerucksack, neben ihm das Rattern des Koffers.

Er würde Marie anrufen. Er würde es noch einmal probieren, auch wenn er sich zwischendurch immer wieder fragte, wieso er nicht wütender darüber war, dass sie ihn in einem Motel in einem texanischen Badeort sitzenließ und einfach mit dem Ford abhaute. Der Ärger zog in kurzen Schüben herauf, er blieb aber nie.

Sie würde sich nicht melden. Das wusste er.

Wenn Marie sauer war, konnte sie darin die Beharrlichkeit einer ostfriesischen Krabbenpulerin entwickeln. Es gab dann nur eine Möglichkeit, ihr aggressives Schweigen zu durchbrechen: Er musste sich entschuldigen.

Anton war nicht gut in Entschuldigungen. Es kostete

ihn meist schon genug Überwindung, mit vorsichtigen Andeutungen einzugestehen, dass er etwas falsch gemacht haben könnte. Etwas, das man aber wirklich auch nur dann als falsch betrachten musste, wenn man die besonderen Umstände ignorierte, die ihn dazu gezwungen hatten, so zu handeln. Er machte diese vorsichtigen Andeutungen, die er selbst in solchen Situation oft als große Versöhnungsgeste empfand, gern in Form eines Witzes. Er machte sich über seine Eigenheiten lustig. Das war aber nicht, was Marie unter einer Entschuldigung verstand.

Er musste es sagen.

Anfangs hatte er das als ihren Wunsch missverstanden, ihn zu demütigen. Als eine Art Rache. Je häufiger er sich allerdings dazu zwang, das Wort auszusprechen, desto mehr bekam der Moment etwas Erlösendes. Er war jetzt nicht mehr wie sein eigener Vater, der es nie geschafft hatte, sich für irgendetwas zu entschuldigen. Er war der neue Mann.

Entschuldigung.

Es tut mir leid.

Immer noch musste er sich darauf vorbereiten, es auszusprechen. Er fühlte sich manchmal wie ein Junge auf dem Zehnmeterturm. Er konnte nicht mehr zurück. Aber das Blau dort unten war so verdammt weit weg.

Wenn er es dann sagte, war es, als hätte er sich getraut, zu springen. Ihre Wut war sofort weg.

Kaltes Wasser.

Sie musste sauer sein. Anders konnte er sich das nicht erklären. Nur warum?

Der Armeerucksack kam an einer der ovalen Öffnungen im Zugsilber zum Stehen. Joe nickte mit dem Kopf in Richtung drinnen und sah Anton fragend an. Offenbar waren sie gerade dabei, sich zusammen einen Platz zu suchen.

Anton nickte. Es dürfte nicht mehr allzu weit sein nach Texarkana, dann würde Joe sowieso aussteigen, und er hätte wieder seine Ruhe.

Der Gang im Zug war eng, Anton rammte mit seinem Koffer den einen oder die andere und lächelte dann entschuldigend. Joe hielt in der Mitte eines Abteils an und stemmte seinen Armeerucksack in die Gepäckablage über einem Zweiersitz.

«Setz dich nie an die Eingänge, da ist es laut. Immer in die Mitte.»

«Hm», machte Anton und versuchte dabei freundlich und auch ein wenig dankbar auszusehen.

Er packte seinen grauen Koffer und schaffte es im ersten Schwung auf die Ablage, allerdings nur mit dem unteren Viertel, das Ding rutschte auf ihn zu, er schob, es rutschte zurück, Joe half.

«Danke.»

Joe ließ sich auf den Platz am Fenster fallen. Auf dem breiten blauen Sitz neben ihm lag ein weißes Schaumstoffkissen wie Anton es bisher nur von Langstreckenflügen kannte. Ein weißes Stofftuch war über das Kopfteil des Sitzes drapiert. Er schob seine Laptoptasche an den Vordersitz und sah sich um. Das Abteil war nicht voll, aber es wirkte bewohnt. Die Leute hatten sich eingerichtet. Socken auf Fußstützen. Zerknitterte Hemden und Gesichter. Cookiebrösel auf Fleecedecken. In der Luft ein Hauch von halbvergorenem Sneakersschweiß. Ein wenig kam er sich vor, als wäre er kurz vor dem Ende eines Transatlantikflugs in den Flieger gestiegen.

«Willkommen im Texas Eagle», sagte Joe. «So heißt die Linie hier. Wohin fährst du überhaupt?»

«New York.»

«Ah, okay. Dann bringt dich der Eagle erst einmal bis Chicago. Da steigst du bestimmt um, oder? Wie lang dauert das noch mal bis Chicago? Zwanzig Stunden? Fast ein ganzer Tag und eine ganze Nacht im Zug. Ist schon verrückt. Und dann ist es noch gar nicht vorbei, dann geht es noch von Chicago nach New York. Diese Züge sind so verdammt langsam. Solche Lahmärsche. Mit dem Auto wärst du schon längst wieder zurück, wenn du mit dem Zug gerade erst angekommen bist. Da kannst du ja fast laufen. Ihr müsst ganz schön Zeit haben in Deutschland, wenn ihr so viel Zug fahrt, obwohl ihr eine Autobahn habt. Ohne Geschwindigkeitsbegrenzung ist das doch bei euch sogar. Ihr stellt Porsches her, und trotzdem fahrt ihr alle Zug. Ihr müsst die Langsamkeit wirklich lieben.»

Anton dachte an die kühle Lesestille im ICE. 220 Kilometer pro Stunde.

«Der Witz ist, dass der Texas Eagle oder der Sunset Limited und wie sie alle heißen, auch ständig verspätet sind. Sie kriegen einfach nie Vorfahrt, weil alles voller Güterzüge ist. Und die dürfen immer als Erstes. Amtrak, die Gesellschaft, die diese Personenzüge betreibt, ist so pleite, dass sie quasi überhaupt keine Rechte hat. Manchmal steht der Zug also einfach mitten in der Prärie rum und wartet, dass er das nächste Gleis benutzen darf.»

Anton lehnte sich in seinen Sitz und schloss kurz die Augen. Der Texas Eagle fuhr los.

Anton redete nicht in Zügen. Er las. Er liebte die Ruhe der Großraumabteile.

Als seine Großmutter früher noch mit dem ICE gefahren war, erste Klasse immer und immer nur an Weihnachten, zu seinen Eltern, also ihrer Tochter, hatte sie meist bloß eine Flasche Wasser mitgenommen und eine kleine Packung Ferrero Rocher. Keine Zeitung, kein Buch. Sie hatte Plätze in Abteilen reserviert und die Menschen gegenüber zur Begrüßung so erwartungsvoll angelächelt, dass klar war, dass sie sich für die nächsten vier Stunden unterhalten würden. Bei seinen Eltern angekommen, erzählte seine Großmutter dann beim Abendessen erst einmal, warum die Nichte der Frau aus dem Abteil gerade von Osnabrück nach Westerkappeln zog.

Wenn seine Großmutter im Abteil niemanden zum Reden hatte, saß sie einfach nur da und rückte von Zeit zu Zeit die Rocher-Packung zurecht.

Anton wollte sich nicht zum Reden zwingen lassen. Man redete ohnehin zu viel Unfug. Aber wenn man mit jemandem redete, mit dem es eigentlich gar nichts zu reden gab, redete man noch viel mehr Unfug.

Marie war eher wie seine Großmutter. Von einer Zugreise brachte sie etwa die Geschichte einer Strandkorbverleih-Erbin mit, die nun überlegte, ob sie den Usedomer Strandkorbverleih übernehmen sollte, obwohl sie doch längst in Berlin heimisch geworden war. Marie ging auf die Menschen zu. Er floh vor ihnen.

Auch diese Zugfahrt würde sie als eine wunderbare Gelegenheit betrachten, jemanden kennenzulernen, den man sonst nie treffen würde. Und vermutlich waren in einem Zug in den USA sogar besonders interessante

Menschen, weil sie sich von den anderen abhoben, die in diesem Land eben meist flogen.

Sie fuhren in Deutschland nur noch selten zusammen Zug. Er las, sie redete. Das passte nicht zusammen.

Die Stille in einem ICE-Abteil war wie ein riesiges weißes Blatt Papier. Ungern würde er den ersten Satz daraufschreiben, den dann alle betrachteten wie ein Graffito auf einer frischgestrichenen Fassade. Es konnte nicht irgendein Satz sein. Also sagte er nichts.

Warum denkst du eigentlich immer, du wärst der Mittelpunkt von allem?, hatte Marie ihn einmal gefragt. Warum glaubst du, alle konzentrieren sich nur auf dich, den Hauptdarsteller? Meinst du, du bist wirklich so interessant? Seine Ängste waren ihm selten so vermessen vorgekommen.

Joe erzählte einer Frau, die hinter ihnen saß, gerade wieder die Geschichte von Saddams Scharfschützen. Er presste seine Brust gegen den Sitzspalt und streckte seine Bronzeplakette zum Beweis nach hinten durch.

«Oh, mein Gott, Sie hätten sterben können», rief die Frau.

«Ja, verdammt», sagte Joe.

«Sie sind ein echter American Hero.»

«Ach, würde ich so nicht sagen», sagte Joe bescheiden.

Diese Amerikaner und ihr Pathos, seufzte Anton in sich hinein. Andererseits: Wie sollte sich jemand ohne dieses Pathos so etwas wie «Breaking Bad» ausdenken? Es war doch die Lust am Rausch, an der Leidenschaft, am Überschwang, die ihn an dieser Art von Kunst begeisterte. Vielleicht, weil ihm solche Gefühlsaufwallungen in seinem Leben fehlten, weil sie ihm suspekt waren, weil er sie eher unterdrückte. Er war in einem stillen Haus aufgewachsen. Sein Vater hatte oft um Ruhe gebeten. Im Grunde hatte er ihm immer vermittelt, dass etwas gut war, wenn es geräuschlos war. Bei ihnen lief nie Musik. Höchstens Wortradio.

Marie war in dieser Hinsicht amerikanischer. Sie hatte keine Angst vor großen Gefühlen.

Er betrachtete sein Smartphone. Marie US, Marie US, Marie US. Er hatte dreiundvierzigmal auf Maries amerikanischer Handynummer angerufen. Gestern. Heute noch kein einziges Mal. Sollte er? Und wenn er sie nicht erreichte, musste er ihr schreiben? Aber was?

Es tut mir leid?

Was soll der Scheiß?

Hast du sie noch alle?

Entschuldigung?

Bloß wofür?

Es war seltsam, nicht zu wissen, wo sie war. In den vergangenen zweieinhalb Jahren hatte er es immer gewusst. Es hatte selten einen Tag gegeben, an dem sie nicht telefoniert hatten, wenn sie nicht zusammen waren. Meist waren sie ohnehin zusammen, spätestens seit sie auch noch zusammenwohnten. Erst jetzt, wo sie weg war, wurde ihm zum ersten Mal richtig bewusst, wie sehr sie zusammenlebten.

Draußen zogen Felder vorbei. Der Zug hupte. Ein lautes, gellendes Hupen. Es war schon das dritte oder vierte Mal. Man hörte auch das Rattern der Schienen deutlich lauter als in einem ICE. Das Rattern hatte etwas Beruhigendes. Es schläferte ein. Das Hupen riss einen wieder aus diesem Dämmerzustand.

Wenn er sich vorstellte, wie Marie gerade alleine in dem Ford über irgendeinen Highway fuhr, fühlte es sich an, als müsste er sofort die Notbremse ziehen und über die Felder lossprinten, um sie zu beschützen.

Es war schwer zu begreifen, dass dieser eine Mensch, an den er gerade ständig dachte, fast überall in diesem riesigen Land sein konnte. Er sah sie als einen winzigen roten Stecknadelpunkt vor sich, kaum zu erkennen auf der Google-Karte. Bewegte sich der Punkt gerade?

Er stellte sich Marie vor, am Steuer des Ford, blonde Locken auf Sonnenbrillenbügeln, und ihm blieb die Luft weg, wie wenn er zu gierig Wasser trank und kurz Angst bekam, zu ersticken.

Konnte es sein, dass sie nach seiner Abreise zurück in das Motel in Galveston gefahren war? Vermutlich eher nicht. Aber wenn doch?

Von Galvesteon nach New York brauchte man laut Google Maps 25 Stunden. Er hatte das im Motel nachgesehen, als er langsam die Hoffnung aufgab, dass sie zurückkommen würde. Wahrscheinlich würde sie nach New York fahren. Von dort ging ihr Rückflug. Dort lebte ihre Freundin Anne. Es war ihre Stadt.

Er zog sein Kindle aus der Hülle und klickte sich durch die Bücher. «The Marriage Plot: A Novel». Jeffrey Eugenides. Es war ein paar Monate her, dass er es gelesen hatte. Die Literaturstudentin Madeleine und der bipolar gestörte Forscher Leonard. Hatte Tim recht? Gab es da eine Verbindung zu ihnen?

Es begann mit einem Bücherregal. Der ödeste Einstieg in einen Roman, den sich Marie vorstellen konnte. Sie hatte «The Marriage Plot» auch gelesen. Eines der dreieinhalb Bücher, bei denen sie bis zum Ende dabeigeblieben war. Fast hätte ihr das Bücherregal am Eingang den Weg dorthin versperrt. Langweilig, hatte sie gesagt.

Er stellte sich auch jetzt wieder vor, wie die Kamera an den Buchrücken entlangfuhr – Dickens, Austen, Brontë –, bis sie mit einem scharfen Schwenk über dem Kopf der Studentin Madeleine anhielt, der alkoholvernebelt unter einem Kissen verborgen lag.

Schon nach den ersten Absätzen spürte er, wie er ruhiger wurde. Seine Muskeln lockerten sich, die Luft strömte durch die Lungen bis hinunter in den Bauch, wo sie seinen Körper schwer machte wie nach der Sauna. Nichts entspannte ihn wie ein Buch. Noch mehr konnte ihn nur ein Buch entspannen, dessen erste Szene ein Regal voller Bücher zeigte.

Auf der dritten Seite fingen die Buchstaben an zu verschwimmen. Seine Lider sanken. Das Kindle sank mit. Er legte es in seinen Schoß und ließ sich langsam in den Schlaf rattern.

«Die verdammte Mücke», fluchte Anton. Die Sonne versengte den Asphalt des Highways mitten in der Wüste von Nevada. Er betrachtete die schwarzen Gummifetzen, die von der Felge hingen. «Die verdammte Mücke.»

Er nahm einen Schluck von dem lauwarmen Wasser aus der Plastikflasche. Sein Nacken schmerzte. Die Hitze machte sein Hirn zu Nutella.

«Kein Empfang», sagte Anton, nachdem er sein Smartphone gecheckt hatte. «Kein Empfang, verdammt.»

«Lass uns den Kofferraum ausräumen», sagte Marie. Sie war unangemessen gelassen.

Sie wuchteten das Gepäck auf den Staubstreifen am

Rand der Fahrbahn, auf dem ihr Ford zum Stehen gekommen war, nachdem das Schlagloch den Reifen gesprengt hatte. Marie zog den Filzboden des Kofferraums hoch und holte den Wagenheber hervor. Sie drückte ihm einen Schraubenschlüssel in die Hand. Dann klemmte sie den Wagenheber hinten rechts unter den Ford und begann zu kurbeln.

«Das Auto ist viel zu schwer. Das versinkt uns hier im Sand», sagte Anton.

Marie sah zu ihm hoch. Sie fixierte ihn. Hart. Der Puls pochte in seinem Nacken, er hielt ihrem Blick nicht lange stand.

Sie nahm ihm den Schraubenschlüssel aus der Hand, löste eine Mutter nach der anderen, wuchtete den Ersatzreifen aus dem Kofferraum.

Sie verschraubte die Muttern wieder, ließ den Ford zurück in den Staub sinken. Fixierte ihn noch einmal. Lange. Bergseeblaueste Augen.

Entschuldigung, dachte Anton, und er wusste, dass er etwas würde sagen müssen, aber er konnte nicht. Ihr Gepäck stand im Staub. Es war heiß und grell.

«Schlüssel», sagte Marie.

Er gab ihr den Schlüssel.

Entschuldigung, dachte Anton.

Marie ging zur Fahrertür.

Blieb stehen.

Drehte sich noch einmal um.

Sah ihn an.

Ent-schul-di-gung, dachte Anton.

Sie stieg ein.

Es …, dachte Anton.

Sie fuhr los.

Der rote Staub legte sich viel zu langsam auf sein nasses Gesicht, auf seine Jeans, auf ihr Gepäck.

Anton spürte eine Hand an seiner Schulter. Er fuhr hoch. An seinem Kinn war etwas feucht.

«Das Ticket?», sagte der Schaffner. Anton hielt es ihm hin.

Der Texas Eagle fuhr eine Weile neben einem Highway her. Es war dunkel geworden. Vereinzelt die Scheinwerfer von Pick-up-Trucks, von Lastwagen. Einfamilienhäuser, Lagerhallen im Neonlicht. Die Bahngleise waren jetzt von Bäumen und Büschen umrahmt, schwarz und schemenhaft.

«So», sagte Joe.

Anton sah ihn an.

«Ich muss gleich raus.»

«Texarkana?»

«Yep.»

Joe zog seinen Rucksack von der Gepäckablage.

«Sehen wir uns auf Facebook? Joe Black, Texarkana.» Er stieß sich mit dem Zeigefinger in die Brust.

«Pass auf dich auf», flüsterte Anton, als er dem Armeerucksack hinterhersah, wie er sich Richtung Ausgang bewegte.

Er betrachtete sein Smartphone. Marie US. Marie US. Er ließ seinen Daumen über dem Display kreisen. Dann drückte er zu. Verbindungsaufbau. Ihr Name stand jetzt noch viel größer da. Marie US.

Keine Verbindung.

Irgendwie war er fast erleichtert. Was hätte er sagen sollen, wenn sie drangegangen wäre?

Fürs Abendessen musste man einen Platz im Dinner Car reservieren. Gegessen wurde in Schichten. Man wurde platziert. Anton hatte einen Termin um 21 Uhr bekommen. 9 pm. Er würde den Tisch mit einer netten Lady teilen, hatte der Schaffner versprochen. Essen mit Smalltalk. Danke, mir ist schon schlecht, hatte Anton in sich hineingewitzelt.

Um 21:02 Uhr saß er im Speisewagen und bemühte sich, nicht auf den grünen Tiger zu starren. Der Tiger lief über die rechte Wange der netten Lady, die gerade auf den Sitz gegenüber gerutscht war. Sein Schwanz schwang sich über ihre Augenbraue, sein Maul öffnete er auf ihrem Wangenknochen.

Sie gaben sich kurz die Hand.

«Chanda», sagte die Lady.

«Anton», sagte Anton.

«Was für ein schöner Name», sagten sie beide gleichzeitig.

Er lachte. Sie kicherte. Der Kellner reichte ihnen die Karten.

«Chanda ist ein Dämon», sagte Chanda. «Meine Eltern sind Inder. Alte Hindu-Mythologie. Whatever.»

«Hat es etwas mit ihm zu tun?», fragte Anton und nickte in Richtung des Tigers in ihrem Gesicht.

«O nein», die nette Lady kicherte wieder. «Das ist Richard Parker.»

«Richard Parker, natürlich, wer denn sonst?», sagte Anton.

Sie kicherte noch ein bisschen lauter.

Er hatte die Geschichte des Tigers Richard Parker als Student im Österreich-Urlaub mit seinen Eltern gelesen. «Schiffbruch mit Tiger», Yann Martel, ein kanadischer

Schriftsteller. Ein junger Mann und ein Tiger, allein auf einem Boot. Er roch das Chlor des Pools vor ihrem Ferienhaus.

«Warum Richard Parker?», fragte Anton.

«Er frisst einen nicht», sagte die nette Lady. «Wenn man aufpasst. Außerdem mochte ich das Buch. Und ich hatte, als ich in Rente ging, Lust, mir etwas ins Gesicht tätowieren zu lassen. Damit die Leute aufhören zu lächeln, wenn sie mich ansehen. Oder damit sie wenigstens anders lächeln, ein bisschen irritierter. Es wird zu viel gelächelt in diesem Land. So vielen geht es scheiße, aber trotzdem grinsen sich alle an die ganze Zeit. Ich finde das schwer zu ertragen.»

In Deutschland könnte sie sich den Tiger sparen, dachte Anton.

«Sie sind schon in Rente?»

«Schon ein paar Jahre.»

Anton fragte sich, wie alt sie wohl war. Er hätte sie mit ihren hennadunklen Haaren, der blümchenbunten Bluse und den geschnitzten Holzohrringen höchstens auf Ende fünfzig geschätzt.

«Was haben Sie vorher gemacht?»

«Obdachlosenhilfe.»

«Sie waren Sozialarbeiterin?»

«So ähnlich. Wir haben in Berkeley eine Obdachlosenunterkunft aufgebaut. Ist nicht so wichtig. – Was bedeutet Anton?»

«Ich weiß es nicht. Vielleicht einfach gar nichts.»

Er überflog kurz die Karte. Steak, Huhn, Fisch. Und vegetarische Pasta. Er würde die Pasta nehmen.

«Tut das nicht höllisch weh, so ein Tattoo im Gesicht?»

«Ja», sagte Chanda und sah ihn lange an, als würde sie ihn bitten, jetzt die richtige Frage zu stellen. Die eine. Die einzig mögliche.

«Und?»

«Es gibt schlimmere Schmerzen.»

Der Kellner kam. Er bestellte Pasta, sie Huhn. Er Wein, sie Bier.

«Welche sind schlimmer?»

Sie wich seinem Blick aus.

«Machen Sie Urlaub?»

«Hört man das?»

«Sie sind aus Europa. Deutschland?»

«Ja», sagte Anton. «Urlaub.»

«Alleine?»

Er schaute aus dem Fenster. Es war stockdunkel. Er musste wieder an Marie denken, irgendwo da draußen.

Konnte sein, dass es am etwas zu kühlen Wein lag, den er etwas zu schnell trank. An ihrem offenen Blick. Oder an ihrem Kichern, das das einer jungen Frau war.

«Nein», sagte er. «Nein, nicht alleine.»

Als er ihr die ganze Geschichte erzählt hatte, brachte der Kellner das Essen. Sie aßen eine Weile schweigend.

«Wie lange sind Sie mit ihr zusammen?»

«Gut zwei Jahre.»

«Wie sehr lieben Sie sie?»

«Wie sehr? Kann man das messen?»

Anton guckte sich um. Am Tisch nebenan saß ein Ehepaar, weißer Pferdeschwanz sie, grauer Bart er, Norwegerpullis. Vor ihnen aß eine Familie, Teenagertochter mit Kindle, Teenagersohn mit iPad. Niemand schien ihnen zuzuhören.

«Man kann es vergleichen. Sie ist doch bestimmt nicht Ihre erste Freundin.»

Er nickte.

«Haben Sie jemals eine mehr geliebt?»

«Sind Sie Therapeutin?»

«Mal sehen.»

Er fragte sich manchmal, ob er derjenige war, der diese Beziehung immer schon mehr gewollt hatte. Marie würde ihm entgegnen, dass er nur zu bequem war, etwas in Frage zu stellen. Aber während er bei allen anderen Freundinnen nach einer gewissen Zeit, nach ein oder zwei oder spätestens drei Jahren, immer überlegt hatte, ob es das nun gewesen sein sollte und musste und ob das nicht zu wenig war für ein ganzes Leben, war ihm diese Frage während der Zeit mit Marie noch nie gekommen. Sie war einfach seine Frau.

«Wissen Sie», setzte er an. «Wir leben in Berlin-Neukölln, wo so viel möglich ist. Bezirk der unbegrenzten Möglichkeiten. Wir laufen drei Minuten zum nächsten Gallery Opening und vier zur Vorstellung der neuesten Karottenhosendesignerkollektion. Wir brauchen fünf Minuten von der Sake Tempura Roll zum Barbecue Burger mit bulgarischem Schafskäse zu fünfzig verschiedene Sorten veganer Pizza. Um die eine Ecke wohnt ein befreundetes lesbisches Pärchen mit Kind, um die andere Ecke ein schwules und daneben ein Dorf Roma. Und gegenüber wohnt immer noch Frau Jens von gegenüber, seit mehr als fünfzig Jahren. In den Kneipen riecht es nach Gras. Wir könnten eine halbe Stunde zu Acid House, Afro House, Trip Hop oder Bavarian Blues radeln oder uns für eine von fünf verschiedenen Theaterpremieren entscheiden, wenn wir nicht zu der Lesebühne gehen, die das Pärchen aus Brooklyn immer dienstags organisiert. Wir könnten uns einen Verein suchen, dessen Mitglieder Fesselsex haben oder ständig Sex mit wechselnden Partnern oder gar keinen Sex, das hieße dann BDSM oder Polyamorie oder Asexuell, und es würde niemanden groß stören. Wir könnten Charleston tanzen lernen oder zum Nasenflötenorchester gehen oder zum Bungee-Jumping vom Hoteldach.»

Er merkte, wie seine Wangen glühten.

«Aber wissen Sie, was? Meistens sitzen wir abends in unserer Wohnung und essen Nudeln mit Olivenöl und Knoblauch. Nur wir beide. Und manchmal spielen wir Scrabble.»

Auf seiner Stirn spürte er Schweiß.

«Das muss doch etwas bedeuten. Oder nicht?»

Chanda nickte. «Sie sind zwei ziemlich üble Langweiler.»

Sie giggelte los, dass der Tiger den Kopf hochriss.

Anton lächelte.

«Was trennt Sie dann?»

Sie sprachen zwei unterschiedliche Sprachen. Ihre war das Bayerische, seine die Ironie. Er mochte Bayerisch, auch weil es derb und direkt war, sie hatte etwas gegen seine Ironie, weil er damit ständig auswich.

Sag es, wie du es meinst, forderte sie.

Viel zu langweilig, weigerte er sich.

Chanda kicherte.

Er erzählte ihr von den Abenden in der Küche von Maries Eltern, wenn Marie und ihre Geschwister sich auf Bayerisch unterhielten und er manchmal erst nach und nach verstand, worum es ging, weil er bestimmte Worte nicht kannte. Goas beispielsweise. Marie hatte früher eine Goas, die aufs Fensterbrett des Küchenfensters sprang und der Familie beim Essen zusah. Er dachte anfangs, es könnte sich um eine Gans handeln, und stellte sich die Gans vor dem Fenster vor, wie sie mit ihrem Schnabel dagegenklopfte. Es war aber eine Ziege.

Chanda sah ihn an, als verstünde sie ihn.

Als der Kellner die Rechnung brachte, das zweite Glas des kalifornischen Chardonnay war fast leer, war Anton gerade dabei, zu erklären, wie Marie die Freiheit liebte und wie er sie für diese Freiheitsliebe liebte, auch wenn er sie nicht teilen konnte, weil ihn so viel Freiheit verunsicherte.

Er mochte Gewohnheiten. Gewohnheiten langweilten Marie.

Und nun würde er gleich wieder über seinem Telefon sitzen, sich vorstellen, wie sie alleine im Ford durch die Nacht fuhr, und er würde nicht wissen, was er tun sollte.

«Rufen Sie sie nicht an», sagte Chanda, während sie aufstanden und zurück zu ihren Plätzen gingen. «Lassen Sie ihr ihre Freiheit.»

Der Sitz war nicht besonders bequem, aber Anton schlief, bis die Sonne aufging. Geweckt wurde er von einem elektronischen Klimpern und Klackern, das sich anhörte, als wäre er neben einem Spielautomaten in Vegas eingenickt. Gelegentlich wurde es ergänzt von einem Hupen und Dröhnen, und je länger er sich darauf konzentrierter, desto deutlicher nahm er die Melodie wahr, die dazu lief. Nach einer Weile erinnerte er sich: Das musste «Super Mario World» sein.

Es war zehn vor neun. Gegen zwei sollten sie in Chicago ankommen. Dann sieben Stunden Aufenthalt. Er wusste von Chicago vor allem, dass es groß war und dass Al Capone und Barack Obama dort gewirkt hatten. Der eine als Gangsterboss, der andere als Sozialarbeiter.

Das Klimpern, Klackern, Hupen und Dudeln kulminierte gerade in ein elektronisches Fanfarenfinale. Dann begann es wieder von vorne.

In seiner Hitliste der schrecklichsten Zugabteilgeräusche zählte Spielkonsolenlärm zu den Top drei. Schlimmer waren nur alte Männer, die schmatzten, ohne zu essen, und Menschen, die nicht wussten, wie sie die Tastentöne ihrer Handys ausstellen konnten.

Anton flüchtete aus dem Abteil ins Restaurant, wo ihn eine lange Schlange erwartete. Er beschloss, auf das Frühstück zu verzichten, und machte sich auf den Weg in den Panorama-Wagen, der vor allem aus riesigen Fenstern bestand.

Das Amerika dort draußen war grüner geworden. Mehr Wiesen, mehr Bäume. Gelegentlich ein See.

Der Panorama-Wagen war fast leer. Rechts vor ihm füllte ein pummeliger Typ mit fettigen Haaren den Sessel. In den Sitz davor kuschelte sich eine in ein buntes Tuch mit Elefantenmustern gewickelte Frau.

Was machte wohl Chanda gerade? Sie hatten eigentlich nur über ihn gesprochen, sodass er sich im Nachhinein ein wenig nackt fühlte, schutzlos. Außerdem kam er sich plötzlich schrecklich unhöflich vor. Er hatte weder gefragt, wo genau sie herkam, noch, wohin sie fuhr.

«Rufen Sie sie nicht an.»

War das eine gute Idee?

Wollte Marie nicht vielleicht genau das Gegenteil? Dass er einmal entschieden wurde.

Er musste mittlerweile um die 15 Stunden im Zug sein. Wenn Marie zügig durchgefahren war, dürfte sie bald New York erreichen. Falls sie nach New York fuhr.

«Vielleicht musst du dir eure Reise wie einen Roman vorstellen», hatte Tim gesagt. «Gerade erlebst du den tragischen Höhepunkt. Aber es geht ja noch weiter.»

Bloß wie?

«Das wirst du dann sehen.»

Er schaute aus dem Fenster. Wiesen, Wasser, Flachbauten. Die Waggons eines entgegenkommenden Güterzugs erschütterten die Scheiben. Für den Bruchteil einer Sekunde erschien ihm Robert Enke.

Anton ging zurück ins Abteil, wo er von einem Fanfarenstoß aus der Spielkonsole begrüßt wurde. Er nahm sein Kindle, «The Marriage Plot».

Es fiel ihm schwer, sich auf den Roman zu konzentrieren, weil er ständig an Marie denken musste. Außerdem lenkte ihn das Konsolengeklirre ab. Irgendein Teenager wahrscheinlich. Störte das hier sonst niemanden?

Die anderen lasen, dösten oder waren wohl frühstücken. In einem ICE hätte den Konsolengangster längst jemand zur Räson gebracht. Oder die Eltern eingeschaltet. Oder den Schaffner hinzugezogen. Hatte der Junge keine Eltern?

Beim nächsten Fanfarenreigen konnte Anton sich nicht mehr beherrschen. «Congratulations! Schon wieder ein Level geschafft», rief er in den Raum hinein und erschrak, wie laut seine Stimme klang. Sobald er es gesagt hatte, bereute er es auch schon wieder. War er hier der Geräuschblockwart oder was?

Das Klimpern brach ab. Drei Reihen vor ihm stand ein glatzköpfiger Hüne auf, drehte sich zu ihm um und blickte auf Anton herab. Er trug Jogginghosen, über seinen rechten Arm wand sich eine Tätowierung, Arschgeweih-Style. Die Konsole verschwand fast in seiner Pranke.

«Danke», sagte der Hüne, nickte ihm zu und setzte sich. Sofort klimperte und hupte es wieder.

Anton versuchte auszusehen, als hätte er die Glückwünsche ernst gemeint. Wie peinlich. Das ganze Abteil würde ihn jetzt für einen deutschen Kontrollnazi halten. Nur weil er sich beim Nichtstun von ein bisschen Geklimper belästigt fühlte.

So sehr wie sonst selten konnte er sich vorstellen, was Marie in solchen Momenten empfand. Es musste schwer auszuhalten sein. Er musste schwer auszuhalten sein.

Anton kam sich unglaublich alleine vor. Ein einsamer Punkt auf einer meilenweiten Amerika-Karte.

Er holte sein Smartphone aus der Sitztasche vor sich. Marie US. Er verließ das Abteil und stellte sich in den Gang. Er drückte auf ihren Namen und wartete auf die Ansage, dass die Teilnehmerin gerade nicht erreichbar war. Er musste eine Weile warten. Dann hörte er es leise tuten.

Sein Herz rumpelte gegen die Rippen, seine Stirn kribbelte, sein Magen war plötzlich ein Loch. Fast hätte er vor Schreck aufgelegt.

Anton bildete sich ein, ein Knarzen zu hören.

«Hallo?»

Die Verbindung riss ab.

Er zog seinen Koffer zügig durch die Empfangshalle der Union Station von Chicago und machte sich Sorgen. Über ihm die geschwungene Kuppel aus Hunderten Glasfenstern, neben ihm Säulen wie in einem griechischen Tempel, unter ihm gebimste Marmorquadrate.

Hatte er Marie beim Autofahren abgelenkt? Warum brach die Verbindung danach jedes Mal ab? Hatte sie versucht abzuheben und war jetzt seinetwegen irgendwo gegengefahren?

Bis zu diesem Anruf hatte er nur gewusst, dass er nicht wusste, wo sie war. Jetzt wusste er immer noch nicht, wo sie war, hatte aber das Gefühl, dass etwas nicht stimmte. Nur konnte er genauso wenig tun wie vorher.

Immer schneller lief er über den weißen Marmor, als hätte er nicht viel zu viel Zeit. Die Kofferrollen klackerten. Reisende kamen ihm entgegen, er überholte welche, umkurvte Gepäck, das im Weg stand, hievte den Koffer ein paar Treppen hoch und blieb dann neben einem Café stehen. Vor ihm ein riesiger, runder Fensterbogen, als wäre das hier eine Kathedrale, kein Bahnhof.

Bitte, bitte, mach, dass ihr nichts passiert ist. Bitte.

Er setzte sich an einen der Tische des Cafés und versuchte, ruhig zu atmen. Was würde Marie jetzt tun?

Anton griff in die Laptoptasche und wühlte nach dem Smartphone. Vielleicht kam er doch noch einmal durch. Vielleicht war auch einfach alles in Ordnung.

Macbook, Kindle, eine Zeitung, ein T-Shirt. Er riss die Tasche auf. Macbook, Kindle, das T-Shirt, die Zeitung. Kaugummis. Die Zeitung, das T-Shirt, das Kindle, das Macbook. Er legte alles auf den Tisch.

Vor seinem inneren Auge sah er die Sitztasche des Vordersitzes. Hatte er das Smartphone …?

Er stopfte alles wieder in die Tasche und rannte los.

Der Texas Eagle stand noch da, als wäre er gerade erst zum Stehen gekommen. Anton hastete hinein. Aber im Sitz vor seinem steckte kein Smartphone.

Er durchwühlte noch einmal die Tasche, öffnete alle Reißverschlüsse seiner Jacke, tastete seine Hose ab, immer wieder. Es war weg.

Er fühlte sich, als müsste er heulen, nur kam nichts.

Wieder zog er seinen Koffer Richtung Empfangshalle. Diesmal in Zeitlupe.

Er hatte nicht nur sein Smartphone verloren, sondern auch ihre Nummer. Die des deutschen Handys kannte er auswendig, aber doch nicht die amerikanische. Selbst wenn sie es zuließe, er konnte sie nicht mehr erreichen. Und sie ihn auch nicht. Er hatte jetzt nur noch sein Macbook und sein Kindle.

Skype! Er konnte es über Skype probieren.

Er lief wieder etwas schneller.

In dem Café holte er sich einen Alibi-Kaffee und loggte sich ins WLAN-Netz. Skype. Facebook. Marie war nicht online. Ihre aktuelle Facebook-Meldung zeigte die bunten Heißluftballons aus Albuquerque, die sie noch zusammen fotografiert hatten.

In seinem Magen riss wieder dieses Loch auf, die Luft drang kaum noch in seine Lungen.

Er betrachtete ihr Bild. Locken mit Lächeln vor einem Ballon in Darth-Vader-Gestalt. Ein Foto, wie es die BILD-Zeitung nach einem Unglück drucken würde. Wenn die Frau bei dem Unglück … Nein, Entschuldigung, nein.

Steigerte er sich da gerade in etwas hinein?

15:52 zeigte die Uhr auf dem Laptop-Bildschirm. Er hatte noch ein paar Stunden in Chicago, bevor der Lake

Shore Limited am Abend nach New York abfuhr. Er tippte «Bookstore near Union Station Chicago».

Anton trank den Kaffee aus, packte das Macbook ein und stand auf. Er musste erst einmal diesen Koffer loswerden. Wo hatte er vorhin die Schilder mit dem Gepäck gesehen?

Der Weg zur nächsten Filiale von Barnes & Noble führte über eine Brücke und einen Fluss, vorbei an Hochhäusern, wie sie in jeder Großstadt der USA stehen konnten. Eckig und viel Glas. Anton stützte sich auf das Geländer und blickte aufs Wasser. San Francisco sah um die Market Street herum ganz ähnlich aus. Nur viel mehr Obdachlose. San Francisco hatten sie zusammen durchstreift.

Die Google-Karte hatte vierzehn Minuten für seinen Weg zu dem Buchladen veranschlagt. Der Zug würde in vier Stunden fahren. Er hatte keine Eile.

Er hätte eigentlich lieber Eile gehabt. Etwas zu tun.

Der Barnes & Noble befand sich in einem großen grauen Gebäude, das an eines dieser alten Kaufhäuser erinnerte und hohe, runde Fensterbögen hatte. Schon wieder beinahe eine Kathedrale, dachte Anton.

Das dunkle Holz der Regale, die Bücherstapel auf den Tischen und die Reihen von Romanen senkten seinen Puls sofort. Er blieb kurz im Eingang stehen und atmete den Duft von Papier und Kaffee. Für einen Moment war sein Kopf auf eine befreiende Art leer. Dann schritt er langsam von Buchtisch zu Buchtisch, von Regal zu Regal, Richtung Café-Ecke. Mit jedem klobigen Sachbuch, dessen harten Deckel er aufschlug, mit jedem Paperback-Roman, über dessen faserige, fabrikvergilbte Seiten er strich, mit jeder neuen Regalreihe, jedem neuen Stapel wurde er ruhiger. Er blätterte sich durch den Tod Kennedys, lernte einen jungen Filmfreak kennen, der in London untertauchte, um dem britischen Internetüberwachungsstaat zu entfliehen, betrachtete den kantigen Schädel des The-Who-Sängers Peter Townshend auf dessen Biographie und erfuhr, wie man feststellte, ob die eigene Katze plante, einen umzubringen.

Er konnte jetzt nichts tun.

Vielleicht musste er das nicht mehr als Gefahr begreifen, sondern als Befreiung.

Er konnte jetzt nichts tun!

Anton bestellte einen Cappuccino, knipste sein Kindle an und klickte «The Marriage Plot» auf.

Truthähne fliegen doch auch

«Warte, nimm meine Jacke.»

Anton zog seinen Reißverschluss herunter, schlüpfte aus dem grauen Anorak und legte ihn Marie über die Schultern.

«Nein, das geht nicht», sagte Marie und schüttelte ihn ab.

«Dann wirst du ja selber nass.»

Sie standen unter dem Vordach des Clubs in Berlin, fünf Stunden zuvor hatten sie sich kennengelernt, zwei Stunden zuvor zum ersten Mal geküsst. Der Regen tropfte laut auf das Dach, die Straße vor ihnen glich einem reißenden Fluss. Maries roter Kapuzenpulli war nass, sie fröstelte.

«Doch», sagte Anton. «Ich hab's nicht weit. Und ich will nicht, dass du krank wirst. Du kannst mir die Jacke morgen wiedergeben.»

«Okay», sagte Marie. Sie lächelte. «Morgen also.»

Warum musste sie gerade jetzt an diese Geschichte denken? Vielleicht, weil sich im Himmel über der Frontscheibe graue Wolken zusammenschoben. Es sah nach Regen aus.

Sie schüttelte den Kopf, als könnte sie die Erinnerung damit loswerden, und drehte die Musik lauter, Ray Charles sang «Mess around». Sie hatte den Song auf ihrem iPod gesucht, als sie am Willkommensschild von Georgia vorbeigefahren war, dort stand: «We're glad Georgia's on your mind». Sie liebte dieses Lied von ihm und alle anderen auch.

Außerdem war Ray Charles verhältnismäßig unvorbelastet. Rap konnte sie nicht spielen, fast jedes Album war mit irgendeiner Erinnerung an Anton behaftet. Anton im Schultertanz auf dem Konzert von Dead Prez, Anton, der sie mitten im Club hochhob, als Jay-Z und Alicia Keys von New York sangen, Anton, wie er im Auto Rihanna pfiff bei diesem Eminemlied mit den Lügen. Deutschsprachiges konnte sie sowieso nicht hören, jeder Sänger hatte diesen Wortwitz von Anton oder dieselbe nachdenkliche Art oder eine ähnliche Stimme – oder, oder, oder.

Ray Charles aber war ihre Musik. Ihre ganz allein.

Sie hörte ihm zu, stumm, hielt sich am Lenkrad fest und sah geradeaus auf die graue Straße.

4:32 pm zeigte die Uhr im Ford. Neun Stunden saß sie heute schon im Auto. Sie war über den Mississippi hinweggerauscht, über die Sümpfe Louisianas, sie hatte New Orleans hinter sich gelassen, die Stadt, in der sie eigentlich zwei Tage hatten bleiben wollen. Die Landschaft flog unbemerkt an ihr vorüber, sie sah kaum zur Seite. Marie fuhr einfach durch.

In ihrem Kopf gab es nur noch dieses eine Bild. Es sah aus wie eine alte Zeitanzeige am Bahnhof – schwarze Zahlen auf weißem Grund. 25 hatte da am Anfang gestanden, die Zeit, die sie bis nach New York brauchte. Mit jeder erreichten Stunde drehte die Uhr eine Zahl weiter. 24, 23, 22. Sie musste nur diese Stunden abarbeiten, sie musste nur durchhalten.

Für einen Moment hatte Marie darüber nachgedacht, umzudrehen. Sie war vom Strand aus zum Motel zurückgefahren, hatte schnell ihre Sachen in den Koffer geworfen und Antons Jacke und seinen Schlafsack aufs Bett gelegt. Sie hatte keinen Zettel hinterlassen. Dass sie weg war, sah er auch so, hatte sie gedacht. Dann war sie losgefahren, durch die Nacht, einfach Richtung New York. Nach einer Stunde hatte sie einen U-Turn gemacht. Fünf Minuten später noch einmal.

Sie wollte am liebsten durchfahren, die ganze Nacht, den ganzen nächsten Tag, sie wollte so schnell wie möglich in New York sein. Sechs Stunden hatte sie geschafft, dann konnte sie ihre Augen nicht mehr offenhalten. Sie fuhr von der Interstate ab und nahm sich ein Zimmer in einem der Motels am Straßenrand. Erdgeschoss, schweinchenrosa Wände, kratziges Laken, dröhnender Straßenlärm. Sie war sofort eingeschlafen.

Am nächsten Morgen, kurz nachdem die Sonne aufgegangen war, hatte sie ihre Sachen ins Auto geworfen und war weitergefahren, ohne Frühstück, ohne Zähneputzen. Seither fuhr sie. Gehalten hatte sie nur einmal. Sie hatte getankt, sich zwei Sandwiches gekauft, eine Flasche Wasser und den größtmöglichen Becher Kaffee. Daran hatte sie sich Stunden geklammert, bis er leer war. In der linken Hand das Lenkrad, in der rechten der Kaffee.

Ray Charles sang nun «Hit the road, Jack», auf die Scheibe trommelten leise die ersten Regentropfen. Marie drückte den Hebel und wischte sie weg. Langsam verwandelten die Tropfen die Straße vor ihr in eine dunkle, schimmernde Fläche. Breite Straßen, braunes Gras, grüne Büsche. Plötzlich kam ihr dieses Amerika eintönig und trostlos vor.

Sie sah zum Handy im Getränkehalter. Sie hatte es

noch in Galveston ausgeschaltet. Sie wusste, dass Anton versuchen würde, sie anzurufen. Heute Morgen hatte sie es kurz eingeschaltet, und sofort kam sein Anruf. Panisch hatte sie ihn weggedrückt und das Handy wieder ausgestellt. Sie wollte nicht mit ihm sprechen. Sie konnte nicht. Was hätte sie auch sagen sollen?

Sie zog ihren Rücken vom Sitz, versuchte, sich aufrecht hinzusetzen, und rollte mit den Schultern. Ihr Rücken schmerzte. Sie sah aufs Navi: noch 13 Stunden bis New York. Ein wenig musste sie noch durchhalten, ein, zwei Stunden noch. Dann würde sie es morgen in einer Etappe schaffen und wäre am Abend schon da.

Endlich New York. Für Marie war das wie nach Hause kommen.

Auch wenn sie dort nur ein halbes Jahr studiert hatte, die Stadt war ihr vertraut wie kaum eine andere. Mehr noch als Berlin. Sie wollte, so schnell es ging, nach Brooklyn zu ihrer Freundin Anne, in die kleine Wohnung, in der sie damals mit ihr gelebt hatte, im sechsten Stock, direkt an der Williamsburg Bridge. Anne wohnte dort nun mit ihrem Freund Jason. Sie hatten ihn vor drei Jahren auf einer Party in Queens gemeinsam kennengelernt. Anne und Marie tranken Ouzo an der Bar, Jason hatte sie beobachtet, sie hatten ihn bemerkt und geschmunzelt. Als Anne auf die Toilette ging, sprach er Marie an, ob diese Frau da noch frei wäre, sie sei etwas Besonderes. Marie lachte und nickte. Als Anne zurückkam, steckte sie ihr ihre letzten Dollars in die Hosentasche und ging nach Hause.

Ihr altes Zimmer war nun sein Arbeitszimmer, doch ihr schmales Bett stand noch als Gästebett darin. Wenn sie ankam, wollte sie sich als Erstes dort hineinlegen und unter der Bettdecke verkriechen.

Ob sie Anne Bescheid sagen sollte, dass sie früher kam? Sie war zu Hause, das wusste Marie. Sie war in den Endzügen ihrer Doktorarbeit, Kardiologie, sie bewegte sich sicher nur in Notfällen vom Schreibtisch weg. Sie hatte ihr schon vor Monaten gesagt, dass sie kommen würden, sie – und Anton.

Marie haute mit der Hand aufs Lenkrad.

«Nicht», sagte sie. «Lass das. Denk nicht mehr an ihn.» Er musste nur noch raus aus ihrem Kopf.

Marie sah in den Himmel. Das Tröpfeln hatte wieder aufgehört. Die grauen, langgezogenen Wolken hingen noch immer hoch oben. Sie wirkten wie aufgehängt und bewegten sich ganz langsam vorwärts. Eine Wolke sah aus wie ein Fisch, anmutig schwebte er durch die Luft. Vielleicht ein Schwertfisch mit langem Maul.

Ein Auto klebte plötzlich direkt vor ihr, Marie trat in die Bremse. Kurz hinter dem Stoßdämpfer des Autos kam sie zum Stehen. Marie erschrak. Das war knapp gewesen.

«Achtung, Achtung», hörte sie Anton sagen.

«Sei still jetzt», rief sie.

Sie musste wirklich eine Pause machen, sie war einfach zu müde. Außerdem wurde es langsam dunkel, und sie hatte Hunger.

Marie fuhr die nächste Ausfahrt ab, folgte einem Schild nach Darien. Der Name klang für sie nach einem größeren Ort, dort gab es sicher ein Diner und ein Motel.

Die Landstraße führte vorbei an grünen Wiesen, an Laubbäumen, über einen Fluss, dann über noch einen und noch einen. Überall klammerten sich Boote an Stegen fest, schwankten im Wasser, zerbeulte Angelboote, kleine Segelboote. Es dämmerte.

Was Anton wohl gerade machte? Marie schloss kurz die Augen. Wenn er von Houston aus mit dem Flugzeug …

Wumms! Es krachte am Auto, laut und dumpf.

Marie stieß einen Schrei aus und trat in die Bremse. O Gott. Hatte sie etwas überfahren?

Für einen Moment blieb sie wie erstarrt sitzen. Ihr Herz klopfte. Sie sah sich um. Sie stand mitten auf der Straße in einem kurzen Waldstück, alles schien ruhig, kein Auto weit und breit. Was sollte sie jetzt machen? Ihr Kopf fühlte sich an wie eine Schüssel matschiger Cornflakes.

Nachsehen musst du, sagte eine Stimme in diesem Kopf, erst mal nachsehen.

Sie stellte den Motor ab und öffnete vorsichtig die Tür. Es war still draußen, nur ein paar Vögel zwitscherten in den Bäumen. Sie horchte: kein Motor zu hören, kein Knacksen im Wald. Marie stieg aus, ging nach vorne zur Motorhaube. Tatsächlich – über dem rechten Scheinwerfer prangte eine riesige Beule. Es sah aus, als hätte Hulk mit der Faust in den Ford geschlagen. Eine kleine, graue Feder hing noch in dem Loch, am Fahrbahnrand lag ein dicker, schwarzer Vogel auf dem Teer. War das ein Truthahn? Sein rechtes Bein zuckte noch für ein paar Sekunden. Dann regte er sich nicht mehr.

Marie starrte ihn an.

Eine Weile blieb sie unsicher stehen, dann drehte sie sich um, presste ihren Rücken an das Auto und ließ sich auf den Boden sinken. Sie stützte ihren Kopf in die Hände und sah auf die Straße, grau und staubig.

Und dann fing sie an zu weinen.

Erst war es noch ein leises Wimmern, dann schluchzte sie so sehr, dass die Vögel im Wald vor Schreck davonflogen. Die Tränen liefen ihr die Wangen hinab, sie tropften auf ihren Pullover. Sie konnte nicht aufhören. Marie weinte um das kaputte Auto, um den toten Truthahn, sie weinte, weil sie sich plötzlich so hilflos fühlte. Und sie weinte um Anton. Dass sie ihn verloren hatte. Nie wieder würde sie sich in seinen Armen verkriechen können, nie über seine albernen Witze lachen.

Sie war aus dem bescheuertsten Grund gegangen, aus dem ein Mensch eine Beziehung beenden konnte. Sie war schlichtweg eifersüchtig. Auf Rebecca, darauf, dass sie besser zu Anton passen könnte.

Plötzlich kam sie sich unendlich blöd vor. Denn wenn sie ehrlich war, hatte sie nie wirklich darüber nachgedacht, ob sie beide zusammenpassen. Sondern ob Anton, der Angsthase, gut genug für sie war.

Und kaum war ihr aufgegangen, dass es auch umgekehrt sein könnte, dass vielleicht er es war, der eine Bessere verdient hätte, war sie gegangen.

Und jetzt war es zu spät.

«Alles okay?», hörte sie eine tiefe Stimme auf Englisch neben sich sagen.

Marie sah nach oben. Vor ihr stand ein älterer Mann mit weißem Bart und grauen Haaren, jägergrüne Hose, jägergrüne Jacke. Sie stand auf und wischte sich mit dem Ärmel die Tränen aus dem Gesicht.

«Na ja. Ich habe einen Truthahn getötet.» Marie deutete auf das Häufchen Vogel am Boden.

Der Mann lächelte. «Ist ja bald Thanksgiving», sagte er.

Marie lächelte und schluchzte zugleich.

«Und das Auto ist kaputt, es ist ein Leihwagen, und ich weiß nicht, was ich jetzt tun soll, und ich habe Hunger und kein Motel, und mein Freund ist weg, weil ich eine dumme Kuh bin.»

«Okay», sagte der Mann. «Also, beim Auto kann ich vielleicht helfen.» Er ging vor der Beule in die Hocke. «Startet es normal?», fragte er.

«Ich weiß nicht.»

Der Mann stand wieder auf und ging zur Fahrerseite des Ford, setzte sich hinein und drehte den Schlüssel. Der Wagen sprang sofort an. Er drehte den Motor wieder ab und stieg aus.

«Also, ich denke, das ist kein großer Schaden. Sie können das Auto normal weiterfahren. Sie müssten nur Ihrer Versicherung Bescheid sagen.»

«Okay», flüsterte Marie.

«Wissen Sie denn, wen Sie anrufen müssen?»

«Das steht sicher irgendwo in meinen Unterlagen, also, ich finde das heraus, irgendwie.»

Der Mann lächelte. «Wie heißen Sie denn?»

«Marie.»

Er streckte ihr die Hand hin. «Ich bin Paul. Wissen Sie, was, Marie? Am besten folgen Sie mir einfach mit Ihrem Auto. Meine Frau besitzt ein kleines Motel, es ist etwa zehn Meilen von hier, dort können Sie übernachten. Oder haben Sie schon etwas für die Nacht?»

Marie schüttelte den Kopf.

«Meine Frau macht Ihnen sicher einen guten Preis. Sie ist nämlich auch aus Deutschland. Sie sind doch Deutsche, oder?»

«Ja.» Marie stutzte. «Woher wissen Sie das?»

«Wie gesagt», lachte der Mann, «ich bin mit einer Deutschen verheiratet. Sie kann Ihnen bestimmt auch mit der Versicherung helfen.»

«Okay», sagte Marie, ohne auch nur einen Moment zu überlegen. Sie hatte sich sofort aufgehoben gefühlt bei dem Mann. Sie zog ein Taschentuch aus ihrer Hosentasche und schnäuzte sich die Nase. «Aber was mache ich mit dem Truthahn?», fragte sie.

Paul lächelte. «Den nehmen wir mit.» Er griff nach den Beinen des Vogels und zog ihn hoch. «Ganz schön schwer», sagte er. «Na, vielleicht passt er in unseren Ofen, dann gibt es später noch was Leckeres zu essen.» Er warf den Truthahn auf die Ladefläche seines roten Land Rover, der hinter Maries Auto am Straßenrand stand. Das Auto fiel ihr jetzt erst auf und auch, dass es die ganze Zeit das Warnblinklicht anhatte.

«Also», rief Paul und stieg in sein Auto. «Dann fahren wir mal los.»

Das Motel bestand aus mehreren grauen Holzhäusern, nicht weit von einer Flussmündung entfernt. Nur ein paar Meter entfernt begann das Meer. Marie konnte es schon beim Einfahren in den schmalen Weg zu dem Motelgelände sehen. Sie lenkte ihren Ford langsam hinter Pauls Wagen her, über den staubigen Boden, vorbei an Autoanhängern mit kleinen Motorbooten, auf denen eine Menge Angeln und Fischernetze lagen. Zwischen den grauen Häusern standen Palmen und andere exotische Pflanzen mit grünen Blättern und bunten Blüten. Dazwischen liefen gemächlich große, bunte Vögel umher, sie gehörten hier wohl dazu. Marie musste genau hinsehen, bis sie sich selbst glaubte, dass es tatsächlich Pfauen waren. Paul fuhr um eine Kurve und drehte den Motor ab.

«Meine Frau ist hier drin», rief er ihr entgegen und deutete auf ein schmales Holzhäuschen, das wie hineingequetscht wirkte zwischen die anderen Häuser.

Er ging vor, Marie parkte und stieg aus. Als sie durch die Tür des kleinen Häuschens trat, hörte sie, wie Paul seiner Frau gerade die Kurzversion ihrer Geschichte erzählte. «Marie hatte einen Autounfall, und ihr Freund ist verlorengegangen. Und sie ist Deutsche.» Als sie die beiden erreichte, nahm eine zierliche Frau mit kurzer, brauner Dauerwelle ihre Hand und schüttelte sie kräftig.

«Marie», sagte sie auf Deutsch, «herzlich willkommen. Jetzt kommst erst mal rein, dann regeln wir das alles. Ich bin Christine. Magst einen Tee?»

Marie lächelte höflich und nickte. Die Frau klang ein wenig wie Traudl, obwohl sie gar keinen bayerischen Einschlag hatte. Marie setzte sich auf einen der Stühle.

«Hattest du heute was Besonderes zum Abendessen geplant?», fragte Paul wieder auf Englisch.

«Nein, eigentlich noch gar nichts.»

«Dann könnte ich vielleicht den Truthahn in den Ofen schieben, es sei denn, du hast etwas dagegen, Marie.»

«Nein, gar nicht, was soll ich dagegen haben?»

«Na, es ist immerhin deine Beute», sagte er und lachte. «Gut, dann fange ich gleich mit dem Ausnehmen und Rupfen an. Bis er fertig ist, dauert das ohnehin noch ein paar Stunden.» Paul schlüpfte durch die schmale Tür wieder nach draußen und war verschwunden, und Christine stellte vor Marie eine Tasse Tee auf den mächtigen weißen Schreibtisch. Offenbar war das hier das Büro des Motels.

«Weißt, was? Das dauert, bis der mit seinem Vogel fertig ist, ich bring dir inzwischen ein paar Kekse, oder?»

Marie nickte wieder.

Christine verschwand im Nebenraum, und Marie sah sich um.

Innen war das Holzhäuschen strahlend weiß gestrichen, die Wände ein einziges Bücherregal. Der Schreibtisch war voll mit Zettelchen, Stiften, einem Telefon und einem großen Kalender.

Christine kam zurück und stellte ihr einen Teller mit Chips und Keksen hin.

«Ihr seid so nett», sagte Marie leise. «Danke.»

«Schon gut», lächelte Christine. «Wir haben eine Tochter, die dürfte ungefähr so alt sein wie du.» Sie setzte sich ihr gegenüber auf ihren Schreibtischstuhl und sagte: «Also, was ist passiert?»

Marie nahm noch einen Schluck von ihrem Tee.

Dann erzählte sie.

Von ihrer Reise durch die USA, von Kalifornien und Vegas, vom Grand Canyon und von Texas und von dem überfahrenen Truthahn.

Und von Anton. Von seiner Mückenphobie und seiner Beifahrerkommentiererei, von seiner Entscheidungsunwilligkeit und seiner ständigen Angst, beobachtet zu werden. Davon, dass sie so unterschiedlich waren. Und wie es sich anfühlte, wenn er sie nachts im Arm hielt. Geborgen.

Und sie erzählte von Rebecca und wie sie einfach gegangen war. Dass sie auf einmal fühlte, er bräuchte eine andere Frau, um glücklich zu sein.

Es tat gut.

Am Ende waren beide still, und Marie sah aus dem Fenster. Draußen war es schon dunkel. Ein Pfau aber schritt noch immer umher und pickte hier und da im Boden herum.

«Man sagt ja immer, dass es darum geht, jemanden bedingungslos zu lieben», sagte Christine. «Eine Liebe ohne Bedingungen. Das klingt leicht, aber in der Praxis ist es harte Arbeit. Denn weißt du, ich glaube, es gibt nie den Moment, an dem zwei Menschen das Gefühl haben, gleich zu sein. Es ist nur die Frage, ob man die Unterschiede sucht oder die Gemeinsamkeiten. Für uns Frauen ist genau das besonders schwer. Wir versuchen immer, die Männer zu ändern. Doch je mehr wir an ihnen ziehen, desto weniger kommen sie entgegen. Das ist ihre Vorstellung von Freiheit.»

«Ich merke es mir für den nächsten Mann», sagte Marie.

Christine lächelte und öffnete eine Mappe unter ihrem Schreibtisch. Sie fragte Marie nach dem Namen ihrer Autoversicherung, blätterte in der Mappe, suchte eine Nummer heraus und wählte. Dann reichte sie Marie den Hörer. Sie erzählte von dem Truthahn und der Beule in ihrem Auto. Kein Problem, sagten die Vermieter. Solange der Ford noch fährt. Danach zog Christine ihre Schublade auf und gab Marie einen Schlüssel.

«Zimmer 31», sagte sie, «vielleicht magst du mal deine Sachen reinbringen, ich schau solange, was Paul mit dem Vogel treibt.»

Marie rollte ihren Koffer hinein und drehte das Licht an. Es war ein einfaches kleines Zimmer mit Doppelbett und kleiner Küche. Durch die Balkontür konnte sie aufs Meer sehen. Draußen war es inzwischen stockdunkel und windig. Noch immer hingen diese dicken Wolken am Himmel. Sie schob die Tür auf und trat auf den Balkon. Im Zimmer nebenan brannte Licht, der Fernseher lief leise. Eine Weile stand sie am Geländer und sah in die Dunkelheit aufs Meer. Der Wind zerzauste ihre Haare.

Sie fühlte sich unendlich leer.

Sie ging zurück ins Zimmer, holte ihr Handy aus der Jackentasche und setzte sich aufs Bett. Und wenn sie doch noch einmal Anton anrief? Sie drückte den roten Knopf, um es anzuschalten. Ein rotes Symbol erschien: Akku leer. «Mist», fluchte Marie leise. Wo war das Ladegerät?

Das Telefon im Zimmer klingelte, Christine war dran. Der Vogel sei fertig, sie könne hinter das Haus in den Anbau kommen, dann gäbe es Essen.

Marie schloss ihr Zimmer ab und lief über den sandigen Weg zurück zu dem kleinen Holzhaus, an dessen Rückseite ein weiteres Häuschen klebte. Darin war eine Miniküche mit einem kleinen Tisch, an den höchstens vier Leute passten. Es roch herrlich nach Braten.

«Ich glaube, ich hab noch nie einen Truthahn gegessen», sagte Marie.

«Oh, dann wird's aber Zeit», sagte Paul. «Bier?»

«Ja, gerne», sagte sie und setzte sich schüchtern an den Tisch. Auf der roten Wachstuchdecke mit den gelben Zitronen standen Pappteller, Plastikgeschirr und eine Plastikbox voll Kartoffelsalat. In einem kleinen Fernseher auf der Küchenzeile lief der Wetterkanal.

Inzwischen hatte Marie sich daran gewöhnt, dass es nie echtes Geschirr gab in diesem Amerika und dass immer und überall der Fernseher lief. Sie konnte ihn aber nicht so ausblenden wie die Amerikaner, wenn etwas flimmerte, musste sie hinsehen.

Im Fernsehen stand der Wettermann vor einem riesigen Bildschirm und deutete auf einen weißen Kreisel, der sich langsam auf die Ostküste der USA zudrehte. Dann kamen Bilder von Menschen, die mit großen Brettern ihre Holzhäuschen an der Küste vernagelten.

Paul stellte ihr das Bier auf den Tisch.

«Was ist denn da los?», fragte Marie.

«Ein Sturm», sagte Paul, «sie nennen ihn Sandy. Er rollt gerade auf die Ostküste zu.»

«Ein schwerer Sturm?»

«Könnte schon sein, dass das hier richtig heftig wird in ein paar Tagen. Ich glaube, wir müssen uns auch noch einen Generator kaufen, falls der Strom ausfällt.»

Einen Generator, dachte Marie. Ob der Sturm wirklich so schlimm würde? Wenn ja, dann sollte sie wohl besser nicht mehr im Auto sitzen, wenn er ankam. Sie beschloss, am nächsten Morgen wenigstens so früh wie möglich aufzustehen, damit sie noch vor dem Sturm in New York war.

Paul zog den Truthahn aus dem Rohr. «Ist ein schöner Vogel», sagte er. «Der schmeckt bestimmt hervorragend.» Er schnitt ihn in Stücke und legte jedem etwas Fleisch auf den Pappteller.

«Du meinst also, mein Unfall hat sich doch noch gelohnt?», fragte Marie.

Paul lachte. «Wenn die Versicherung den Schaden komplett bezahlt, dann auf jeden Fall.»

Christine schöpfte jedem etwas Kartoffelsalat auf den Teller. Dann legten sie los.

Marie aß, als hätte sie seit Wochen nichts mehr bekommen. Sie verschlang ein ganzes Bein und ein großes Stück der Brust. Er schmeckte wirklich großartig. Und so war er wenigstens nicht umsonst gestorben.

Einen Moment dachte sie daran, dass sie jetzt eigentlich einmal Paul und Christine fragen müsste, was sie so machen, wie ihr Leben ist und wie es ihnen geht. Bisher hatte nur sie erzählt. Aber dann fehlte ihr doch die Kraft dafür. Vielleicht hatte Christine das gemerkt.

«Was glaubst du denn, wo dein Freund jetzt steckt?», fragte sie.

«Mein Exfreund.»

«Ja, Anton.»

«Keine Ahnung. Wahrscheinlich ist er auf dem Weg nach Hause, nach Berlin.»

«Du bist dir aber nicht sicher.»

«Nein, sicher bin ich mir nicht.»

«Und wie wäre es, wenn du ihn einfach mal anrufst?»

«Ja, vielleicht. Vielleicht mache ich das. Aber ich muss jetzt erst mal schlafen. Ich bin hundemüde.»

Christine lächelte und legte ihr die Hand auf den Unterarm. «Geh doch schon schlafen, wir machen das hier.»

«Sicher?», fragte Marie.

«Ja, sicher. Schlaf gut.»

Marie stand auf, umarmte beide noch einmal kurz und ging sofort in ihr Zimmer. Sie war wirklich hundemüde. Trotzdem öffnete sie dort als Erstes ihren Koffer und suchte nach dem Ladegerät. Sie schob es in die Steckdose neben dem Bett und steckte ihr Handy an. Dann drückte sie die Tasten zum Telefonbuch, Antons Nummer erschien. Sie war nervös. Was sollte sie sagen? Vielleicht erzähle ich erst mal, was passiert ist, vom Truthahn. Ja, dachte sie, das ist gut. Dann sehen wir weiter. Zitternd drückte sie den grünen Knopf.

Ein paar Sekunden war es still in der Leitung. Dann hörte sie: Der angerufene Teilnehmer meldet sich nicht. Anton hatte sein Handy ausgeschaltet. Das tat er sonst nie. Außer, er saß im Flugzeug.

Marie schloss die Augen.

Anton war weg.

Concrete Jungle

Dampf schwebte aus den Gullys und trieb über den Asphalt der Bedford Avenue. Er versetzte Anton in die Stimmung der Krimiserien aus dem US-Fernsehen, die er gern sah. Bevor er jemals in New York gewesen war, war da dieser Dampf, der sein Bild einer amerikanischen Stadt so sehr geprägt hatte, dass es fast reichen würde, den Kreis eines Gullydeckels zu zeichnen und die Andeutung des Straßendampfs, damit er genau wusste, dass er sich in einer Großstadt in den USA befand. Es fehlten höchstens noch ein paar gelbe Taxis. Sirenen in der Ferne.

Der Dampf hatte etwas Vertrautes und zugleich Aufregendes. Es war, als würde er durch eine Welt laufen, die er irgendwoher schon kannte, in der er schon einmal gewesen war, vor der er sich deshalb nicht zu fürchten brauchte. Gleichzeitig zweifelte etwas in ihm, ob das alles echt sein konnte oder ob er fälschlicherweise in etwas hineingeraten war, was sich noch als hohle Kulisse entpuppen würde. Williamsburg, Brooklyn. Von sich aus wäre er niemals hierhergekommen.

Das war der Fehler. Er lief durch eine Stadt, in die er alleine nicht hineingehörte.

Auf dem Gehweg kamen ihm ständig Menschen entgegen, die wie Paare wirkten. Dürre Mädchen, überm einen Arm eine bedruckte Jute-Tasche, unterm anderen einen Jungen in Leggins. Oder andersrum. Die Jungs trugen dieselben klobigen schwarzen Stiefel und dieselben Holzfällerhemden wie die Jungs und die Mädchen in Neukölln. Oder quietschbunte Sneakers. Die Hosen waren so eng, dass es Anton schon vom Hingucken im Schritt weh tat. Irgendwo schaute immer ein Tattoo hervor.

Alle redeten. Oder lachten.

Es kam ihm vor, als würden sie das für ihn tun. Gegen ihn.

Es war ein milder Oktobertag. Anton lief die Bedford Avenue hinunter und bemühte sich, langsam zu gehen. Er hatte nichts vor, außer vielleicht irgendwann Marie finden. Er glaubte sich zu erinnern, dass ihre Freundin Anne in Williamsburg lebte.

Graue Wolken trieben über der Stadt mit Loch. Er hätte gern sein iPhone am Ohr gehabt und den Song von Tomte gehört, in dem dieses Loch vorkam. New York. Aber sein iPhone hatte jetzt jemand anders. Sein iPad durch die Straßen zu tragen kam ihm albern vor. Hätte er es unter den Arm klemmen sollen wie eine Aktentasche? Oder vor sich hertragen wie ein Tablett?

Er sang leise vor sich hin, aber es war nicht dasselbe.

In der Stadt mit Loch
In einem verwirrten Land
Mit gekränktem Herzen,
Über das jeder lacht oder Hast.

Hieß das wirklich: oder Hast?

Oder hasst?

Ein Typ mit Vollbart, Zipfelmütze und Tattoos bis zu den Händen rempelte ihn an und entschuldigte sich überfreundlich. Manchmal wunderte sich Anton, wie normal sich diese Menschen verhielten, wie gewöhnlich sie redeten, obwohl sie so herausgelöst aussahen, so comichaft überzeichnet. Er erwartete von ihnen eigentlich, dass sie auch eine andere Sprache sprachen. Vielleicht Hipsteranto.

Und wir standen am Reservoir.
Das gleißende Licht verwandelte alles in einen
perfekten Tag.
Und eine allumfassende Ruhe,
Die ich nicht kannte,
Zog mich in sich hinein.
Und machte mir keine Angst.
Dideldidideldidideldidideldidideldi ...
New York, New York.

Marie konnte Tomte nicht leiden. Sie hatte da so eine Privattheorie von der Gitarre und vom Bass. So wie es Katzenmenschen gab und Hundemenschen, gab es bei der Musik Gitarrenmenschen und Bassmenschen. Die einen hörten Gitarrenmusik, die anderen Bassmusik. Rock gegen Rap. Punk gegen Techno. Marie hatte diverse Theorien, die von absoluten Unterscheidungen handelten. Sie behauptete auch, an der Wohnzimmereinrichtung einen Protestantenhaushalt von einem Katholikenhaushalt unterscheiden zu können. Marie war Bassmensch. Anton hatte sich wie immer nicht so richtig festgelegt.

Er mochte Tomte. «Buchstaben über der Stadt», so hieß das Album damals. War auch schon wieder ein paar Jahre her. Noch etwas näher an dieser Poproman-Epoche, in der nicht nur der Brite Nick Hornby alles mit Musik erklärte. Er hatte es jeden Tag gehört. Immer wieder.

Manchmal hatte er versucht, solche Songs im Auto zu spielen, in ihrem SUV, in Texas. Marie hatte auf das nervige Geheule geschimpft. Er hatte noch lauter mitgesungen, aber irgendwann wieder ausgemacht.

New York. New York.
Und wäre das hier alles.
Es würde mir genügen.

Die Bedford Avenue war eine ziemlich unauffällige Straße, zumindest kam ihm das so vor. Ein paar Cafés, ein paar Bars, ein kleiner Supermarkt, ein Buchladen.

Er fragte sich, wofür er sich hier begeistern sollte oder wofür Marie ihn wohl hätte begeistern wollen.

Wahrscheinlich fand man das heraus, wenn man mit Leuten redete oder irgendwo reinging. Würde er jetzt aber irgendwo reingehen, und sei es nur in ein Café, würde er sofort anfangen, sich Gedanken darüber zu machen, wie lange er dort wohl bleiben könnte, alleine, ohne dass er auffiel als jemand, der zu lange alleine in einem Café saß. Noch bevor er diese Angst, die eine seiner Standardängste war, richtig zu Ende befühlt hatte, kam sie ihm ausgesprochen absurd vor. Ständig saßen Leute alleine in Cafés und tippten auf ihren Laptops herum oder lasen ein Buch.

Immerhin fiel ihm so etwas mittlerweile auf.

Er blieb vor dem Fenster eines Coffee-Shops stehen. Auf der Fensterbank lagen Zeitschriften aus. Der Laden war eher voll, die Scheiben leicht beschlagen, aber ein paar Plätze waren noch frei, und ein paar Leute hatten auf ihren Tischen Laptops aufgeklappt. Anton nahm sich vor, dass er nun hineingehen würde, dass er die Tür öffnen würde und den Laden betreten. Er würde sich an einen Tisch setzen, etwas bestellen, vielleicht musste man sich den Kaffee auch selbst an der Bar besorgen, wahrscheinlich sogar musste man das, dann war natürlich die Frage, was er mit seiner Laptoptasche machen sollte währenddessen, ob er sich sofort einen Kaffee holte und sie mitnahm oder ob er sie kurz abstellte, um den Platz zu sichern, und dann zum Tresen ging, wobei er dann eigentlich jemanden bitten musste, auf sie aufzupassen, darin steckten immerhin sein iPad und sein Laptop, er würde seine Tasche nicht einfach so unbeaufsichtigt stehen lassen können, höchstens konnte er sich seinen Platz so auswählen, dass man die Tasche vom Tresen aus beim Bestellen ständig im Auge hatte und also niemanden fragen musste, das war vielleicht das Sicherste und Einfachste. Oder sollte er doch lieber riskieren, später keinen Platz zu finden, und die Tasche stattdessen zum Bestellen mitnehmen, damit er nicht die ganze Zeit abgelenkt wäre und gar nicht richtig zum Bestellen einer der diversen Kaffeeröstungen käme, die ihm wieder eine Entscheidung abverlangen würden? Dann musste er seinen Kaffee im schlimmsten Fall eben im Stehen trinken. Eigentlich wäre es da aber fast einfacher, ihn gleich mit nach draußen zu nehmen, statt die ganze Zeit alleine mit einer Tasse Kaffee mitten im Coffee-Shop zu stehen, das würde nun wirklich komisch aussehen.

Vielleicht war das mit dem Kaffee auch einfach zu kompliziert.

Er ging weiter.

Vor einer Bar hielt er an. Drinnen lief ein Fernseher, alles war leer. Perfekt. Anton schob die Tür auf.

Hinterm dunklen Tresen stand ein junger Typ in einem zu kurzen T-Shirt. «I love hot girls» stand darauf. Das «love» als Herz.

«Are you open?», fragte Anton.

Der Typ nickte.

Anton setzte sich an einen der dunklen Tische. Er legte seine Tasche auf die Bank, zog seinen Laptop aus der Hülle und klappte ihn auf. Über dem Tresen neben einer Reihe von Schnapsflaschen hing auf einem zerknitterten Zettel ein WLAN-Passwort: sweetmeatballs2012. Hieß die Bar so?

Anton sah sein Mailpostfach durch, rief Twitter auf, überprüfte seine Facebook-Nachrichten und schaute, ob Marie etwas gepostet hatte. Aber außer den Heißluftballons aus Albuquerque war dort immer noch nichts. Das Fehlen eines Lebenszeichens ließ ihn seltsam gelassen. Seine Stimmung änderte sich schubweise. In manchen Momenten krampfte seine Brust sich zusammen, und ihm wurde schlecht, wenn er sich vorstellte, dass Marie gegen irgendeinen Baum gefahren war. In anderen war er sich völlig sicher, dass ihn diese Nachricht auf irgendeinem Weg längst erreicht hätte, auch ohne Handy.

Es pingte. Anton drückte den Ton leise. Es war Yannick, neben dessen Facebook-Namen ein grüner Anwesenheitspunkt leuchtete. Yannick, ironischster und ältester seiner Studienfreunde.

«New York?» erschien im himmelblauen Chatfenster. «You like?»

Woher wusste Yannick, wo er gerade war? Offenbar

teilte Facebook das mit, obwohl er sich einbildete, die Ortserkennung einmal ausgeschaltet zu haben.

Berlin war mit einem Mal viel zu nah. Kurz überlegte Anton, ob er sich schnell von Facebook abmelden sollte, damit sein eigener grüner Punkt erlosch und Yannick dachte, er wäre wieder vom Netz.

«Stadt mit Loch halt», tippte er stattdessen. «Versuche gerade zu verstehen, was an diesem Brooklyn so dings ist. Bisher noch sehr Neukölln, nur ohne Spätis und drinnen Rauchen und Hundescheiße.»

Wie kam er plötzlich auf Hundescheiße?

«Und mit grünen Straßenschildern», schob er hinterher.

«Neukölln ist doch uber nice», erschien in der nächsten blauen Wolke. «Bis auf die schwäbischen Touris aus Prenzlauer Berg ...»

«Willst du bestellen?»

Der Barkeeper war vom Tresen zum Tisch gelatscht.

«Einen Kaffee, bitte», sagte Anton.

«Wir haben keinen Kaffee. Drinks, Bier, Soda», nuschelte der Typ. «Wir sind eine Bar.»

Das erklärte den leeren Laden. Es war kurz nach eins. Anton hatte ausgeschlafen und noch nicht gefrühstückt.

«Habt ihr was zu essen?»

«Burger. Tortillas. Willst du eine Karte?»

«Ich nehme ein Bier», sagte Anton. Es rutschte ihm eher so raus, weil er nicht mehr wusste, ob Soda Wasser war oder etwas Tonicartiges, das ihm nicht schmeckte.

«Was für ein Bier?», fragte der Typ.

Anton sah zum Tresen, dachte lange nach und fragte schließlich: «Was kannst du empfehlen?»

Eine klassische Marie-Frage. Wenn Marie sie stellte, kam ihm das immer wahnsinnig anstrengend vor, weil sie die Anspannung der Situation, einem Kellner gegenüberzusitzen, der eine Entscheidung von einem verlangte, nicht auflöste, sondern sie noch verstärkte. Jetzt fühlte er sich für einen kurzen Augenblick wie jemand, der Neuland betrat, indem er sie einmal selber stellte.

Der Typ zählte Biernamen auf, bis Anton nicht mehr genau wusste, wo der eine Name endete und der nächste anfing. «Oder Heineken.»

«Heineken», sagte Anton. Es war ein Reflex. Dann überlegte er kurz.

«Oder was waren noch mal die anderen?»

Der Barkeeper zählte etwas langsamer auf.

«Was ist Monster Ale?», fragt Anton. Die Sache begann ihm Spaß zu machen. Es hatte etwas Befreiendes, auch wenn er sich der Lächerlichkeit dessen bewusst war, etwas Selbstverständliches als befreiend zu betrachten, nur weil es für ihn selbst nicht selbstverständlich war.

Der Typ hielt einen kurzen Hopfenvortrag, den Anton nicht verstand.

«Das nehme ich», sagte er.

Würde er eben Monster Ale frühstücken. Er kam sich fast ein wenig wild vor.

Anton betrachtete Yannicks letzte kleine Facebook-Wolke.

«Scheiß-Touris», tippte er dann. Weil: er selbst ja auch. Dann schloss er das Facebook Fenster.

Auf dem Fernsehschirm in der Ecke war ein Mann in Jack-Wolfskin-Jacke zu sehen, der versuchte, an einem völlig leeren Strand stehen zu bleiben, während der Wind ihn Richtung Wellen blies. Der Mann brüllte fast. Seine Haare wehten um seinen Kopf herum. Das Fell über seinem Mikro flatterte. Eine Karte der USA erschien, graue Wolkengraphiken wirbelten auf die Ostküste zu. Dann waren Bilder von eingestürzten Hütten, überschwemmten Feldern und umgeworfenen Autos zu sehen.

«Das ist Sandy», sagte der Barkeeper und stellte eine Flasche Monster Ale und ein Glas auf den Tisch. «Der Hurricane. Ist gerade auf dem Weg hierher. Morgen kommt er nach New York. Mein Onkel in Jersey ist schon ziemlich panisch. In Brooklyn stresst sich bisher kaum einer, hier in Williamsburg schon gar nicht. Beim letzten Hurricane gab es auch so ein Riesentrara vorher. Und dann war am Ende kaum was. War ein bisschen verarschemäßig.»

«Ach so», sagte Anton.

Im Gegensatz zu Restaurantbestellungen machten ihm Naturgewalten eher weniger Angst.

Das Monster Ale schmeckte wie Guinness, das man mit Malzbier gestreckt hatte. Ein dunkles Bier, aber nicht zu herb, eher zu süß. Als Frühstück gar nicht so ungeeignet.

Anton überlegte, wie er herausfinden konnte, wo Maries Freundin Anne wohnte. Er meldete sich noch einmal bei Facebook an.

«Bewerft sie mit Spätzle, wo ihr sie trefft», erschien am unteren Rand des Browsers in einer der blauen Wolken. «Oder mit Pommes.» Das hatte Yannick seinem Touri-Witz noch hinterhergeschoben. Verzwirbelte Ironie. Sie waren Touristenhasser-Hasser, Gegner dieses leicht idiotischen Gedankens, dass man irgendein Kreuzberg oder Neukölln in einem vermeintlichen Originalzustand erhalten konnte, statt es den Touristen zu überlassen. Spätestens seit Freunde von ihnen, die mit einem Backpacker-Rucksack den Inhalt ihrer Gemüsekiste durch die Stadt schleppten, von aufgebrachten Kreuzbergern fast überfallen worden wären, hatten sie den Tourihass zu einem zentralen Witzgegenstand gemacht. Irgendetwas musste man ja dagegen unternehmen. Irgendwo musste man mal anfangen.

«Und mit Marie? Alles gut?»

Warum fragte Yannick nach Marie? Hatte er von ihrer Trennung gehört? Eigentlich kaum möglich. Marie kannte Yannick, aber sie hatten wenig miteinander zu tun. Ahnte er etwas? Und weil der grüne Punkt neben Yannicks Namen nicht mehr leuchtete, beschloss Anton, die Frage fürs Erste zu ignorieren.

Er rief die Liste von Maries Facebook-Freunden auf. 457, erstaunlich viele. Als er begann, sich durch die Reihen von Gesichtern zu scrollen, kam er sich kurz wie ein Online-Stalker vor. Es dauerte eine Weile, bis er bei Anne angekommen war. Ihr Profilfoto zeigte eine weiße Katze. Auf einem anderen kleinen Bild lächelte sie selbst: Anne Wheeler. New York, Brooklyn. University: Stanford. In a relationship with Jason Turner. Das musste sie sein. Keine Handynummer. Keine Adresse. Die meisten ihrer Mitteilungen waren nicht öffentlich. Um sie zu lesen, hätte er ihr eine Freundschaftsanfrage schicken müssen, was gerade nicht wirklich in Frage kam. Aber: 23 Fotos in drei Fotoalben. Vielleicht ließ sich über die Aufnahmen etwas herausfinden.

Auf dem Foto ihrer Stanford-Abschlussklasse trug Anne einen Graduiertenhut. Sie lächelte am Strand und in unterschiedlichsten Restaurants. Unter manchen der

Bilder stand, wo sie aufgenommen worden waren und mit wem. Anton sah sich die Seiten von einigen dieser Restaurants an. Er suchte bei Google Maps nach ihnen. Eines war ganz in der Nähe. Sollte er heute Abend hingehen und sehen, ob Marie und Anne zufällig dort aßen? Die Wahrscheinlichkeit, dass sie das taten, war nicht besonders hoch. Er wusste ja nicht einmal, ob Marie überhaupt in New York war. Aber wenn doch, was würde er dann tun? Reinspazieren und sich einfach dazusetzen?

Yannicks grüner Punkt leuchtete wieder auf. Anton schloss die Facebook-Seite. Er hatte die Frage nach Marie extra nicht angeklickt, damit Facebook Yannick nicht meldete, dass er sie schon gesehen hatte.

Eigentlich wäre es gut, mit jemandem zu reden, dachte Anton.

Aber es ging nicht.

Er fuhr sein Macbook herunter, trank den letzten Schluck Monster Ale aus, packte alles zusammen, zahlte am Tresen, warf einen Kontrollblick auf seinen leeren Platz, dass er diesmal auch nichts vergaß, und drückte dann mit der Schulter die Tür auf.

Die Sonne schien zwischen den Wolken hindurch auf die Bedford Avenue. Ein trübes, vom Grau gefiltertes Licht, das die Stadt milder machte. Anton blieb an einem Kiosk stehen und las ein paar Schlagzeilen. Obama, Romney, Sandy. Ein Boulevardblatt gab Tipps: «Warum Sie Hurricane Sandy nicht unterschätzen sollten und wie Sie sich richtig darauf vorbereiten.»

Anton kam das Zelebrieren dieser Angstlust eher wie Material für eine Glosse vor. Er kaufte die Zeitung trotzdem. An der nächsten Ecke blieb er kurz stehen und blätterte zu den Überlebenstipps. Wasservorrat für mehrere Tage anlegen. Die Badewanne volllaufen lassen. Eier, Nudeln und Reis kochen. Eine Trillerpfeife kaufen, damit die Rettungskräfte einen schnell finden, sollte man verschüttet werden.

Eier kochen.

Anton lächelte.

In seinem Hotel würden sie sich hoffentlich um entsprechende Sicherheitsmaßnahmen kümmern.

In all diesen lebenspraktischen Dingen verließ er sich sonst einfach auf Marie. Das fiel ihm jetzt wieder auf. Er gönnte sich den Luxus, sich über ihre Organisiertheit, ihre Liebe für Notfallpläne lustig zu machen, im Wissen, dass sie sich kümmerte, wenn es ernst wurde.

Was für eine bräsige Arroganz. Mit einem Mal kam er sich schäbig vor deswegen.

War es sicherer, wenn er sich jetzt selbst Sorgen machte?

Die Hotelbadewanne konnte er einfach füllen. Ein paar Flaschen Wasser in sein Zimmer zu schleppen sollte auch kein größeres Problem sein. Wobei er sich weder vorstellen konnte, dass er mehrere Tage in diesem Hotelzimmer festsitzen würde, noch, was er mit dem Wasser machen würde, sollte er es nicht brauchen. Im Koffer nach Deutschland transportieren? Dem Hotel spenden? Obdachlosen?

Und wenn der Hurricane die Stadt doch härter traf … Wäre Marie noch da, hätte er sich über alles lustig gemacht und an ihrer Reaktion abgelesen, wie viele Sorgen er sich realistischerweise machen musste.

Musste er Eier kochen? Wie sollte er denn Eier kochen?

Er hatte in seinem Hotelzimmer bisher nicht einmal einen Wasserkocher entdeckt. Vermutlich konnte man in diesem Land, in dem es selbst komplette tiefgekühlte Hamburger gab, auch hartgekochte Eier im Supermarkt kaufen, nicht nur an Ostern.

Aber war das nicht alles ein bisschen übertrieben? Und wenn nicht, wie viele Eier brauchte er dann, für wie viele Tage? Ein Ei pro Tag? Drei Tage, drei Eier? Und wie viel Wasser? Zwei Liter pro Tag mindestens, allein schon zum Trinken. Musste man mit einkalkulieren, dass das Badewannenwasser irgendwann ausging? Nach wie vielen Tagen?

Vielleicht sollte er doch erst einmal in diesem Restaurant nachsehen, ob er Marie dort fand.

Zwischen Mülltonnen

Im Fernsehen standen die Reporter inzwischen knietief im Wasser, schwankten im Wind gegen Absperrungen und ließen sich von großen Wellen gegen Felsen spülen. Auch in Brooklyn schwappte der East River schon bedrohlich über die Ufer, drei Meter hoch könnte hier morgen das Wasser stehen, sagte einer der Puschelmikromoderatoren.

Auf den Straßen drängten sich vollgepackte Autos, Menschen rannten mit Rollkoffern und Kindern an den Händen aus ihren Häusern, schlossen die Geschäfte ab, Arbeiter verrammelten die U-Bahn-Tunnel, Busse und Bahnen fuhren nicht mehr. Doch es ging ohnehin keiner zur Arbeit, nicht einmal die Broker an der Wallstreet.

New York war jetzt in Zonen eingeteilt. Wer in Zone A lebte, hatte Bürgermeister Michael Bloomberg in einem Fernsehinterview gesagt, sollte sich sofort dort herausbegeben. Denn wenn der Wind am Nachmittag erst einmal stärker würde, wäre es nicht mehr sicher, aus dem Haus zu gehen. Zu viele herumfliegende Äste, zu viele Teile von Häusern und Dächern, die durch die Luft segeln. «Wenn Sie jetzt aus dem Fenster sehen», sagte Bloomberg, «und denken: Ist ja nicht schlimm, haben Sie recht. Aber es wird schlimm.»

Dieser Sturm, murmelten sie alle, könnte historisch werden.

Die Wohnung von Anne und Jason lag wenige Meter hinter dem Ende der Zone A. Sie konnten also bleiben. Doch Marie hörte auch hier die Durchsagen der Polizisten aus der A-Zone herüberschallen: Wer nicht geht, kann bestraft werden.

Ganz unbeschadet würden sie – in der Zone B – jedoch auch nicht bleiben. Der Strom würde wohl ausfallen, vielleicht die Markise gegen das Fenster donnern, bis das Glas brach. Sie würden kein Wasser mehr haben oder nur noch verschmutztes, nicht mehr kochen können, nicht mehr mit dem Fahrstuhl hoch in den sechsten Stock kommen.

Marie wusste im Detail Bescheid. Direkt nach dem Frühstück waren sie, Anne und Jason die Hurricane-Checkliste von CNN durchgegangen, denn Anne war vorbelastet.

Ein Jahr zuvor hatte Hurricane Irene einen Baum auf das Dach des Hauses ihrer Familie gefegt, die Stromleitung hatte er gleich mitgerissen. Der Strom blieb drei Tage weg, ihre Vorräte verschimmelten im warmen Kühlschrank, die Pumpe brachte kein Wasser mehr in ihr Haus. Diesmal wollte Anne besser vorbereitet sein.

Und so füllte sie schon frühmorgens Wasser in die Badewanne. Zu dritt suchten sie in den Kisten ganz oben im Regal des Arbeitszimmers eine Taschenlampe, kramten Medikamente und Verbandszeug hervor. Jeder musste noch mal sein Handy aufladen, und sie überlegten, ein batteriebetriebenes Radio zu kaufen, um so im Notfall die Nachrichten hören zu können.

Auf das Radio hatten sie dann doch verzichtet. Vielleicht müsse man das alles nicht übertreiben, hatte Jason leise angemerkt, wollte dann aber doch lieber noch die Markise am Balkon sichern, statt mit Marie und Anne zum Supermarkt zu gehen, um Notfallessen zu besorgen: noch mehr Wasser, Brot, Eier, Nudeln, Dosengemüse.

Ganz New York schien auf denselben Gedanken gekommen zu sein. Auf dem Weg zum Supermarkt kamen ihnen Horden von Menschen entgegen, schleppten braune Einkaufstüten, Wasserkanister und große Metallflaschen, vermutlich mit Gas gefüllt, in ihre Wohnungen.

Der Supermarkt vor Annes Tür hatte offenbar extra Securitys engagiert. Sie winkten die Menschen in eine lange Schlange vor der Tür, ließen sie immer nur in kleinen Grüppchen hinein, zwei raus, zwei rein, vier raus, vier rein, Marie kam sich vor, als würde sie am Studio 54 anstehen. Zu den guten Zeiten des Nachtclubs, in den Siebzigern, als noch Diana Ross und Liza Minnelli dort abhingen und die Menschen in Manhattan die Straßen verstopften, um etwas Glamour zu erhaschen. Sie stellten sich am Ende der Schlange an.

Es war Montag, der 29. Oktober, vier Uhr nachmittags. Um Mitternacht sollte Sandy auf das Festland krachen. Sie hatten also höchstens noch acht Stunden für ihre Vorbereitungen. Acht Stunden Ruhe, Licht und Fernsehen.

Marie war aufgeregt. Angst hatte sie keine. Sandy kam ihr mehr vor wie ein Abenteuer – und irgendwie auch wie eine willkommene Ablenkung. Sie konnte sich auf Listen konzentrieren und auf Dinge, die zu regeln und zu besorgen waren. So schaffte sie es sogar, in manchen Minuten nicht an Anton zu denken und nur heimlich im Bad kurz zu weinen.

Sie sprach nicht mehr über ihn.

Als Marie am Nachmittag zuvor angekommen war, hatten sie ihre Sachen in ihr altes Zimmer gebracht, dann war sie zusammen mit Anne im Ford nach Manhattan gefahren, um ihn zurückzugeben. Sie hatte ihr nur gesagt, er sei früher zurückgeflogen, frag bitte nicht. Und Anne fragte nicht.

Die Wolken zogen sich langsam immer grauer und dichter am Himmel zusammen, Marie spürte den Wind in ihren Haaren und ein paar Regentropfen im Gesicht.

Brooklyn war ein Schwarz-Weiß-Film geworden. Sie fühlte sich wie in der Abschiedsszene in Casablanca, wo Humphrey Bogart auf dem Flugplatz zusah, wie seine große Liebe für immer im Nebel verschwand. Er hat sie gehen lassen, weil es nicht anders ging.

Immerhin bleibt Anton diese Panik hier erspart, dachte Marie, und wahrscheinlich auch das Chaos auf dem New Yorker Flughafen. Er war ja sicher von Texas aus geflogen, vielleicht musste er hier umsteigen, aber bis gestern dürfte schließlich noch alles geklappt haben.

Anton war also in Sicherheit.

Warum aber hatte er nicht wenigstens angerufen oder eine Nachricht geschrieben und gefragt, wie es ihr geht? Er musste ja wissen, dass sie in New York war. Oder wusste er es nicht? Doch, das musste ihm klar sein, allein schon wegen des Autos.

Vielleicht, dachte sie, hatte er von Sandy tatsächlich noch nichts mitbekommen. Nein, auch das war ein absurder Gedanke. Anton war jede freie Minute auf Twitter.

Er war wohl einfach noch wütend auf sie, auf ihr Verschwinden. Das konnte sie verstehen.

Sie hätte es natürlich auch noch einmal bei ihm versuchen können. Ein paarmal hatte sie das Telefon in der Hand gehabt. Sie hatte nur auf seine Nummer gestarrt, aber nicht gewählt. Was hätte sie auch sagen sollen: Anton, ich weiß schon, dass ich dich mitten in Texas stehengelassen habe, allein und ohne Auto, ich war nur ein bisschen eifersüchtig, tut mir ja auch leid, aber jetzt hab ich's mir anders überlegt, ist wieder alles gut?

Es ging nicht. Das war einfach zu viel.

Sie schloss die Augen und sagte sich zum hundertsten Mal diesen Satz: Du wolltest das so, es ist besser so. Einmal würde der Moment kommen, an dem sie sich das glaubte.

Marie beobachtete die Menschen am Supermarkteingang. Einer Frau war gerade eine Stange Weißbrot aus der Tüte gefallen. Hastig hob sie es auf, steckte es zurück und umklammerte es, als wäre es ihr Baby.

Die Menschen verhalten sich, als würde morgen der Krieg ausbrechen, dachte Marie.

Sie sah der Frau nach, wie sie die Straße entlanghastete. Ihr Blick blieb an einer Hausecke hängen, wo gerade ein Kopf hinter einer Hauswand verschwand.

Marie drehte sich zurück zu Anne.

«Glaubst du, die haben hier so etwas wie Dosenravioli?», fragte sie.

«Hm», sagte Anne, «kann schon sein, aber wie würden wir die ohne Strom warm bekommen?»

«Zur Not kann man die auch kalt essen.»

«Okay», sagte Anne, «ich schreib's mit auf.»

Sie drehte sich in Richtung Supermarkt, und schon wieder schien an der Hauswand ein Kopf gewesen zu sein. Ganz kurz, als würde er von ihr nicht entdeckt werden wollen. Marie zog die Augenbrauen zusammen. Wie eigenartig. Sie beobachtete die Hausecke, und da war er wieder. Diesmal aber blieb er stehen. Marie hielt den Atem an.

Zugleich musste jemand an der Filmrolle gezerrt haben, denn plötzlich kroch New York in Zeitlupe vor ihren Augen vorbei.

Eine Frau schloss in enorm langsamen Bewegungen ihren Laden ab, ein Nagelstudio vermutlich, ein Brooklyner mit Wasserkanister auf der Schulter setzte einen Fuß auf den Gehsteig, dann den anderen. Ein Auto fuhr vor ihr vorbei, eins, zwei, drei, dann war es vom rechten Bildrand in die Mitte ihres Kopfes gerutscht und aus dem linken wieder hinaus. Der Ton drang wie aus dem anderen Ende einer Fußgängerunterführung zu ihr herüber. Sie spürte, dass jemand an ihrer Schulter rüttelte, Anne vielleicht, aber das war sicher nur ein Traum.

Die Frau hatte die Tür nun zubekommen, sie stieg langsam die Stufe vor dem Geschäft herab, bewegte sich nach rechts aus dem Bild, und Marie setzte sich in Bewegung.

Wie auf einem Wattemeer schlich sie über die Straße, auf die Hausecke zu, ganz vorsichtig, als würde die Fata Morgana sonst wieder verschwinden. Sie bog um die Ecke.

Und da war er.

Er stand in einer kleinen Seitenstraße in Brooklyn, neben ihm zwei Müllcontainer, über ihm dunkle Feuerleitern bis hinauf zum obersten Stockwerk des Hauses. Um seine Schulter hing die grüne Tasche, sein weißes T-Shirt war zerknittert, in der Hand hielt er eine weiße Einkaufstüte mit blauen Bergen darauf. Sein Bart war gewachsen, seine Haare hatte der Wind zerzaust.

«Anton!» Marie sah ihn fassungslos an. «Was machst du denn hier?»

«Ich wollte ... Ich hab dich gesucht.»

«Bei den Mülltonnen?»

Anton lächelte. «Ja, wer weiß, wo du dich rumtreibst.»

«Und darum hast du mir einen Schlafsack besorgt?»

«Wieso Schlafsack?»

Marie deutete auf die Tüte in seiner Hand.

«Ach so, nein, da sind Sachen für Sandy drin. Ich weiß zwar noch nicht, wie mich ein Gaskocher, eine Stirnlampe und ein Radio vor einem Hurricane retten sollen, aber das haben die mir aufgeschwatzt. Vielleicht soll ich später, um auf mich aufmerksam zu machen, den Gaskocher auf die Straße werfen, mir das Radio um den Hals hängen und mit der Stirnlampe winken.»

Marie lachte.

«Eine Stirnlampe? Du hasst Stirnlampen.»

Anton lächelte, stellte die Tüte auf den Boden und ging einen Schritt auf sie zu. Von irgendwoher ratterte eine Klimaanlage, ein Windstoß blies Maries Jacke auf. Er streckte die Hand danach aus, bekam den Reißverschluss zu fassen, doch dann glitt die Jacke durch seine Finger. Marie griff ebenfalls danach, für den Bruchteil einer Sekunde berührten sich ihre Hände.

Anton zog seine schnell zurück, Marie hüllte sich fester in ihre Jacke.

«Anton, ich ...», sagte Marie leise.

«Was geht denn hier ab?»

Anne stand plötzlich neben ihnen.

«Anne, das ist Anton», sagte Marie.

«Enten!», rief Anne. Sie lachte und streckte ihm ihre Hand entgegen.

Anton drückte sie und murmelte leise «Nice to meet you.»

«Also doch nicht zurück in Berlin, was?»

«Wie?», sagte Anton.

«Marie meinte, du bist früher zurückgeflogen.»

«Nein, nein», sagte Anton leise. «Ich bin hier.»

«Alles klar. Ich geh mal davon aus, dass du jetzt auch bei uns wohnst, oder?»

Marie und Anton sahen sich an, dann zuckte Marie vorsichtig mit den Schultern.

«Aha», sagte Anne. «Also dann schlage ich vor, ich geh jetzt alleine einkaufen, und ihr zwei Hübschen knobelt das mal aus. Ihr könnt euch ja, während ihr euch darüber klarwerdet, schon einmal in Richtung Antons Hotel bewegen, denn das ist sicher nicht dein einziges Gepäck, richtig?»

Anton nickte.

«Dacht ich's mir doch. Also los jetzt, damit wir im Haus sind, bevor Sandy loslegt.»

Marie umarmte Anne und flüsterte: «Danke.»

«Schon gut», erwiderte Anne. «Los jetzt.»

Marie und Anton drehten sich um und liefen zurück auf die Straße, vorbei am Nagelstudio, zwischen den wuselnden New Yorkern hindurch.

«Ist nicht weit von hier», sagte Anton. «Vielleicht vier Blocks.»

Sie liefen schweigend die Straßen entlang, die Häuser

voller Graffiti, die Bäume ließen ihre Blätter in den Wind fallen, der wirbelte sie über den Gehsteig.

«Ich wollte ...», begann Anton. «Es ... Weißt du, das war, als ... Als würde man einem alten Freund begegnen.»

«Na ja, oder einer Freundin», murmelte Marie.

Sie sah ihn skeptisch an. Was versuchte er da gerade zu sagen?

«Ja klar, Freund-In.» Beim I zog er die Schultern hoch. «Freund, Freundin, wie auch immer. Jedenfalls, ich weiß, das muss vielleicht etwas überheblich gewirkt haben, dieses Geschlaumeiere und diese Witze, ich glaube einfach, Tim hat ...»

«Tim?»

«... und mir ist schon klar, dass dich dieses Bildungsbürgergepose nervt, aber ich wollte eigentlich ...»

«Wieso denn Tim? Glaubst du, ich bin wegen Tim weg?»

«Nicht? Aber ... warum dann?»

Marie sah auf den Gehweg unter ihr. Da war der Strand gewesen und Anton und der Sternenhimmel. Und Rebecca und Tim. Rebecca, Tim und Anton, die drei waren plötzlich das Team und nicht mehr sie und Anton. Und irgendwie war da dieses Gefühl, dass Anton in diesem Team mehr zu Hause war als irgendwo sonst, dass er sich plötzlich frei fühlte und verstanden.

«Du bist ins Meer gesprungen. In der Nacht und mit Cowboyhut.»

«Ach», rief Anton. «Das Wasser war eiskalt, und danach hat alles wegen dem Salz gekratzt, und ich wurde zweimal von Mücken gestochen. Es war grauslig.»

Marie lachte auf. «Warum bist du dann da rein?»

«Wahrscheinlich, damit du mich spontan und verrückt

findest. Du willst doch immer, dass ich ein bisschen, na ja, nicht ganz so schüchtern bin.»

«Quatsch, Anton. Ich will dich nicht anders. Ich will doch nur, dass du mich magst, und nicht ...» Marie zögerte. «Und nicht Rebecca.»

Anton blieb stehen.

«Rebecca! Ist das dein Ernst? Du warst eifersüchtig?»

Marie drehte sich schnell weg.

«Rebecca, ach komm. Als du weg warst, hat sie als Erstes mit dem Rezeptionisten verhandelt, dass wir nur noch drei Frühstücke bezahlen müssen.»

Ein schleifendes Geräusch schreckte sie auf, eine alte Frau rollte einen Einkaufswagen an ihnen vorbei über den Gehsteig. Marie und Anton gingen einen Schritt zur Seite, die Frau wackelte den Wagen über die großen Steinplatten. Dann war es wieder still.

Anton stellte die Tüte auf den Boden und sich vor Marie. «Marie, hör mal. Ich hab wirklich viel nachgedacht die letzten Tage. Und ich war mir nie sicher, ob ich dich noch mal sehen würde, so sehen wie jetzt. Aber wenn doch, dann ...» Er zog die Augenbrauen zusammen. «Also, wenn doch, dann wollte ich ... Weil du ja immer sagst, ich müsste mehr klare Aussagen machen, und weil mir das wirklich schwerfällt ... Ich wollte sagen: Es tut mir leid. Was auch immer. Es tut mir leid. Und ich wollte dir auch sagen, dass ich ... Ich liebe dich. Von hier bis zum Mond und noch viel weiter. Und wenn ich eine Sache entschieden habe, dann, dass ich mit dir zusammen sein möchte.»

Marie ging einen Schritt auf Anton zu. «Ich liebe dich auch», sagte sie. «Die letzten Tage ohne dich waren die Hölle.»

Anton ging auf sie zu. Sie umarmten sich.

Marie spürte seine Brust, roch seine Haut. Sie hielt ihn fest, als könnte er sonst doch wieder aus ihren Armen gleiten. Dann lief eine Träne über ihre Wange.

«Es tut mir leid, Anton», flüsterte sie. «Es tut mir so leid.»

«Schon gut», sagte er leise. «Mir auch. Wirklich. Du bist doch meine Sandy.»

Marie schob ihn etwas zurück. «Was bin ich?»

«Mein Hurricane. Du wirbelst alles so wunderbar durcheinander. Und ich will, dass das so bleibt. Dass du bleibst.»

Eine Windböe riss sie beinahe von den Füßen, Marie griff schnell nach Antons Tüte und hielt sie fest.

«Okay», sagte sie und küsste ihn. «Lass uns weitergehen, sonst ruft Anne irgendwann noch vor Sorge die Polizei an.»

Marie lief los, doch Anton hielt sie fest. «Lass uns nur noch kurz da rein.» Er deutete auf den Laden, neben dem sie standen, Marie hatte ihn gar nicht bemerkt. Sie sah in die großen Fensterscheiben. Es war eine Art Einrichtungshaus mit bunten Plastiklampen, Geschirr, Kissen und allem möglichen Dekozeugs. Sie sah aber auch Schuhe, T-Shirts und Halsketten. Es wirkte wie ein Trödelladen für Künstler.

«Brauchst du noch Sturmschuhe?»

«Die könnten Batterien haben. Für das Radio.»

Marie lachte und trottete an Antons Hand mit in das Geschäft. Drinnen blieb sie an einem Regal mit Plastikfiguren stehen, strich über den glatten Kopf von einem roten Männchen, das sie hämisch angrinste, und sah aus dem Augenwinkel, wie Anton zielstrebig auf den Mann an der Kasse zulief und ihn fragte, ob sie Batterien hätten.

Die beiden redeten, der Mann bückte sich in sein Regal, zog eine Packung Batterien hervor und schob sie Anton zu. Er zückte seinen Geldbeutel, kramte darin herum, dann drehte er sich zu Marie.

«Hast du Kleingeld?»

«Klar», Marie zog ihren Geldbeutel aus der Hosentasche und ging auf Anton zu. «Was brauchst du?»

«Noch einen Dollar.»

Sie kramte und reichte dem Mann an der Kasse ein paar Münzen. Er war vielleicht um die fünfzig, dicklich, mit Halbglatze und Lesebrille. Gemächlich tippte er in seine uralte Kasse und öffnete sie.

Marie sah sich um. An der Kasse hingen noch mehr Halsketten, Ohrringe, und in kleinen Pappboxen lagen Ringe, Ohrclips und Anstecker. Marie sah in ein paar der Schächtelchen hinein. An einem blieb ihr Blick hängen. Darin lagen dünne Ringe, zusammengedreht aus zwei silbernen Fäden.

Schön, dachte sie.

Anton sah auch in die Schachtel.

«Einen Cent zurück, und hier sind Ihre Batterien, Sir.» Der Kassenmensch streckte ihm die Tüte entgegen. Anton aber schien ihn nicht zu bemerken.

«Eigentlich ganz gute Eheringe, oder?», sagte er zu Marie.

Marie sah ihn etwas skeptisch von der Seite an. Was hatte er jetzt wieder vor? Sollte das einer seiner Späße werden?

«Also, falls man heiraten wollen würde», fuhr Anton

fort, «dann wären diese hier doch ziemlich geeignet, nicht?»

«Vermutlich schon», sagte Marie.

«Und sollte man nicht ... Also, wenn man schon mal so schöne Ringe findet, vielleicht sollten wir die Gelegenheit nutzen und dann auch einfach ...?»

Marie lachte. «Sag mal, dieser Sturm scheint dich ja ganz schön durcheinanderzubringen. Erst kaufst du eine Stirnlampe, und jetzt willst du Eheringe. Ist alles okay mit dir?»

«Ja, sehr okay. Es ist nur ... Vielleicht wäre Heiraten ja doch ganz okay. Also, solange es um uns beide geht. Du und ich. Und ich weiß schon, dass du dir gar nicht so sicher bist ...»

«Wer sagt das denn?»

«Na du. Also, du hast es nicht gesagt. Du hast es mehr gezeigt.»

Der Ladenbesitzer ließ die Tüte auf den Tresen sinken. Das hier würde länger dauern.

«Was hab ich?»

«Na ja, wenn du mich heiraten gewollt hättest, hättest du das mit deinem Elviskapellentraum in Vegas doch da mal erwähnt, oder nicht?»

«Warum hätte ich das tun sollen? Bisher dachte ich immer, du willst nie heiraten.»

«Du würdest mich also heiraten?»

«Klar würd ich.»

«Klar?»

«Ja, würde ich.»

«Okay», sagte Anton.

«Okay, was?»

«Okay, dann lass uns heiraten.»

«Was, jetzt echt, oder was?»

«Ja, echt.»

Marie stand immer noch da, ihren Geldbeutel in der Hand, und verstand es nicht ganz. Sie sah den Kassierer an, der zuckte nur gleichgültig mit den Schultern.

Vor zwanzig Minuten war sie noch davon überzeugt gewesen, dass Anton in einem Flugzeug nach Berlin saß, dass sie sich überhaupt nur noch ein- oder zweimal in ihrem Leben sehen würden, nämlich wenn sie ihre Sachen aus der Wohnung räumte. Nun stand er vor ihr, in New York, mitten in einem Trödelladen, und machte Anstalten, sie zu heiraten. Er, der nie heiraten wollte.

Hatte er so sehr Angst, sie wieder zu verlieren?

«Anton, hör mal», sagte sie. «Du musst das nicht machen. Ich liebe dich, so wie du bist. Und ich weiß, du willst nicht heiraten. Es ist okay. Ich bleibe auch so bei dir, für immer, wenn du magst.»

Anton lächelte. Er sah nach links und nach rechts. Er ging einen Schritt zurück, um bis ins hintere Ende des Geschäfts sehen zu können, und wieder einen Schritt auf sie zu.

Dann warf er seine Tasche auf den Boden und die Bergtüte daneben.

Und kniete sich hin.

«Marie. Ich mein das ernst. Du bist meine große Liebe. Und ich will dich heiraten.»

Marie sah ihn fassungslos an.

Sie brachte kein Wort heraus.

«Und sag bitte schnell, ob du das auch willst, meine Knie tun jetzt schon weh, und der Typ an der Kasse wirft uns gleich raus, und woanders bekomme ich heute keine Batterien.»

Marie warf den Kopf zurück und lachte.

«Okay», sagte sie.

«Okay?»

«Ja, natürlich.»

Anton stand auf und umarmte sie so fest, dass ihr ganz schummerig wurde. Er fuhr mit beiden Händen durch ihre Haare und küsste sie.

Dann drehte er sich zum Tresen.

«Wir hätten gerne auch zwei von diesen Ringen hier.»

Eine Nacht mit Sandy

Es roch in der ganzen Wohnung nach der Hühnersuppe, die in einem riesigen Topf auf dem Gasherd köchelte. Sie würde selbst dann weiterköcheln, wenn der Strom ausfiel. Und sie hielt sich so, ohne Kühlschrank. «Hurricane-sicher», sagte Jason und lächelte ein smartes Unternehmerlächeln. Er hatte den Händedruck eines Footballspielers und den Körper eines Kletterers, sehnig und gespannt. Anne nickte.

Sie hatten Antons Koffer und seine übrigen Sachen in das kleine Arbeitszimmer neben der Küche gewuchtet. Es war ihm ein wenig anders geworden, als sein Gepäck da wieder neben Maries Tasche stand. Der graue Koffer, die zerknautschte Tasche. Wie am Anfang ihrer Reise, vor ihrer Trennung. Als würden ihm dieses Paar von Koffer und Tasche noch einmal viel bewusster machen, was in den vergangenen Tagen passiert war. Getrennt reisendes Gepäck. Wiedervereint.

Nun saßen sie am Teakholztisch in der geräumigen Küche, aßen von den neun Tiefkühlpizzen, die Anne und Jason aufgebacken hatten, weil das Kühlfach ja geleert werden musste, warteten auf den Hurricane, und Anton und Marie erzählten von ihrer Reise.

Auf dem Tisch standen zwei Kerzenleuchter, deren Kerzen jederzeit angezündet werden konnten, sollte der Strom ausfallen. Daneben lagen eine Taschenlampe vom

Format eines Schlagstocks und einige kleinere. An fast jeder Steckdose hingen Smartphones, Tablets und Laptops. Auf einem Buffet in der Ecke stapelten sich unverpackte Kerzen und Teelichter. In der anderen Ecke standen Zehnliterkanister voll Wasser. Neben der Spüle reihten sich mit Wasser gefüllte Kochtöpfe und Salatschüsseln aneinander. Wenn man den Fehler hätte finden müssen, wäre es vermutlich der viel zu gemütliche Geruch der Hühnersuppe gewesen, der über diesem Warenlager lag.

Draußen wummerte der Wind. Bäume tanzten und headbangten mit ihren Kronen.

Anton kam sich vor, als würden sie ein Kammerspiel für zwei Personen aufführen. Anne und Jason waren das Publikum. Es war ein interaktives Kammerspiel. Die Zuschauer durften dazwischenrufen und Fragen stellen. Je länger sie von ihrer Fahrt erzählten, von Las Vegas und Albuquerque, von den Schießübungen in Texas und den Berglöwen am Grand Canyon, desto stiller allerdings wurden ihre beiden Gastgeber.

Es war eine andere Art von Erzählen als sonst. Wenn sie Berliner Freunden bei etlichen Gläsern Wein, ein paar Obstbränden, Spaghetti und Espressi von ihren jüngsten Erlebnissen berichteten, fielen sie sich oft ins Wort, malten die Schilderungen des anderen noch bunter aus, ergänzten besonders absurde Details, übertrumpften sich. Marie warf Anton manchmal vor, dass er sie zu oft korrigierte, und er ärgerte sich, weil er ihr still dasselbe unterstellte. Sie steigerten sich in einen Erzählrausch hinein, mit immer neuen Pointen, die immer neue Lacher provozierten. Sie waren ein großartiges Team, das allerdings so perfektionistisch um Pointen rang, dass sie sich manchmal gegenseitig aus dem Weg schubsten.

Auch diesmal schien es so anzufangen, als sie von ihrer Mückennacht in LA berichteten. Es war so lange her und so weit weg, dass Anton das Ausmaß der Absurdität genießen konnte. Er lachte, weil er es wirklich lustig fand, wie Marie diesen eine Zeitschrift schwingenden Irren beschrieb, der mit stierem Blick aggressiv durch das Motelzimmer polterte. Je näher sie aber nach Austin kamen mit ihren Schilderungen, desto behutsamer erzählten sie beide, desto weniger Pointen gönnten sie sich, desto stiller wurde es zwischendurch.

Erst als ihnen mitten in der Aufführung noch einmal bewusst wurde, wie unterschiedlich sie die Tage in Austin wahrgenommen hatten, wurde die Stimmung wieder heiterer.

«Enten hier, Enten da», äffte Marie Rebecca nach.

«Dabei war doch Tim der Tolle. Der konnte sogar meinen Namen richtig aussprechen. Wenn überhaupt, dann war ich doch in Tim verliebt. Hat Marie euch erzählt, wie er mitten in der Nacht ein paar Gangster überlistet hat. Nein?»

Marie atmete scharf ein.

«Ja, ich weiß, du fandest das alles ein bisschen unnötig. Aber Tim hat uns beschützt, wenn man so will. Ein echt lässiger Held. Das ist doch gerade die Kraft der Fiktion.»

«Ja, ja, schon gut. Apropos Enten», sagte Marie. «Nicht lange danach kam ja der Truthahn.» Während sie den Knall beschrieb, den der Vogel verursacht hatte, als er gegen ihr Auto schlug, erinnerte sich Anton, wie sehr der Gedanke weh getan hatte, dass ihr etwas zugestoßen sein konnte. Für einen Moment war es wieder, als hätte ihm jemand ein Mieder um die Brust geschnürt und ziehe jetzt zu.

Eine Sirene möpte durch den Raum, dann noch eine.

Jason schob seinen Stuhl weg und ging zu einer der Steckdosen, um sein Smartphone zu prüfen. Auch Marie stand auf.

«Wir dürfen nicht mehr raus jetzt», informierte Jason. Er las die SMS vor, die er gerade bekommen hatte, offenbar von der New Yorker Feuerwehr. «Don't step outside. Take shelter.»

Das Licht flackerte, nur für einen Moment.

«Meint ihr, wir sind hier sicher?»

Marie griff nach Antons Hand.

Es war, als hätte ein Windstoß die Wärme vertrieben, die sich während ihrer Schilderungen an ihrem Tisch gesammelt hatte.

«Falls nicht, könnten wir jetzt wenig ändern», sagte Anton. «Aber es wirkt doch alles noch ganz entspannt. Was soll schon groß passieren? Wir haben doch Wasser. Und Suppe.»

«Selbst wenn einer der Bäume umkippen sollte», sagte Jason, «wären wir hier hoch genug, dass er uns nicht trifft.» Er klang wie ein Versicherungsvertreter, der vor der Vertragsunterschrift noch einmal kurz die Bedingungen durchgeht.

«Die größte Gefahr könnte von Sonnenschirmen ausgehen oder irgendwelchen Sachen, die von einem höheren Balkon geweht werden und bei uns durchs Fenster fliegen. Aber auch damit könnten wir umgehen. Es würde im schlimmsten Fall halt ein bisschen ziehen.» Er grinste sportlich.

«Meinst du, da hat noch jemand seinen Sonnenschirm auf dem Balkon gelassen?» Marie wirkte verunsichert.

«Hypothetisch», entgegnete Anton. «Rein hypothetisch.»

«Na ja», sagte Jason, «es gibt hier schon einige, die den Sturm nicht so ernst nehmen. Aber es wird schon nichts passieren.»

Anton bemerkte, wie Marie mit ihren Fingerkuppen über die Tischkante fuhr, links, rechts, links, rechts, wie ein Scheibenwischer. Er legte seine Hand auf ihre.

«Häuser stürzen ganz selten ein», setzte Jason noch einmal an.

Anton spürte, wie Maries Finger wieder über den Tisch zu gleiten begannen.

«Und wenn, dann auch eher die Holzhäuser. Die Steinhäuser in New York sind in der Regel extrem stabil.»

Marie wischte jetzt sehr zügig.

Anton strich ihr mit der Hand über den Oberschenkel.

«Na ja», sagte Jason. «Aber das passiert wirklich ganz selten. Ich hab nur einmal von einem gelesen ...»

Das Licht flackerte wieder. Draußen tat es einen Schlag.

Marie klammerte sich mit der Hand am Tisch fest.

«Hey.» Anton streichelte ihren Arm.

Er lief zum Fenster im Wohnzimmer. Auf dem Balkon erkannte er die Schemen eines eckigen Plastikteils, das sich in einer Ecke verkeilt hatte.

«Da klemmt was», rief er.

«Shit, der Schirmständer.» Jason hatte sich zu ihm gestellt. «Den hab ich völlig vergessen. Kannst du kurz die Tür aufhalten? Dann hol ich ihn rein.»

«Sicher?»

«Eine Sekunde.»

«Was ist denn passiert?», rief Anne aus der Küche.

«Nichts», antwortete Jason.

Anton sah ihn fragend an.

Jason nickte Richtung Tür.

Anton zog vorsichtig am Knauf, als würde er einen extremen Widerstand erwarten. Sie öffnete sich sofort. Das dumpfe Flattern von draußen hallte herein, Wind blies ihm ins Gesicht, ein wenig zu mild. Jason zog schon an dem offensichtlich recht schweren Plastikständer, den eine Böe in die Ecke geworfen hatte. Es war einer von denen, die man mit Wasser füllte. Anfangs bewegte er sich kaum, dann schaffte Jason es, ihn Schwung für Schwung in Richtung Tür zu hieven.

«Brauchst du Hilfe?», schrie Anton etwas zu laut gegen den Wind.

«Was macht ihr da?», fragte Marie, die mit Anne herübergekommen war.

«Der Ständer», sagte Anton und hielt die Tür fest, die sich nicht bewegte.

Jason hatte das Ding fast über die Türschwelle geschleift, als der Wind aufheulte und ihn gegen den Rahmen warf. Anton ließ die Tür los, um Jason zu Hilfe zu springen, sie schlug zu und knallte ihm gegen seinen Oberarm. Blätter wehten ins Zimmer. Anton verzog das Gesicht.

«Alles okay?»

«Ja, ja», murmelte Jason, stützte sich kurz ab und griff

dann wieder nach dem Ständer. Mit zwei letzten Schwüngen schleppte er ihn über die Schwelle. Anton haute schnell die Tür zu.

«Was war denn das für eine Aktion?» Anne sah Jason an, es war nicht ganz klar, ob vorwurfsvoll oder erleichtert.

«Lasst uns wieder rübergehen», rief sie. «Genug Abenteuer.»

Anton blieb alleine am Fenster stehen. Draußen war es dunkel. Die Bäume schüttelten ihre Kronen. Man konnte von hier die Williamsburg Bridge sehen. Das Stahlgestänge, über das er an seinem ersten Tag noch in Richtung Manhattan gelaufen war, weil da schon keine U-Bahn mehr fuhr. Auf der Suche nach dem Restaurant, in dem Marie womöglich hätte sein können. Die Fußgängerlaternen auf der Brücke warfen gelbliche Lichtkegel in die Nacht. Auf der anderen Seite des Flusses waren einige Hochhausblöcke schwarz. Er kannte Stromausfälle sonst nur aus Indien, aus einem seiner Urlaube dort: Erst wurde es dunkel, dann dröhnten nach und auch die Generatoren los, schließlich flackerten die Lichter wieder auf.

Ein Mann lief über die Williamsburg Bridge, in den Wind gestemmt. Manchmal blieb er kurz stehen, es war nicht ganz klar, ob er in dieser Sturmnacht die Aussicht genießen wollte oder ob er einfach nicht mehr vorwärtskam, weil die Böen ihn nicht ließen. Sie konnten einen umwerfen. Anton hatte es am Nachmittag zu spüren bekommen, kurz bevor er Marie vor dem Supermarkt entdeckte. Er war auf einem dieser dürren Hipster gelandet, nachdem er erst versucht hatte, einfach stehenzubleiben und die Böe abzuwarten, dann, weil es nicht anders zu gehen schien, ein, zwei Schritte nachgegeben hatte und schließlich auf den Boden geworfen wurde. Ihm war anfangs gar nicht klar gewesen, dass er auf jemandem drauflag. Sie hatten gelacht, etwas verunsichert.

Hinter dem Mann auf der Brücke kam ein zweiter. Schatten im Wind.

«Einer ist schon von einem Baum erschlagen worden», las Jason in der Küche vor.

«Sei froh, dass du es nicht warst», hörte Anton Anne antworten. Sie schien zu kichern.

«Teile von Manhattan ohne Strom. Das Zentrum von Sandy müsste bald hier sein.»

Anton sah, wie ein kompletter Block auf der anderen Seite, in Manhattan, dunkel wurde. Er lauschte dem dumpfen Flattern, ein Geräusch wie auf einem Segelboot bei Windstärke 25. Oder 30? Viel jedenfalls. Welche Stärke hatte überhaupt ein Hurricane? Nannte man das auf Deutsch auch so? Hurrikan? Oder sprach man da von einem Orkan?

Es war Zeit, wieder zu den anderen zu gehen, nach Marie zu sehen, aber die Dunkelheit zog Anton an. Die Dunkelheit und die beiden Männer auf der Brücke. Einer hatte Brooklyn erreicht und stieg die Treppen herunter. Der andere kämpfte noch gegen den Wind.

Sie kamen ihm beide sehr alleine vor. Große Stadt, großer Sturm, kleine Männer.

Warum ging einer da noch raus?

Anton betrachtete die aufgewühlten Wellen des East River, schwarzes Glitzern. Was für ein angenehmer Abend, dachte er. Sie hatten in einer seltsamen Offenheit über fast alles geredet, obwohl er Anne und Jason gerade erst kennengelernt hatte. Er wunderte sich auch deshalb ein wenig darüber, weil sie Ärztin war und er Berater oder etwas Ähnliches, er wusste es gar nicht genau, und weil sie völlig andere Leben führten. Unter anderen Umständen wäre ihm der drahtige, forsche Jason auch eher suspekt gewesen. Aber im Angesicht dieses Sturms, dieser Wiedervereinigung, war Nähe zwischen ihnen entstanden. Das war umso erstaunlicher, als Anne und Jason sehr wenig von sich erzählten, auf jede Frage nur mit einem Halbsatz antworteten und das alles also nicht auf Gegenseitigkeit beruhte. Ihr Publikum. Ihre Therapeuten. Es tat gut.

Nur über eines hatten sie nicht gesprochen: über die Ringe. Als wäre das ein Abkommen zwischen ihnen gewesen, dass diese Entscheidung erst einmal nur ihnen beiden gehörte. Sie waren jetzt heimlich verlobt.

Es war ein Impuls gewesen, aber keiner, der seinen Überzeugungen widersprochen hätte, seinen aktuellen. Aktuelle Überzeugungen, eigentlich auch ein rechter Blödsinn, dachte Anton. Er wollte das. Mit ihr. Mit ihnen.

Vielleicht hatte er vorher auch einfach nur Angst gehabt, sich zu entscheiden. Für dieses «Für immer». Eine Angst, die so tief saß, dass er sie sich kaum eingestehen konnte, weil er sie selbst gar nicht bewusst wahrnahm. Marie hatte nicht ganz unrecht gehabt, als sie ihm Bequemlichkeit vorwarf. Und vielleicht war ihre Trennung das Beste gewesen, was ihnen passieren konnte, weil sie alles in Frage stellte. Es ging plötzlich nicht mehr um Bequemlichkeit. Bequemer wäre es gewesen, von Texas einfach nach Hause zu fliegen. Daran hatte er aber keinen Augenblick gedacht.

Die Williamsburg Bridge war jetzt völlig leer. Dort, wo noch fahles Licht war, konnte man den schweren Regen fallen sehen. Gerade weil er die Kraft des Sturms gespürt hatte, fühlte Anton sich hinter den Scheiben nun umso sicherer.

Würden sie jetzt wirklich heiraten? Die Ringe steckten in dem Kästchen in seiner Hosentasche. Er fuhr mit den Fingern über den geriffelten Karton, weich und rau zugleich. Und müssten sie dafür warten, bis sie wieder einmal durch Las Vegas kamen?

Am anderen Ende der Brücke erschien schemenhaft eine neue Gestalt. Anton versuchte sich vorzustellen, er wäre da draußen. Der Lärm des Windes, der alles zum Flattern brachte oder gleich mit sich riss. Die wilden Wellen des Flusses. Die Möglichkeit, dass es die letzte Nacht war.

Dann ging das Licht aus.

«Anton?», rief Marie von drüben.

Auch die Williamsburg Bridge war jetzt schwarz. Die Dunkelheit hatte die Gestalt auf der Brücke geschluckt.

«Anton?»

«Hier», antwortete er.

Der Kegel einer Taschenlampe traf ihn. Nach und nach gingen in der Küche die Kerzen an.

«Hey, man», hörte er Jason direkt neben sich sagen. «Erholst du dich noch von unserer Ständer-Rettungsaktion?» Er haute ihm auf die Schulter.

Sie gingen zurück in die Küche. Anton stellte sich hinter Maries Stuhl und umarmte sie. Er küsste ihren Hals. «Hello, darkness my old friend», sang er leise. Marie lehnte ihren Kopf an seinen.

«Schön, dass du da bist», sagte er.

Sandys Flattern klang in der Dunkelheit noch lauter.

Wahrscheinlich musste er sich eingestehen, dass er Angst hatte. Dass die Dinge nicht so einfach waren, wie er sie sich gemacht hatte. Er liebte Marie. Sie liebte ihn. Nur hieß das nicht, dass automatisch alles für immer war. Womöglich war es trotzdem wichtig, genau das einmal zu behaupten, um den Gedanken denkbarer zu machen, um ihn nicht wegzureden, indem er ihn zur Selbstverständlichkeit erklärte.

«Da laufen Leute über die Brücke», sagte Anton und setzte sich.

«New York ist voller Lebensmüder», sagte Anne und sah Jason herausfordernd an. «Wollt ihr Eis zum Nachtisch? Wir sollten Eis essen, es fängt bald an zu schmelzen. Wir haben immer noch viel zu viel Eis. Ben and Jerry's anyone? Caramel Chew Chew?»

Anton beugte sich zu Marie. «Zur Feier des Tages», flüsterte er und küsste sie auf die Wange. Sie nahm seine Hand.

Er fühlte sich, als wäre er gerade mit dem Fallschirm aus dem Helikopter gesprungen, und fragte sich jetzt, ob das wirklich ein Fallschirm war auf seinem Rücken. Irgendwie so. Seine Euphorie verunsicherte ihn zutiefst. Aber er flog.

Er betrachtete die Kerzen, stille Flammen. Er roch die Suppe. Er lauschte dem Flattern da draußen.

Anton streichelte Maries Ringfinger. Dann stand er auf, ging zu seinem iPad, das an einer der Steckdosen lud, schaute sich um, sah, dass die anderen mit sich beschäftigt waren, und tippte «Heiraten in New York» in das Browser-Fenster.

«Verbindung fehlgeschlagen. Bitte überprüfen Sie Ihre Netzwerkverbindung.»

Natürlich, der Strom war ja ausgefallen.

Für immer und dich

Plötzlich wurde es hell. Marie sprang aus dem Bett, drückte den Lichtschalter, dann war das Arbeitszimmer wieder schummerig dunkel. Sie sah sich mit halbgeöffneten Augen um. Alles klar, sie war in Brooklyn, in Annes Wohnung. Anton schlief in ihrem Bett. Letzte Nacht war ein Hurricane über sie hinweggefegt – und nun gab es offenbar wieder Strom.

Etwas Tageslicht schimmerte durch die hellen Vorhänge. Wie spät es wohl war? Marie sah auf ihr Handy: 11:48 am, kurz vor Mittag.

Sie kroch schnell wieder zu Anton unter die Decke. Er schien nichts bemerkt zu haben. Im Schlaf drehte er sich um und legte seine Hand auf ihren Bauch.

Er atmete so ruhig. Marie strich über seinen Bart und seine Lachfalten. Er sah aus, als würde er sogar im Schlaf lächeln.

Anton blinzelte, mühsam zuerst, dann bekam er die Augen auf.

«Hey», sagte er.

«Guten Morgen.»

Er strich über ihr Gesicht. «Was für eine Nacht.»

«Hm.»

Sie hatten eine Weile versucht, im Kerzenlicht Karten zu spielen. Doch es war anstrengend gewesen, in der Dunkelheit das Blatt zu erkennen und dann auch noch richtig auszuspielen. Darum waren sie dazu übergegangen, Gruselgeschichten zu erfinden, mit Taschenlampe unter dem Kinn.

Mit dem Wodka, den sie dazu tranken, wurden die Geschichten immer obskurer. Sie hatten gelacht, noch mehr Wodka getrunken, und Sandy war so laut an den Fenstern vorbeigepfiffen, dass sich Maries Magen immer wieder zusammenzog.

Irgendwann hatten sie beschlossen, trotzdem ins Bett zu gehen. Marie hatte Stunden wach gelegen, auf Antons Brust. Sandy polterte und sauste, und Marie malte sich aus, wie der Sturm gerade die Autos in New York hochhob und die Bäume knickte und das Wasser in die Straßen drückte. Wenn sie Sirenen hörte oder das laute Krachen, wenn ein Schild oder ein Ziegelstein oder ein Teil vom Dach auf die Straße donnerte, drückte sich Marie etwas fester an Antons Brust.

Anton schien jedes Mal für einen kurzen Moment aufzuwachen, streichelte ihren Rücken und flüsterte: «Alles ist gut.»

Dann war es gut.

«Ich check mal die Lage», sagte Marie. Sie schlug die Decke zurück und holte sich Antons iPad aus seiner Tasche. Sie setzte sich im Schneidersitz aufs Bett, schlug es auf und öffnete das Browser-Fenster. «Verbindung fehlgeschlagen» stand da. Dann sah Marie den Suchschlitz. «Hier steht ‹Heiraten in New York›. Hast du das eingegeben?»

Anton setzte sich auf und griff nach dem iPad, als wollte er etwas zurückholen, was ihm versehentlich herausgerutscht war.

Marie lachte. «Hab ich was verpasst? Hast du dich mit noch jemandem verlobt oder wie?» Sie küsste sein Knie und legte ihren Kopf auf seinen Oberschenkel.

«Das war nur so ein Gedanke gestern Nacht», sagte Anton fast entschuldigend. «Ich dachte, wenn wir schon so einen Sturm zusammen überleben, dann, na ja ... Und außerdem ... Ich mag New York. Und du wolltest doch immer eine Rock-'n'-Roll-Hochzeit.»

Marie strahlte. «Und wie! Aber ich hab keine Ahnung, ob das überhaupt geht.»

«Das wird ja wohl rauszukriegen sein.» Anton nahm das iPad, und Marie hopste um ihn herum wie ein kleines Kind, während er vor sich hin tippte. Heiraten in New York. Das war noch viel besser als Vegas.

«Hm», sagte Anton nach einer Weile.

«Hm, was?»

«Na ja, an sich ist das wohl möglich. Man braucht nur seinen Reisepass. Damit muss man zu so einem Marriage License Bureau und sich eine Heiratserlaubnis holen. Allerdings kann man damit erst 24 Stunden später heiraten ...»

«Na und? Heiraten wir eben morgen.»

«Na ja ... Morgen geht unser Flug.»

Der Flug zurück nach Berlin – Marie hatte ihn völlig vergessen. Vielleicht hatte sie auch verdrängt, dass sie irgendwann wieder zurückmussten, zurück in die reale Welt, in ihre Berliner Wohnung.

«Meinst du, dass die Flugzeuge morgen wieder fliegen? Im Sandychaos?»

«Hier steht, Mittwoch wird der Flugbetrieb am JFK eingeschränkt wiederaufgenommen. Ich schätze, dass die meisten Flüge gehen. Ob unserer dabei ist, erfahren wir vermutlich erst morgen früh.»

«Das heißt also, wahrscheinlich sind wir morgen weg. In jedem Fall aber müssten wir wohl am Flughafen abhängen. Und das heißt wiederum: heute oder nie. Richtig?»

«Richtig.»

Marie blies hörbar Luft aus.

War es das schon wieder gewesen?

Marie sah sich nun doch mit Plüschkleidchen in einem bayerischen Standesamt stehen, Anton im Kommunionsanzug daneben, hinter ihr die Hochzeitsgesellschaft mit Holzbrettchen in der Hand, auf die sie sich gleich im Anschluss knien mussten: Ich werde dir täglich die Schuhe binden, jajaja!

Brrrr, es schüttelte sie.

«Ich ruf da mal an», sagte Anton plötzlich. «Vielleicht machen die ja eine Ausnahme.»

Er stand auf, griff nach Maries Handy und wählte eine Nummer, die er offenbar vom iPad ablas.

«Hallo, ist da das Marriage Licence Bureau? Ich wollte fragen ...»

«Pscht», machte Marie und legte einen Zeigefinger auf ihre Lippen. «Anne ist im Wohnzimmer.»

Sie kramte dort herum. Offenbar räumte sie das Geschirr von gestern weg. Also flüsterte er.

«Ich wollte fragen, ob wir heute heiraten könnten. Meine Freundin und ich. Can we marry – today?»

Marie lachte. Das allerdings musste jetzt wieder für die Frau im Büro ziemlich lustig klingen. Da ruft ein Mann an und flüstert, ob er zum Heiraten vorbeikommen darf, schnell! Vielleicht denkt sie, Anton ist zwölf Jahre alt und will mit seiner Freundin von zu Hause abhauen. Ob sie ihn gleich nach seinem Alter fragt?

Die Frau am anderen Ende schien sich vom Flüstern aber nicht beeindrucken zu lassen und antwortete lange und ausführlich. Marie hörte nur Gemurmel und hin und wieder Antons «Okay» und «All right». Dann sagte er «Thank you» und legte auf.

«Und?»

«Es ginge vielleicht schon. Wir bräuchten auf jeden Fall diese Heiratserlaubnis und müssten mit der zu einem Richter. Der kann uns die Ausnahme genehmigen, wenn er mag, das heißt Judicial Waiver oder so. Der Richter sitzt im Gebäude gegenüber, sagt sie, wir könnten also schnell dorthin und dann zurück ins Standesamt. Wir müssen bloß beweisen, dass es nur heute geht mit dem Heiraten. Und der Richter erlaubt es dann oder eben nicht. Und da ist noch die Sache, dass ... Also, die Ämter machen alle um vier zu. Wir müssten das vorher schaffen.»

Marie sah auf das Handy. Es war inzwischen kurz vor eins.

«Das ist ganz schön knapp.»

«Ja», sagte Anton. «Ziemlich knapp.»

Er ging zum Fenster und sah eine Weile hinaus. Dann drehte er sich um.

«Komm, wir schaffen das jetzt einfach.»

«Meinst du?», fragte Marie.

«Wir machen das jetzt», sagte er und schlüpfte in seine Hose. «Also los!»

Marie sprang aus dem Bett und begann sich schnell

anzuziehen, was sie fand, Jeans, T-Shirt, blauer Zipper, Turnschuhe. Sie suchten ihre Reisepässe heraus, Anton steckte die Ringe in die Hosentasche, Marie schrieb die Adresse auf einen Zettel, 210 Joralemon St #205, Brooklyn. Der Taxifahrer würde sie schon hinbringen. Beim Hinausgehen griff sie noch schnell nach ihrer Kamera.

Anne stand in der Küche und spülte das Geschirr.

«Wir müssen kurz mal weg», sagte Marie.

Anne hörte einen Moment auf zu spülen und sah sie an, als wollte sie nachfragen, doch dann waren sie schon aus der Tür.

Der Himmel über New York war immer noch in ein sanftes Grau getunkt. Auf der Straße wuselten Menschen umher, sie schienen nicht recht zu wissen, was sie nun als Erstes anfangen sollten, Sachen von der Fahrbahn räumen oder die Markisen ihrer Läden wieder ausfahren. Marie und Anton kämpften sich über Wasserpfützen, Blätter und Äste am Boden, balancierten über Trümmer und Müll, durch die Mengen von Menschen bis zur Williamsburg Bridge.

«Wo sind denn die Taxen?», fragte Anton.

«Normalerweise genau hier.»

Marie drehte sich im Kreis. Keine da.

«Sollen wir warten?»

«Ich frag mal nach.»

Marie lief zu einem Zeitungsstand in einer Art Litfaßsäule unter der Brücke.

«Heute fahren kaum Taxen, sagt der Zeitungsmensch. Es gibt offenbar fast kein Benzin wegen Sandy, also wird es wohl auch mit Bussen schwierig, und die U-Bahnen fahren ja ohnehin nicht.»

Anton überlegte einen Moment.

«Gib mir dein Handy», sagte er dann. «Und die Adresse.»

Er nahm beides in die Hand und tippte.

«4,5 Kilometer, sagt Google Maps. 58 Minuten Fußweg. Ich würd sagen, wir laufen.»

«O Gott», sagte Marie. «Schaffen wir das?»

«Ja. Das schaffen wir jetzt.»

Anton hielt das Handy in seiner Linken, in der Rechten Maries Hand, dann liefen sie los. Vorbei an roten Backsteinhäusern, durch kleine von Bäumen gesäumte Straßen über einen großen Supermarktparkplatz, durch Menschenmengen, die schon seit Stunden auf einen Bus zu warten schienen. Sie liefen und liefen, und plötzlich trugen die Menschen dunkle Kleidung, die Männer runde Hüte, lange Locken und Vollbart, sie waren im jüdischen Viertel. Aber keine Zeit zum Umsehen, Anton zog Marie hinter sich her, als wäre sie eine Ziege, die er gerade auf dem Markt gekauft hatte und nun nach Hause zerren musste. Anton schleift mich zum Altar, dachte Marie.

Die Häuser wurden nun höher und der Verkehr dichter. Sie kamen in eine schmale Straße, in der sich ein Klamottengeschäft ans andere reihte, dazwischen Bäcker, Restaurants und ein Blumenladen.

«Blumen! Anton, brauch ich einen Strauß oder so?»

«Später», rief er, «lass uns erst mal dorthin.»

Während Anton vorneweg lief, sah er immer wieder auf das Handy. Marie erkannte nur schwach den blauen Punkt auf der grauen Karte. Sie sah, wie der Punkt sich stockend vorwärts bewegte, langsam hüpfte er in Richtung des roten Kreises, und auf einmal wollte sie unbedingt einen Schnaps.

Sie konnte plötzlich an nichts anderes mehr denken, ihr Magen schien zu schreien: Schnaps, Schnaps, Schnaps. Sie fühlte sich wie der kleine Mann aus Herr der Ringe, der wie besessen nach dem Ring in der Hand des anderen kleinen Menschen griff, wie hieß der noch gleich. Da war ein Kiosk.

«Anton, ich brauch einen Schnaps.»

«Später», sagte Anton. «Erst müssen wir in dieses Büro, sonst machen die zu.»

«Aber ich ...»

Anton blieb ruckartig stehen und hielt Maries Kopf fest.

«Mariechen, du kriegst alles, was du willst. Ich kauf dir nachher drei Flaschen Wodka, wenn es sein muss. Aber jetzt müssen wir laufen, okay?»

«Okay», flüsterte Marie. Anton küsste sie schnell, dann zog er sie weiter und weiter und weiter. Irgendwann spürte Marie ihre Beine nicht mehr, sie schwitzte, atmete wie ein Walross nach dem Tauchgang und ließ sich nur noch ziehen.

«Wie weit ist es noch?», jammerte sie.

«Gleich», sagte Anton, «hinter diesem Block sind wir bald da.»

Hinter dem Block fragte Marie wieder, wie weit es noch war, und Anton antwortete exakt dasselbe. Irgendwann gab sie auf. Eine Tages würden sie ankommen, vielleicht hätte sie dann aber einen Kreislaufkollaps, und Anton musste statt zum Richter mit ihr ins Krankenhaus rennen.

«Hier ist es», sagte Anton plötzlich.

Marie schnappte nach Luft. «Gott sei Dank.»

Es war kurz vor halb drei. Noch eineinhalb Stunden.

Sie stürmten die Stufen des hohen, grauen Gebäudes hinauf, zwischen den Säulen in der Eingangshalle hindurch und blieben abrupt stehen: Sicherheitscheck. Auf dem bunten Marmorboden waren schwarze Gurtschlangen aufgebaut, am Rand eine Röhre, hinter der eine Handvoll Menschen in blauen Uniformen auf Bildschirme sahen und Menschen abbiepten. Zum Glück war vor ihnen kaum jemand an der Röntgenschlange. Schnell leerten sie ihre Taschen in die Plastikboxen, zogen ihre Pullis aus, schoben die Kameratasche und alles andere über die Rollen in die Röhre, dann ließen auch sie sich von den uniformierten Menschen abbiepen.

«Wo geht's zum Marriage Licence Bureau?», fragte Anton einen der Sicherheitsmenschen.

«Vierter Stock. Der Aufzug ist links.»

Anton stopfte seine Sachen wieder in die Hosentasche, zog den Pulli über und nahm Marie bei der Hand.

Im vierten Stock kam ihnen sofort die nächste Sicherheitsfrau entgegen.

«Heiraten?»

«Ja, unbedingt», sagte Anton.

«Hier links, stellt euch in der Schlange an.»

Sie bogen ab, und wieder blieben sie erschrocken stehen. Es waren bestimmt zwanzig Paare, die sich in Schlangen zu weißen Schaltern drängten, ähnlich wie in einer Bank. Hinter den Sicherheitsgläsern saßen drei Beamte in dunkelblauen Hemden, vor ihnen jeweils zwei Menschen auf Holzstühlen. Das hier hätte auch das Arbeitsamt in Neukölln sein können.

Marie griff nach ihrem Handy, das immer noch in Antons Hand klebte. 2:33 pm. Wie lange würde das hier wohl dauern? Und war dann der Richter noch da?

In kleinen Schrittchen bewegten sie sich vorwärts, wieder war ein Paar an der Reihe, setzte sich vor einen Beamten, sie sprachen, schoben ihre Pässe unter dem Fenster hindurch, zogen ein Papier zu sich, schoben ihre Kreditkarte hinein, jeder Vorgang dauerte wohl zehn Minuten. Marie versuchte zu rechnen, doch sie bekam es nicht hin.

Sie sah sich um. Da stand ein junges Paar in der Reihe direkt hinter ihnen, die beiden waren sicher ähnlich alt und genauso leger gekleidet wie sie, Jeans, T-Shirts, Turnschuhe. Ein anderes Paar war mehr so um die vierzig. Die beiden hatten sich ziemlich aufgebrezelt, sie in langem cremefarbenem Kleid, er im braunen Anzug. Auf einem der Holzstühle lachte gerade ein Mann in Frauenklamotten laut auf. Er hielt seinen Freund an der Hand, und Marie hörte ihn sagen: «Ich will ihn nur heiraten, das ist alles.» Die beiden sahen glücklich aus.

Alle hier sahen irgendwie glücklich aus.

Marie wandte sich Anton zu und küsste ihn. Sein Bart stach. Es fühlte sich großartig an.

Zwei Paare später waren sie an der Reihe.

«Ausweis», sagte die kleine Frau hinter der Glasscheibe. Sie war bestimmt über sechzig und hatte Brillengläser dick wie Aschenbecher. Marie und Anton schoben ihre Pässe hinein. Die Frau tippte mit ihren Zeigefingern in eine uralte Tastatur, jeder Buchstabe einzeln. «Wie heißt das hier? Hobrechtstabe?»

«Hobrechtstraße wie Street», sagte Anton.

«Ah», die Frau nickte und tippte weiter.

Maries Knie wippten nervös.

«Vielleicht können wir ja nächstes Jahr im März heiraten», flüsterte Anton.

«Wollen Sie Ihre Namen behalten?»

Marie und Anton sahen sich an. Darüber hatten sie nicht gesprochen. Namen behalten? Antons Namen annehmen? Sollte er ihren bekommen? Marie versuchte sich zu konzentrieren, sie mussten sich jetzt schnell entscheiden.

«Behalten», sagte sie. «Oder was meinst du?»

«Ja», sagte Anton. «Behalten.»

Marie atmete aus. Doch, das war richtig, genau so. Hätten sie die Hochzeit in einem halben Jahr angesetzt, hätten sie sich über diese Frage wohl auch ein halbes Jahr lang den Kopf zerbrochen – und wären zu demselben Ergebnis gekommen. Marie mochte ihren Namen, Anton seinen. Ende.

«Wie wollen Sie bezahlen?»

«Kreditkarte», sagte Anton und schob sie hinein. Die Frau begutachtete die Karte von allen Seiten, bevor sie sie durch eine Maschine zog, sie tippte, und schob einen schmalen Zettel zurück. Anton unterschrieb.

«Who is your witness?»

«Witness? Wieso Witness?», fragte Marie.

«Wir brauchen offenbar einen Trauzeugen», sagte Anton.

«O Gott. Wo bekommen wir jetzt den her?»

Marie schloss für eine Sekunde die Augen. Dann sah sie die Beamtin an.

«Unsere Trauzeugin ist auf dem Weg. Sie muss gleich hier sein. Ihr Name ist Anne Wheeler.»

Die Frau nickte.

«Gib mir das Handy», flüsterte Marie. Sie nahm es und tippte unter dem Tisch schnell eine SMS: «Anne, wir brauchen dich! Wie schnell kannst du in der Joralemon Street sein?»

Die Frau schob ihnen ein Papier zu, Anton unterschrieb, Marie unterschrieb, dann schoben sie es zurück.

«Das Ding ist», sagte Anton dann. «Wir müssen heute noch heiraten.»

«Heute?», rief die Frau hinter der Scheibe. «Sie meinen, jetzt, sofort?»

«Ja!», sagten beide gleichzeitig, vielleicht eine Spur zu laut.

«Dann stehen Sie auf», sagte die Frau, plötzlich erstaunlich zackig. Ohne nachzudenken, standen Marie und Anton auf, die Frau ebenso. «Schauen Sie hier durch das Fenster. Sehen Sie das große graue Gebäude da hinten? Da müssen Sie hin, in den dritten Stock, bis ans Ende des Ganges zu einer hohen, grünen Tür. Dort ist Richter Brown. Seien Sie nett, dann bekommen Sie vielleicht heute noch die Genehmigung, okay? Und dann laufen Sie schnell wieder zurück, Sie müssen bis Viertel vor vier in diesem Raum sein, danach schließen die Sicherheitsleute ab, und dann gibt es keine Chance mehr. Got it?»

«Alles klar», sagten sie wieder fast gleichzeitig, dann drehten Sie sich um und liefen los. Im selben Moment klingelte das Handy, Anne rief an.

«Marie, was ist los? Ist was passiert?»

«Nein, alles gut. Es ist nur ... Wir wollen heiraten. Jetzt sofort! Und wir brauchen einen Trauzeugen und darum ...»

«Seid ihr völlig irre?», schrie Anne ins Telefon.

Marie lachte. «Ja, wahrscheinlich. Kommst du?»

Sie hörte zuerst Anne, die rief: «Jason, die zwei wollen heiraten», und dann hörte sie Jason laut lachen.

«Ihr meint das wohl ernst, was?», sagte Anne.

«Ja», sagte Marie. «Wir meinen das wirklich ernst.»

«Also los, rück die Adresse raus.»

«Ich schick sie dir gleich. Aber ihr könnt nicht öffentlich fahren, vielleicht klappt's, wenn ihr ein Taxi bestellt, wir haben vorhin an der Schlange keines bekommen. Und ihr müsst bis vier hier sein, dann machen die dicht, also», Marie zog ihr Handy vom Ohr und sah darauf, «in einer Stunde.»

«Schon gut, ich lass mir was einfallen.»

Marie legte auf.

«Anne kommt.»

Anton nahm Marie wieder bei der Hand, sie liefen zum Aufzug, fuhren runter ins Erdgeschoss, liefen vorbei an den Sicherheitsleuten, raus auf die Straße und hinüber in das Gebäude, das die Glasscheibenfrau ihnen gezeigt hatte. Tür auf, hohe Halle, beige-grünes Marmormuster am Boden, Sicherheitscheck. Sie leerten wieder ihre Taschen in die Boxen, «Kamera muss hierbleiben», sagte einer der Männer und deutete auf eine Art Garderobe mitten in der Halle, ein hölzernes Regalzimmerchen. Marie schob die Kamera hinüber, sie bekam einen kleinen, gelben Zettel, Treppen hinauf in den dritten Stock, durch die hohen, grauen Marmorflure, hinten zur grünen Tür.

Sie klopften.

Eine schmale blonde Frau im roten Kostüm streckte ihren Kopf heraus.

«Wir wollen heiraten», begann Anton sofort, «unbedingt. Und wir brauchen die richterliche Genehmigung, dass wir das sofort tun können. Wir verlassen morgen die Stadt.»

«Sind Sie aus Deutschland?», fragte die Frau lächelnd.

«Ja.»

«Gibt es dort keine Standesämter? Sie sind heute schon das dritte deutsche Paar.»

Anton ignorierte ihre Bemerkung, er tippte auf das Handy ein und hielt es ihr hin. «Hier, das sind unsere Flugtickets. Morgen um zwölf fliegen wir. Geht das? Können wir die Genehmigung bekommen? Bitte.»

Die Frau sah Marie an, verschwitzt, in weißem T-Shirt, ohne BH, blauer alter Kapuzenpulli und dann Anton mit klebenden Haaren, durchgeschwitztem T-Shirt, völlig außer Atem. «Warten Sie einen Moment. Der Richter ist gerade in einer Verhandlung, ich muss sehen, ob er sich da noch mal herausreißen lässt. Geben Sie mir Ihr Handy.»

Anton streckte es ihr entgegen, die Frau nahm es, und die Tür war wieder zu.

Genau 16 Minuten standen sie vor der Tür – Marie hatte am Ende des Ganges eine alte Uhr entdeckt und jede Minute darauf gezählt –, dann kam die Frau zurück.

«Gut», sagte sie. «Gehen Sie mit dem Dokument in den vierten Stock, Zimmer 178, und lassen Sie sich dort den Judicial Waiver ausstellen. Sagen Sie schöne Grüße von Richter Brown, okay?»

Die beiden nickten, Anton griff nach dem Papier, rief: «Danke, danke!», und schon rannten sie weiter, hoch in den vierten Stock, um die Ecke, noch mal eine Ecke, ein Raum mit einem hölzernen Tresen, dahinter eine Frau, klein und rundlich, auch sie erzählte als Erstes, sie wären schon das dritte deutsche Paar heute. Sie lächelten freundlich, 3:28 Uhr, Marie tippte eine SMS an Anne: «Wo seid ihr?»

Die Frau nahm Antons Zettel, las, ging zu einem hohen Regal, zog ein Papier hervor, legte es auf den Tresen und stempelte kräftig darauf herum.

«Auf dem Weg. Stehen im Stau», schrieb Anne.

Marie hielt sich eine Hand über die Augen. O nein, jetzt nicht so was. Sie wünschte sich einen Kübel voll Wodka.

Die Frau legte das Papier auf den hohen Tisch. «Okay, hier ist euer Waiver.» Sie sah auf die große Uhr neben ihr an der Wand, dann Anton in die Augen. «Go!»

Anton griff nach dem Zettel, mit der anderen Hand Marie, und sie rannten zurück durch den Flur.

«Anton, warte», sagte Marie. «Anne steht im Stau, ich weiß nicht, ob sie es schafft.»

Anton blieb stehen. «Egal, lass uns erst einmal dorthin.»

Marie nickte, und sie liefen weiter. Treppen runter, Tasche abholen, raus auf die Straße, rüber ins andere Gebäude, Sicherheitscheck, Aufzug in den vierten Stock, Marie sah auf die Uhr, 3:44 Uhr.

«Glück gehabt», sagte die Sicherheitsfrau vor dem Marriage-Büro. «Ich sperre gerade ab.»

«Aber unsere Trauzeugin. Sie ist auf dem Weg, können Sie sie noch hereinlassen?»

«Wenn sie in fünf Minuten hier ist.»

Marie griff zum Handy und rief Anne an. Inzwischen war der Raum fast leer, nur noch wenige Menschen saßen auf den Holzbänken am Rand, hinter einem Schalter war noch eine Beamtin, Anton stürzte zu ihr.

«Anne, wo bist du?», sagte Marie.

«Ich weiß nicht, ich glaub, wir haben uns verfahren.»

«Hat der Taxifahrer kein Navi?»

«Nein, wir sind mit Jasons Auto unterwegs. Das hat noch keine Zulassung, lange Geschichte, darum mussten wir Schleichwege fahren. Ich glaube, wir sind nicht allzu weit weg, aber ... Falls wir in fünf Minuten nicht da sind, fragt einfach irgendwen, okay?»

«Anne, beeil dich. Bitte!», sagte Marie. Dann legte sie auf.

Anton kam zurück.

«Der Standesbeamte ist noch da, aber er sagt, wir müssen gleich starten, weil wir die Letzten sind, und der Papierkram danach dauert auch noch.»

Maries Augen wurden feucht. «Aber Anne ... Sie ist irgendwo.»

Anton sah sich um. Sein Blick blieb an einer jungen Frau auf einer hölzernen Bank hängen. Sie hatte ein Lederhandtäschchen auf dem Schoß und tippte auf ihrem Handy herum. Es steckte mit einem Kabel in der Steckdose nebenan.

Anton ging zu ihr und redete auf sie ein, bis die Frau schließlich lächelte und nickte. Dann stand sie auf, und die beiden kamen auf Marie zu.

«Marie, das ist Marcelline, unsere Trauzeugin.»

«Marcelline! Danke.» Marie stürmte auf sie zu und umarmte sie. «Danke. Du bist unsere Rettung.»

«Schon gut», sie lachte. «Ich muss hier sowieso noch auf meine Marriage Licence warten, irgendwas bekommen die mit unserer Adresse nicht hin. Ich will nächste Woche heiraten.»

Ein älterer Mann in dunklem Anzug kam auf sie zu.

«So, Sie wollen noch heiraten? Und das ist die Trauzeugin, ja?»

«Richtig», sagten alle gleichzeitig.

«Ich bin Ihr Standesbeamter.» Der Mann schüttelte ihnen die Hand und lächelte sie freundlich an. Marie mochte ihn sofort, er wirkte ein wenig wie ein Prediger aus Harlem. «Dann fangen wir mal an, ja? Folgen Sie mir.»

Marie, Anton und Marcelline liefen ihm nach in einen kleinen kahlen Nebenraum.

Durch die hohen Fenster fiel Licht auf die Holzstühle in der Mitte, sie waren wie zu einer Theatervorführung in der Schule aufgereiht. Dahinter führten fünf Stufen nach oben, zu einer Art Raum im Raum. Marie betrachtete die großen, bunten Glasscheiben, die ihn umschlossen. Es musste wohl eine Art Kapelle dahinter sein. Der Mann bedeutete ihnen, sich zu setzen, dann verschwand er in der Kapelle. Marcelline nahm auf einem der Stühle Platz und steckte ihr Ladegerät wieder in eine der Steckdosen. In ihrer Wohnung gebe es seit Sandy keinen Strom mehr, erzählte sie. Sie müsse ihren Eltern Bescheid sagen, dass alles okay war, schließlich hätten sie sich seit Tagen nicht gehört, und ...

In Maries Kopf wurde Marcellines Stimme immer leiser, sie hörte sie nur noch wie in weiter Ferne.

Sie ließ sich in einen Holzstuhl sinken, Anton setzte sich neben sie.

Dann schloss sie die Augen.

Sie könnte es jetzt noch stoppen. Sie könnte zu Anton sagen, es wäre ihr doch alles zu viel, sie würde lieber zu Hause heiraten, zusammen mit all ihren Verwandten, vielleicht in einem halben Jahr. Anton würde das verstehen. Er würde ihr über die Wange streichen und sagen: Wie du magst, mein Mariechen. Es wäre eine gute Ausrede. Sie müsste es nur sagen.

Jetzt.

«Sie können eintreten», rief der Standesbeamte aus der Kapelle.

Anton sprang von seinem Stuhl auf, stellte sich vor Marie und hielt ihr die Hand entgegen. «Wollen wir?»

Marie sah Anton an. Er lächelte.

Sie nahm seine Hand und stand auf.

Dann gingen sie hinein.

Max Küng

Wir kennen uns doch kaum

Moritz schreibt Meta. Meta schreibt zurück. So geht das, monatelang. Aber es ist kompliziert. Sie lebt nicht allein und in Berlin. Er in einer kleinen Stadt in der Schweiz. Nie sehen sie sich. Nie hören sie ihre Stimmen. Irgendwann fangen sie an, sich SMS zu schreiben, in einem Monat 837 Stück. Es genügt.
Ein Jahr später hat Moritz in Berlin zu tun. Er nimmt ein Hotelzimmer, schickt ihr eine SMS mit der Zimmernummer: «2307». Eine halbe Stunde später klopft es an der Tür. Er öffnet. Sie sind wie gelähmt. Irgendwann sagt er: «Weißt du was? Wir fangen noch mal vorne an.»

Die Geschichte ihrer Liebe erzählt dieses Buch.

288 Seiten

«Ein Balztanz des Autors mit dem Lesepublikum.»
Martin Ebel, Tages-Anzeiger

Ro 318/1

Weitere Informationen finden Sie unter www.rowohlt.de

Tom Liehr
Nachttankstelle

Uwe Fiedler ist 38, chronisch migränekrank und ein netter Langweiler. Sein Leben ist eine einzige Übergangslösung, die Karriere stagniert auf niedrigstdenkbarem Niveau: Er schiebt Nachtschichten an einer Tankstelle. Aus praktischen Gründen lebt Uwe noch mit seiner Exfreundin zusammen, doch die will das nicht mehr. Und dann lernt Uwe zwei Menschen kennen, die sein Leben von Grund auf ändern: Jessy, die mysteriöse Tresenkraft einer Neuköllner Gardinenkneipe, und Matuschek, ein Hedonist sondergleichen. In Jessy verliebt er sich, Matuschek wird sein Mentor – und leider auch ziemlich schnell sein Rivale.

Eine tragikomische Geschichte voller Sprachwitz, Eloquenz und lässig-scharfer Beobachtungen.

384 Seiten

«Tom Liehr hat ein Händchen für Geschichten. Er erzählt mit Hingabe, leidenschaftlich, mit Liebe zum Detail und emotionalen Wendungen.»

Westdeutsche Allgemeine Zeitung

Ro 319/1

Weitere Informationen finden Sie unter www.rowohlt.de

MIX
Papier aus verantwortungsvollen Quellen
FSC® C083411

Das für dieses Buch verwendete Papier ist FSC®-zertifiziert.